SCHWEDENSOMMER

Jesper Lund ist »40 something« und lebt seit einigen Jahren an der deutschen Ostseeküste. Als Berater arbeitet er für eines der größten Unternehmen Dänemarks. Er entwickelt Strategien und plant die Zukunft von Häfen im Nord- und Ostseeraum. Als Ausgleich dazu schreibt er Kriminalgeschichten. Seit 2006 hat er bereits mehr als zwanzig Romane veröffentlicht.

JESPER LUND

SCHWEDENSOMMER

Kriminalroman

emons:

Bibliografische Information der Deutschen Nationalbibliothek
Die Deutsche Nationalbibliothek verzeichnet diese Publikation
in der Deutschen Nationalbibliografie; detaillierte bibliografische
Daten sind im Internet über http://dnb.d-nb.de abrufbar.

© Emons Verlag GmbH
Alle Rechte vorbehalten
Umschlagmotiv: istockphoto.com/Martin Wahlborg
Umschlaggestaltung: Nina Schäfer
Gestaltung Innenteil: DÜDE Satz und Grafik, Odenthal
Lektorat: Hilla Czinczoll
Druck und Bindung: CPI – Clausen & Bosse, Leck
Printed in Germany 2021
ISBN 978-3-7408-1133-4
Originalausgabe

Unser Newsletter informiert Sie
regelmäßig über Neues von emons:
Kostenlos bestellen unter
www.emons-verlag.de

Das Leben ist im Prinzip eine Tragödie
und keine Komödie.
Henning Mankell

Fünfhunderttausend Kronen

Sechs Jahre zuvor

Als er den ersten Blitz wahrnahm, ging er panisch vor Schreck in die Knie. Weitere folgten binnen wenigen Sekunden. Sie rasten wie Geschosse an ihm vorbei. Er krümmte sich am Boden und versuchte sich in Sicherheit zu bringen. Aber er musste vorsichtig sein, denn zur anderen Seite sah er in einen tiefen schwarzen Abgrund hinunter.

Schlimmer noch als die furchteinflößenden Blitze war allerdings das alles durchdringende Dröhnen. Es wurde immer lauter und würde ihn überrollen, wenn er nichts dagegen unternahm.

Er drehte sich zu allen Seiten, hielt sich vergeblich die Ohren zu. Die Geräusche kamen immer näher. Waren jetzt nur noch Zentimeter entfernt.

Sein Kopf drohte zu zerplatzen. Was auch immer es war, es würde ihn töten. Daran hatte er keinen Zweifel mehr. Jetzt hörte er sich selbst laut schreien. Als hätte das Bewusstsein seinen Körper längst verlassen. Wie ein grauenhafter Ruf um Hilfe, die nicht kommen würde.

Verzweifelt presste er beide Hände gegen seine Schädeldecke. So stark, dass der Schmerz für einen kurzen Augenblick nachließ. Aber dann kam er zurück. Mit voller Wucht. Bis sein Kopf schließlich explodierte.

Als die Welt um ihn herum eine ganze Weile später allmählich wieder klarer wurde, hatten die Schmerzen tatsächlich etwas nachgelassen. Das dumpfe Dröhnen war zwar noch immer in der Ferne zu hören, aber es fühlte sich nicht mehr ganz so bedrohlich an. Und erstaunlicherweise schien er noch am Leben zu sein.

Stück für Stück kämpften sich die Erinnerungen an die vergangenen Stunden zurück an die Oberfläche. An die letzten Tage und Wochen. An all die Jahre seines Verfalls. Und an das, was sie ihm damals angetan hatten.

Fünfhunderttausend Kronen.

Diesen Betrag würde er niemals vergessen. Er sollte auf seinem Grabstein stehen, dachte er. Wie ein Mahnmal.

Er musste lächeln. Ein bitteres Lächeln. Das war alles gewesen. Und er hatte sich darauf eingelassen. Oder besser gesagt, darauf einlassen müssen. Weil sie ihm gedroht hatten. Weil sie einfach vor nichts zurückgescheut hatten.

In den letzten zweiundsiebzig Stunden hatte er die letzten fünfzigtausend Kronen, die er jahrelang in einer kleinen Schachtel in seinem Toilettenkasten aufbewahrt hatte, auf den Kopf gehauen. Für Glücksspiel, Alkohol, Drogen und Schmerztabletten. So viel Wodka, dass er sich an weite Teile der letzten Tage niemals mehr erinnern würde. So viel hartes Zeug, dass er geglaubt hatte, er müsse sterben. Weil er es gewollt hatte. Da waren diese Schmerzen gewesen. Das Dröhnen in seinem Kopf. Die Angst, jeden Moment endgültig in den Abgrund gerissen zu werden.

Es fiel ihm schwer, wieder auf die Beine zu kommen. Um ihn herum war es dunkel. Aus dem Augenwinkel erkannte er einzelne Lichter, die an ihm vorbeiflogen.

Er lebte. Daran bestand kein Zweifel. Er hatte den Kampf mit dem Tod gewonnen. Obwohl »gewonnen« wohl das falsche Wort war. Denn wofür Sieg oder Niederlage standen, wusste er schon lange nicht mehr. Leben oder Tod, es war ihm egal. Er hatte den Tod nicht nur in Kauf genommen, er hatte ihn herausgefordert.

Vorsichtig drehte er sich um. Seine Augen gewöhnten sich nur langsam an die Dunkelheit. Als er schließlich jedoch verstand, wo er sich befand, huschte für einen Moment sogar ein Lächeln über seine Lippen. Die Blitze und das Dröhnen waren noch immer da. Es war real. Keine Einbildung. Keine tödlichen Dämonen, die über ihn herfallen wollten.

Es war der nächtliche Verkehr zwischen Kopenhagen und

Malmö, der direkt vor ihm vorbeirollte. Überall Autos und Lastwagen. Motorengeräusche und grelle Scheinwerfer. Er stand mitten auf der Öresundbrücke. Und er hatte nicht den Hauch einer Ahnung, wie er hierhergekommen war.

Er harrte noch eine ganze Weile am Brückengeländer aus und blickte abwechselnd auf das Meer unter ihm und auf die Fahrzeuge, die an ihm vorbeirasten. Längst spürte er, dass diese Nacht ihn verändern würde. Da der Tod ihn nicht zu sich holte, obwohl er jahrelang alles dafür gegeben hatte, würde er sich dem Leben eben stellen müssen. Ob er wollte oder nicht.

Und um dieses Leben erträglich zu machen, musste er endlich das tun, wozu er die ganzen Jahre nicht fähig gewesen war.

Sich zurückholen, was ihm gehörte.

Und Rache nehmen.

Er hatte noch keine Ahnung, wie er es anstellen sollte, aber in diesem Moment fasste er einen Entschluss. Weil er dem Tod bereits ins Auge gesehen hatte, fürchtete er sich nicht, bis ans Äußerste zu gehen.

Während er auf dem Standstreifen langsam zurück in Richtung Malmö ging, schob sich fünfzig Meter unterhalb von ihm ein Schiff unter der Brücke hindurch. Und obwohl er in der Dunkelheit nur die Umrisse des Giganten erkennen konnte, wusste er sofort, wem es gehörte.

Elchbraten

Staffan Hedman drückte den Knopf zu seiner Linken und wartete, bis das Fenster seines Vierzigtonners heruntergefahren war. Dann erst zündete er sich die Zigarette an. Er war irgendwann gestern Mittag in den Niederlanden gestartet, hatte endlos in einem Stau bei Bremen gestanden und freute sich jetzt einfach nur darauf, seine Frau und den Kleinen zu sehen. Als er Sekunden später aus dem Tunnel heraus über die lang gezogene Rampe auf die Öresundbrücke zusteuerte und die Lichter Kopenhagens in seinem Rückspiegel kaum noch zu sehen waren, zeigte die Uhr in seinem Cockpit bereits fünf nach zwölf. Kurz nach Mitternacht.

Noch knapp dreihundert Kilometer bis Göteborg, seinem Zuhause, wo er geboren war und hoffentlich auch sterben würde. Aber die Fahrerei fiel ihm zunehmend schwer. Jede Woche dieselbe Tour. Seit einigen Jahren in immer schnelleren Frequenzen. Zu immer unmenschlicheren Zeiten. Und natürlich wurde er auch nicht jünger. Die Situationen, in denen ihm die Augen vor Müdigkeit für einen kurzen Moment zufielen, häuften sich.

Der Anblick der Brücke sorgte allerdings wie immer für ein wohliges Gefühl von Heimat. Der letzte Meilenstein sozusagen, bevor er mit seinem Lkw wieder schwedischen Boden berührte. Meistens fielen ihm die letzten Kilometer vergleichsweise leicht, aber heute war es anders. Er fühlte sich müde und erschöpft und freute sich auf ein paar freie Tage und vor allem den Urlaub im Herbst, aber bis dahin lagen noch einige harte Wochen vor ihm.

Am liebsten hätte er einen Halt gemacht. Um sich die Beine zu vertreten und vielleicht noch einen Kaffee aus seiner Thermoskanne mit nächtlichem Blick auf den Öresund zu trinken. Aber ihm lief die Zeit davon, er musste seine Ladung spätestens um vier Uhr am Morgen in Göteborg abgeliefert haben.

Obwohl Staffan die Brücke schon hunderte Male passiert hatte, faszinierte ihn ihr Anblick immer wieder aufs Neue. In der Dunkelheit irritierte ihn jedoch das Wechselspiel aus Laternen und unbeleuchteten Abschnitten. Durch seine müden Augen verschwamm die Welt um ihn herum.

Die Fahrt bis zum schwedischen Festland kam ihm heute endlos vor. Nur die Gedanken an Anne und Frederik hielten ihn noch wach. Und natürlich die Vorstellung vom Geruch des Elchbratens, den seine Frau vorbereitet hatte.

Er kniff seine Augen zusammen, um die Konturen der Straße besser erkennen zu können. Die Rücklichter eines vor ihm fahrenden Autos waren mittlerweile so weit entfernt, dass er sie nur noch erahnen konnte. Er befand sich jetzt am Scheitelpunkt der Brücke. Durch die große Windschutzscheibe sah er eines der riesigen Frachtschiffe, das sich von Süden der Brücke näherte. Wahrscheinlich würde es den Hafen in Malmö ansteuern.

Staffan hatte seinen Blick einen Moment zu lange von der Straße abgewendet. Das dunkle Hindernis auf dem schmalen Standstreifen erkannte er so spät, dass er reflexartig das Steuer nach links riss. Geistesgegenwärtig schnippte er die Zigarette aus dem Fenster. Sofort merkte er, dass sein Auflieger ins Schlingern geriet. Wenn er nicht direkt wieder die Kontrolle über seinen Lastwagen gewann, würde die Ladung verrutschen.

Staffan steuerte heftig dagegen. Tatsächlich gelang es ihm, den Lkw nach einigen Sekunden wieder zu stabilisieren. Er spürte, dass sich sein Herzschlag genauso schnell beruhigte, wie er sich beschleunigt hatte. Ein kurzer Blick in den Seitenspiegel, um sich zu vergewissern, dass das Auto auf dem Standstreifen nah genug am Brückengeländer parkte, sodass er es gar nicht gerammt hätte, wenn er einfach weitergefahren wäre.

Ein jäher Schreck durchfuhr ihn.

Seine Augen blieben an einem schwarzen Schatten in der Nacht hängen. Was zum Teufel tat diese Person dort? Sie hievte offenbar etwas Großes und Schweres über das Brückengeländer. Wieder schnellte Staffans Puls hoch. Ihn überkam ein Gefühl, das er nicht kannte. Eine Mischung aus Hilflosigkeit und Panik.

Inzwischen war der dunkle Schatten kaum mehr im Rückspiegel zu sehen, doch hatte Staffan keinen Zweifel daran, dass diese Gestalt soeben einen menschlichen Körper in den Öresund geworfen hatte.

Aufzug nach unten

Der orange Feuerball schwebte über der Stadt auf der anderen Seite des Öresunds. Vielleicht würde er heute nicht einfach nur untergehen, sondern über Seeland abstürzen. Direkt über Kopenhagen. Lennart Fogelklou lächelte bei diesem Gedanken. Er stand vor den bodentiefen Fensterscheiben in seinem Büro und blickte nachdenklich auf die Meerenge zwischen Schweden und Dänemark. Ein Containerschiff passierte gerade die Öresundbrücke. Der weiße Rumpf mit dem grün-weißen Reederei-Schriftzug »FoCo« funkelte in der untergehenden Sonne. Es war eines seiner Schiffe. Eines der neuesten, das sich gerade auf Probefahrt befand.

Seine Flotte war in den vergangenen Jahren immer schneller gewachsen. Es gab Momente, in denen Fogelklou regelrecht schwindelig ob dieser Entwicklung wurde. Denn die Verantwortung für das Unternehmen, das er einst mit gerade einmal zwei alten Seelenverkäufern begonnen und bis heute zu einer der größten Reedereien Nordeuropas ausgebaut hatte, lastete weitgehend allein auf seinen Schultern. Und das in Zeiten, in denen die Welt da draußen immer unberechenbarer wurde. Der Wettbewerb längst global und die Bandagen, mit denen gekämpft wurde, von Tag zu Tag härter. Dass seine größten Konkurrenten auch noch ausgerechnet aus der Stadt auf der anderen Seite des Öresunds stammten, ließ ihn bitter lächeln.

Lennart Fogelklou seufzte bei dem Gedanken daran, wie vergleichsweise einfach das Geschäft noch vor zwanzig Jahren gewesen war. Er hatte die Reederei gemeinsam mit seinem Bruder in einem Wahnsinnstempo weiterentwickelt. Sie hatten sich jeden Tag neu erfunden. Und sich hemdsärmelig jede Krone mit Schweiß verdient und sofort wieder investiert.

Die ersten Jahre waren wohl die schönsten gewesen. Risiko und Einsatz waren noch überschaubar, dafür hatten sie jeden noch so kleinen Erfolg ausgiebig gefeiert und das Leben in vollen Zügen genossen. Kein Nachtclub Malmös war vor ihnen sicher. Alles war viel leichter gewesen.

Es hatte diesen einen Wendepunkt in seinem Leben gegeben. Das war der Moment gewesen, als sein Bruder ihm vollkommen unvermittelt offenbart hatte, Schweden zu verlassen und nach Berlin zu ziehen. Er hatte sich in eine deutsche Journalistin verliebt, die eine Reportage über ihn und das Unternehmen gedreht hatte. Über die Geschichte zweier Brüder aus Malmö, die mit viel Risiko und guten Ideen eine der größten Erfolgsstorys Schwedens geschrieben hatten.

Sie hatten nie im Detail darüber gesprochen, aber Lennart hatte immer Zweifel daran gehabt, dass dies tatsächlich der Grund für seinen Bruder gewesen war, seine Zelte in Schweden abzubrechen. Er vermutete vielmehr, dass es mit Inger zu tun hatte.

Einige Monate lang hatten sie noch versucht, die Reederei trotz der Entfernung gemeinsam zu führen, aber schließlich war sein Bruder komplett aus dem Unternehmen ausgestiegen. Er hatte sich gegen die Karriere und das Geld entschieden. Und den alltäglichen Wahnsinn, den das Business in der Schifffahrt mit sich brachte.

Fortan war Lennart Fogelklou auf sich allein gestellt gewesen. Er hatte noch härter arbeiten müssen als zuvor, hatte sein Leben und die Arbeit einzig dem Wachstum der Firma verschrieben. Getrieben von der Aussicht auf mehr Macht und Einfluss und von dem wachsenden Druck, das Erreichte zu verteidigen, war er skrupelloser geworden.

Als er vor zehn Jahren Camilla kennengelernt hatte, war er bereits Mitte vierzig gewesen und hatte die Vorstellung, jemals eine Familie zu gründen, eigentlich längst aufgegeben. Aber auf einmal war alles anders gekommen. Camilla und er hatten in kurzer Zeit zwei Kinder bekommen – sein ganzes Privatleben war nicht nur dadurch von einem auf den anderen Moment auf den Kopf gestellt worden.

Nicht dass es ihm nicht gefallen hätte, Vater zu sein und die Gewissheit zu haben, dass eines Tages der Nachfolger für die

Reederei aus der eigenen Familie käme. Aber gerade zu dieser Zeit hatte die Leitung der Reederei ihm immer mehr abverlangt. Er hatte eingesehen, dass er auf Menschen angewiesen war, denen er vertrauen musste. Um sich selbst zu entlasten, hatte er seine jüngere Schwester ins Unternehmen geholt. Damals die beste Entscheidung, die er nach dem Weggang seines Bruders treffen konnte. Mit Johan Sjögren und Björn Källman hatte er zudem zwei langjährige Mitarbeiter zu Geschäftsführern gemacht, auch wenn sie kaum eigene Entscheidungsbefugnisse besaßen. Loszulassen fiel ihm nach wie vor schwer.

Trotz oder womöglich wegen des rasanten Wachstums der Reederei hatte sich die finanzielle Situation in den vergangenen Jahren immer weiter verschärft. Nachdem die Zinsen ins Bodenlose gefallen waren, hatte er mehr Schiffe zum Neubau in Auftrag gegeben. Und das, obwohl der Markt schon lange übersättigt und kaum noch Geld zu verdienen war. Das Rad hatte sich immer schneller gedreht. Baute die Konkurrenz ein Schiff, zog er mit zwei Neubauten nach.

Wie es um die Finanzen stand, wusste nur er. Die Situation war nicht dramatisch, aber längst schwierig. Noch reichte das Geld, aber im Grunde musste ein Wunder geschehen, um das familiengeführte Unternehmen mittelfristig vor der Insolvenz zu retten. Und dieses Wunder war womöglich zum Greifen nahe.

Lennart Fogelklou musste an das Meeting nächsten Dienstag denken. Es war schon zweimal verschoben worden. Es ging um ein Paket, dessen Volumen ihn womöglich dauerhaft rettete. Einen Deal mit einem südkoreanischen Partner, der vielleicht alles verändern würde. Nur traute er dem Braten schlichtweg noch nicht.

Zu viele merkwürdige Dinge waren in den letzten Wochen passiert. Und damit meinte er nicht einmal die seltsamen Drohungen, die ihn erreicht hatten. Vielmehr irritierten ihn die bisherigen, wenig aufschlussreichen Treffen mit den Mittelsmännern der Südkoreaner. Und vor allem die immer neuen Forderungen und Bedingungen. Von Woche zu Woche war der Deal unattraktiver für ihn geworden. Und trotzdem war er wahrscheinlich nicht in der Position, ihn abzulehnen. Er brauchte ihn. Für die Zukunft der Reederei.

Lennart Fogelklou wandte sich vom Fenster ab und schnappte sich seine Ledertasche, die er auf dem Schreibtisch abgelegt hatte. Camilla hatte ihn gebeten, heute früher nach Hause zu kommen. Die Schultheateraufführung von Gustav stand an, er sollte hingehen, weil Camilla einen Kurs an der Volkshochschule hatte, den sie nicht absagen konnte.

Bei dem Gedanken daran schmunzelte er. Er würde den heutigen Abend also tatsächlich in der Aula der Schule seines Sohnes mit Dutzenden anderer Eltern verbringen. Hätte ihm das jemand vor zehn Jahren gesagt, hätte er denjenigen wohl für verrückt erklärt. Immerhin war er einer der bekanntesten Menschen in Malmö. Und in ganz Schonen. Er vermied es seit einigen Jahren eigentlich komplett, sich in der Öffentlichkeit zu zeigen.

Nicht einmal wenn es um die Reederei ging, zog es ihn vor die Kameras. Er hasste es, sein Gesicht in der Zeitung oder im Fernsehen zu sehen. Die Journalisten wollten nichts Positives über ihn und sein Unternehmen berichten, sie wollten nur im Dreck wühlen, um irgendetwas zu finden, aus dem sie einen Skandal stricken konnten. Diese Ansicht hatte sich bei ihm verfestigt.

Lennart Fogelklou schloss die Tür seines Büros hinter sich und betrat den kleinen Aufzug, der sich direkt gegenüber befand und nur ihm zur Verfügung stand. Er hatte es nie gemocht, mit anderen Menschen gemeinsam im Fahrstuhl zu fahren. Erst recht nicht mit seinen eigenen Mitarbeitern, um mit ihnen womöglich noch unangenehme Gespräche führen zu müssen. Es gab nicht wenige im Unternehmen, die ihn für unnahbar hielten. Oder arrogant. Aber damit konnte er gut leben. Er wollte nicht gemocht werden. Es war ihm egal, was andere über ihn dachten. Da sie ihn nicht kannten, konnten sie sich ohnehin keine Meinung über ihn bilden. Zumindest keine, die der Wahrheit entsprach.

Während sich der Aufzug langsam in Bewegung setzte, dachte er an Inger. Es gab nicht viele Menschen, die überhaupt etwas über ihn wussten und denen er vertrauen konnte, weder in seinem privaten Umfeld noch innerhalb der Reederei. Aber Inger gehörte definitiv zu diesen Menschen. Sie war seit fast zwanzig Jahren seine Sekretärin. Die einzige Person, die den Aufstieg des Unternehmens und alles, was damit einhergegangen war, miterlebt hatte. Sie sprachen nicht viel miteinander, verstanden sich meist blind. Inger hielt ihm den Rücken frei und organisierte ihn. Und er hatte sich immer darauf verlassen können, dass sie es in seinem Sinne tat. Aber jetzt war sie bereits seit einem knappen Monat krankgeschrieben. Schon länger hatte sie sich nicht gut gefühlt. Etwas Psychosomatisches, vermutete Fogelklou.

Er vermisste sie, vor allem an Tagen wie heute. Sie hätte ihm mit Sicherheit ein wichtiges Geschäftsessen arrangiert, sodass er eine Ausrede gehabt hätte, um nicht zu diesem Schultheater gehen zu müssen.

Der Fahrstuhl stoppte sanft, als er in der Tiefgarage angekommen war. In den ersten Jahren nachdem sie hier im Universitätsviertel ihre Büros bezogen hatten, hatte er seinen Porsche direkt vor dem modernen Gebäudekomplex geparkt. Auf dem Parkplatz, der nur für ihn vorgesehen war.

Im Laufe der Zeit war er allerdings immer vorsichtiger geworden. Die Neider waren allgegenwärtig. Er musste ihnen nicht noch zusätzliches Futter liefern, indem er seinen Zwei-Millionen-Kronen-Wagen direkt vor ihrer Nase abstellte. Überhaupt fuhr er den Porsche nicht, um damit anzugeben, sondern schlichtweg, weil er ihn sich leisten konnte und schon als Jugendlicher davon geträumt hatte, eines Tages einen 911er Turbo zu fahren.

Was nahm er nicht alles auf sich, um sein Leben so anonym wie möglich zu führen, durchfuhr es ihn. Er konnte Tiefgaragen nämlich nicht ausstehen. Unübersichtlich. Bedrückend. Voller Abgase. Es waren Angsträume. Aber wenn er ganz ehrlich war, musste er sich eingestehen, dass er das gesamte Gebäude nicht sonderlich mochte. Es war zweifellos funktional. Aber im Grunde steril und ohne jeden Charme. Kein Vergleich zu den alten Büroräumen in der Innenstadt in der Nähe des Lilla Torg.

Gut, das neue Gebäude passte in diese Zeit. Das Kühle war Ausdruck dessen, wie das Business heutzutage nun mal lief. Und außerdem war er ja derjenige gewesen, der den Bau des neuen Hauptsitzes vorangetrieben hatte, weil er der Reederei etwas Modernes verleihen und zeigen wollte, dass sie mit den ganz Großen der Branche mitspielen konnten.

Sein Wagen stand ganz hinten rechts in der Ecke. Ein überbreiter Parkplatz. Dafür hatte er gesorgt. Wenn er schon nicht vor dem Gebäude parkte, wollte er immerhin hier unten ausreichend Platz haben.

Aus der Ferne nahm Fogelklou das Quietschen von Reifen auf dem Estrichboden des Parkhauses wahr. Einige Sekunden später bog ein älterer Mercedes um die Ecke und kam langsam auf ihn zugefahren. Die Scheinwerfer blendeten ihn, sodass er sich abwendete und weiter in Richtung seines Wagens ging.

Aus dem Augenwinkel erkannte er im nächsten Moment, dass aus dem Treppenaufgang in der Mitte des Parkhauses, das ausschließlich von den Mitarbeitern des Bürokomplexes genutzt wurde, eine männliche Person trat. Erfolglos versuchte er, das Gesicht einzuordnen.

Fogelklou schloss mit dem Funkschlüssel seinen Porsche auf, verharrte dann allerdings noch einmal. Irgendetwas stimmte hier nicht, war er sich plötzlich sicher. Diesen Mann – er hatte ihn irgendwo doch schon einmal gesehen. Und das war definitiv vor einigen Tagen hier im Haus gewesen. Im Foyer, wo er sich eigentlich nur selten aufhielt. Aber an diesem Tag hatte er sich mit einem wichtigen Geschäftspartner aus Helsingborg unten in dem Café im Erdgeschoss getroffen, das vor einigen Tagen neu eröffnet hatte.

Fogelklou fuhr herum. Der Mercedes näherte sich. Als er den Fahrer erkannte, zuckte er zusammen. Denn auch diesen Mann hatte er schon einmal gesehen. Und zwar gemeinsam mit dem anderen Mann im Café des Foyers. Oder besser gesagt außerhalb davon. Denn die beiden hatten die großen Fensterscheiben geputzt.

Es war nur der Bruchteil einer Sekunde, dass er dem Fahrer in die Augen sah, aber lange genug, um zu verstehen, dass hier etwas vor sich ging, das er nicht verstand, ihn aber mit einem Mal panisch werden ließ.

Sein Auto war nur noch wenige Meter entfernt. Der Mann, der aus Richtung Treppenhaus kam, hatte längst gemerkt, dass Fogelklou ihn erkannt hatte. Der dunkel Gekleidete beschleunigte seinen Schritt, bis er schließlich losrannte. Im nächsten Moment hielt der Mercedes direkt vor Fogelklou an. Die Fahrertür öffnete sich augenblicklich. Der andere Fensterputzer zückte eine Waffe und richtete sie auf ihn.

Lennart Fogelklou erstarrte. Dutzende Bilder aus den letzten Monaten fuhren ihm durch den Kopf. Seine Frau. Und die Kinder. Seine Geschwister. Malmö. Das Geschäft. Die Drohungen. Die Konkurrenz aus Kopenhagen. Und natürlich die Südkoreaner. Etwas war aus dem Ruder gelaufen, das ahnte er schon seit Langem. Und jetzt, hier in der Tiefgarage seines Unternehmens, zog sich die Schlinge um seinen Hals tatsächlich zu.

Feuer und Eis

Es lag gewittriger Regen in der Luft. Isabelle glaubte, ihn regelrecht riechen zu können. Obwohl sie natürlich wusste, dass es kein bestimmter Geruch war, der ihn ankündigte, sondern vielmehr die Veränderung des Luftdrucks. Und der Zug der Wolken, die den Regen mit sich trugen. Noch waren sie weit genug entfernt. Und dennoch kam es ihr so vor, als spürte sie die Wassertropfen bereits auf ihrer nackten Haut. Und dann war da noch dieses Geräusch. Das leise Donnern, das allmählich näher kam. Bedächtig ging sie über die Holzbohlen des Ribersborgs Kallbadhus. Seitdem sie vor zwei Jahren zum ersten Mal hier in diesem eindrucksvollen Badehaus direkt am Meer in der Sauna und anschließend schwimmen gewesen war, hatte Isabelle daraus ein wöchentliches Ritual gemacht. Sie hatte keine feste Zeit, richtete sich stattdessen meistens nach ihren Vorlesungen an der Malmö universitet. Manchmal ging sie am Abend saunieren, vor allem in den Wintermonaten. Im Sommer aber auch gern ganz früh morgens, so wie heute.

Wie so oft um diese Zeit war sie ganz allein hier. Nicht dass es ihr etwas ausmachte, wenn jemand sie nackt sah. Es waren mehr die anderen Körper, mit denen sie sich schwertat. Denn unweigerlich musste sie jeden Frauen- und Männerkörper, der ihr hier über den Weg lief, genauer unter die Lupe nehmen. Wie einen grauenhaften Autounfall, an dem man als Unbeteiligter vorbeifuhr und seinen Hals reckte, um zu gaffen, anstatt einfach wegzusehen. Auf eine merkwürdige Art und Weise zogen nackte Menschen, egal wie alt und wenig ästhetisch sie waren, sie an. Lieber war ihr aber, wenn sie sich hier im Ribersborgs Kallbadhus nur um sich selbst kümmern konnte.

Sie war heute schon ein paar Minuten vor zehn hier gewesen. Die Frau an der Kasse hatte sie trotzdem hereingelassen, schließlich kannten sie sich. Nach einer kurzen Dusche hatte Isabelle eine Viertelstunde in der finnischen Sauna verbracht.

Dann war sie raus an die frische Luft gegangen, bekleidet nur mit einem Handtuch um die Hüfte.

Die kühle Sommerluft hatte sie überrascht. Als sie heute Morgen das Haus verlassen hatte, war sie mit Jeans und einer dünnen Jacke bekleidet gewesen. Ihr war gar nicht aufgefallen, dass es kälter als an den Tagen zuvor war. Trotz der Gänsehaut, die sich langsam über ihren Körper verteilte, genoss sie diesen Moment. Einfach hier zu stehen und auf den Öresund zu blicken. Die Brücke zur Linken und das dänische Seeland irgendwo dort hinten am Horizont. Hinter den Gewitterwolken, die sich schon gestern Abend immer stärker zusammengezogen hatten. Mittlerweile stapelten sich die Cumulonimbuswolken am Himmel, als drohe ein schwerer Sturm. Die See wurde allmählich rauer. Wellen schwappten bereits gegen die aufgeschütteten großen Steine, die Ribersborgs Kallbadhus schützten.

Isabelle trat nach rechts auf den Steg, der noch ein paar Meter weiter verlief und dann in eine Treppe ins Wasser mündete. Direkt ins offene Meer.

Sie fror jetzt. Der Wind frischte immer mehr auf, und die Kälte wurde unangenehm. Viele ihrer Freundinnen hatten sie schon gefragt, wie sie zu jeder Jahreszeit und bei jedem Wetter im Meer baden konnte. Darauf antwortete sie stets gleich: Es gab für sie nichts Schöneres und Befreienderes, als zuerst der Hitze in der Sauna und anschließend der erfrischenden Ostsee ausgesetzt zu sein. Wie Feuer und Eis. Oder Yin und Yang.

Irgendwie auch ein Sinnbild ihres Lebens. Bereits als Kind hatte sie zu beiden Extremen geneigt. Dabei war sie meistens ruhig und in sich gekehrt gewesen. Sie war gern für sich allein, hatte ihre Gedanken und Probleme mit sich selbst ausgemacht. Sie brauchte niemanden, dem sie ihr Herz ausschüttete. Schon damals nicht.

Aber da war auch diese andere Seite. Ihr Hang dazu, immer genau dort zu sein, wo die Stimmung kippte. Wo es zu Problemen oder Streitigkeiten kam und sie sich plötzlich mittendrin befand. Es war, als ziehe sie diese Situationen förmlich an. Manchmal fragte sie sich, ob sie vielleicht genau aufgrund dieser Erfahrungen oftmals eher in sich gekehrt war. Vielleicht zog sie sich nur zurück, um den unangenehmen Situationen, in die sie immer wieder hineinstolperte, vorsorglich aus dem Weg zu gehen.

Isabelle schüttelte die Gedanken ab, indem sie kräftig ein- und ausatmete. Eine Übung, die sie perfektioniert hatte. Sie ließ es erst gar nicht zu, dass das Negative Kontrolle übernahm. Ihr Blick blieb stattdessen auf den dunklen Wogen des Meers hängen.

Der Wellengang wurde immer stärker. Das Wasser schwappte gegen die großen Steine. Sie wunderte sich, dass der Zugang ins offene Meer noch nicht gesperrt worden war. Vielleicht war es dennoch sinnvoller, heute nicht schwimmen zu gehen, fuhr es ihr durch den Kopf. Oder zumindest nur im geschützten Innenbereich.

Das dumpfe, stetig wiederkehrende Geräusch nahm Isabelle erst nach einer ganzen Weile bewusst wahr. Irgendein Gegenstand, der wahrscheinlich gegen die Treppe am Ende des Stegs schwappte. Vielleicht ein Stück Holz oder etwas, das eines der Schiffe, die den Öresund passierten, verloren hatte.

Doch ein ungutes Gefühl tief im Innern sagte ihr, dass sie ihren Blick besser nicht nach unten richten sollte. Nicht wieder in Schwierigkeiten geraten. Im nächsten Moment war es dafür bereits zu spät. Denn aus dem Augenwinkel hatte sie die Ursache für das Geräusch längst erkannt. Sie spürte, dass ihr schlecht wurde. Magensäure bahnte sich in ihrer Speiseröhre den Weg nach oben. Nur mühevoll gelang es ihr, den Würgereiz zu unterdrücken.

Ihr war klar, dass sie den Anblick der aufgeschwemmten Leiche, die unaufhörlich gegen die Holztreppe schwappte, so schnell nicht mehr aus dem Kopf bekommen würde.

Auf der Türschwelle

Er war auf das Schlimmste vorbereitet gewesen, nachdem Pernille ihn vor wenigen Minuten angerufen hatte. Als Niklas Zetterberg allerdings die Haustür öffnete und erfolglos versuchte, ihren Blick aufzufangen, wusste er, dass es dieses Mal besonders schlimm um sie stand.

Pernille befand sich nicht nur in einer Ausnahmesituation, hervorgerufen durch ihre manische Depression, sondern war ganz offenbar auch heftig betrunken. Dass sie noch anderes Zeug eingeworfen hatte, schien ihm angesichts ihrer flirrenden Pupillen zumindest nicht unwahrscheinlich.

Niklas seufzte. Nach all den Jahren fiel es ihm noch immer schwer, diesen Anblick zu ertragen. Ihr seelischer und körperlicher Verfall schien in letzter Zeit immer schneller voranzuschreiten. Zu Beginn, gleich nachdem er sich von ihr getrennt hatte, war sie eine Zeit lang einigermaßen stabil gewesen. Zumindest nach außen hin. Sie hatte nicht zugelassen, dass er oder jemand anders einen Blick in ihr Seelenleben warf. Sie hatte zugemacht, noch viel entschiedener als zu der Zeit, als er es nicht mehr ertragen konnte, dass sie nicht über ihre Probleme und Ängste sprechen wollte, obwohl ihr gemeinsames Leben genau deshalb immer mehr zur Hölle wurde.

Natürlich konnte er sie auch jetzt wieder zu sich hineinbitten. Wie er es immer tat. Manchmal beruhigte sie sich und kam tatsächlich mit ins Haus, ohne dann allerdings auch nur ein einziges Wort mit ihm zu sprechen. Wenn er sie aber bat, wieder zu gehen, brannten bei ihr meistens sofort die Sicherungen durch. Vor ein paar Wochen hatte sie eine Tasse mit heißem Tee, den er ihr gekocht hatte, nach ihm geworfen. Sie war in diesen Momenten längst nicht mehr die Frau, in die er sich vor annähernd zehn Jahren verliebt hatte.

Niklas empfand in solchen Augenblicken totaler Extrovertiertheit trotz allem Mitleid. Genau wie jetzt, da er mitansehen musste, wie sie vor ihm auf die Knie ging und in Tränen ausbrach. Obwohl die Situation anmutete wie das täglich grüßende Murmeltier, war es diesmal anders. Wie ein letzter verzweifelter Versuch, ihn ... ja, was denn eigentlich? Vor allem, ihn zurückzugewinnen, das hatte sie selbst zugegeben. Aber er hatte ihr schon mehrfach unmissverständlich klargemacht, dass es kein Zurück mehr gab. Davon abgesehen, dass er seit einigen Wochen in einer neuen Beziehung lebte. Oder zumindest in so etwas Ähnlichem. So richtig wusste er das noch nicht.

Was trieb Pernille immer wieder zu ihm? Sie war einsam. Verletzt. Und sie brauchte ihn. Um ihn dann aber trotzdem mit Beschimpfungen und Vorwürfen zu überhäufen. Eine Art Hassliebe. Aber ob sie bewusst oder unbewusst handelte, konnte er natürlich nicht sagen. Es spielte letztlich auch keine Rolle.

Bei Pernille war ohnehin nicht mehr zu unterscheiden, was sie mit klarem oder benebeltem Kopf tat. Unbestreitbar war jedoch, dass sie ihn mittlerweile regelrecht stalkte. Er war zwischenzeitlich derart machtlos gewesen, dass er bereits seine Kollegen von der Streife angerufen und gebeten hatte, sie abzuholen, wenn sie mal wieder vollkommen aufgelöst vor seiner Tür gestanden und ihn aufs Übelste beschimpft hatte.

»Du weißt, wie weh es mir tut, dich so zu sehen«, sagte Niklas und fuhr sich mit der rechten Hand über seinen kahl geschorenen Kopf – eine fast schon rituelle Geste, wenn er nachdachte. Sein Haar war schon mit Mitte zwanzig immer schütterer geworden. Aber er hatte vierzig Jahre alt werden müssen, bevor er letzten Sommer endlich gewagt hatte, dem Elend auf seinem Kopf ein Ende zu bereiten. Die Reaktionen hatten ihn komplett überrascht. Es schien beinahe so, als wäre er mit einem Mal attraktiv für Frauen. Zumindest spürte er plötzlich Blicke, die er nie zuvor wahrgenommen hatte.

Er vermied es in diesem Moment, einen Schritt über die Türschwelle zu setzen und auf Pernille zuzugehen. Es hatte vor nicht allzu langer Zeit schon einmal eine ähnliche Situation gegeben, in der sie versucht hatte, seine Hilfe auszunutzen, um in seine Wohnung zu gelangen und ihn auszusperren. Auf allen vieren näherte sich Pernille ihm jetzt. Es gelang ihr kaum, den Kopf zu heben und ihn anzusehen. Ein Bild, das für Niklas kaum zu ertragen war. Nicht ihre psychische Labilität bereitete ihm in diesem Augenblick Sorgen, sondern vor allem ihr körperlicher Zustand infolge der jahrelangen Alkohol- und Drogenexzesse ließ seine Alarmglocken schrillen.

»Ich kann dir nicht helfen«, sagte er schließlich. »Wir haben unzählige Male darüber gesprochen. Und das Schlimmste ist, ich weiß nicht einmal, was genau du eigentlich noch von mir willst. Es ist alles gesagt. Warum quälst du uns beide so? Warum terrorisierst du mich? Wie viel muss noch passieren, bis du verstehst, dass ich dir nicht helfen kann? Selbst wenn ich es wollte.«

»Du sollst mir nicht helfen«, antwortete Pernille leise.

»Sondern?«

»Mich einfach zu dir reinlassen.«

»Wir hatten das Thema doch schon so oft.« Niklas war genervt. »Es führt einfach zu nichts. Die Sache zwischen uns ist –«

»Du weißt, weshalb es mir wichtig ist, dass ich jemanden gibt, zu dem ich gehen kann, wenn es mir dreckig geht«, fuhr sie dazwischen. »Ich verlange nichts weiter von dir, als dass du mich zu dir reinlässt und mir zuhörst.«

»Wärst du nüchtern, würde ich ernsthaft darüber nachdenken«, antwortete Niklas. »Aber ich lasse mich nicht noch einmal auf deine Spielchen ein.«

»Soll das heißen, du lässt mich hier vor deiner Haustür einfach so liegen? Sieh dir doch an, wie es –«

»Ich werde es so wie immer machen«, unterbrach Niklas sie. »Meine Kollegen werden dich abholen und nach Hause bringen.«

»Schaffst du es wirklich nicht, über deinen Schatten zu springen? Wie kannst du es ertragen, mich so zu sehen?«

»Ich kann es nicht ertragen«, sagte Niklas. »Und ich will es auch schon lange nicht mehr. Aber das scheint dich ja nicht zu interessieren.«

»Ich liebe dich doch noch immer, verstehst du das denn nicht?« Plötzlich klang Pernille flehentlich und beinahe drohend.

Da war er wieder, dieser Murmeltier-Augenblick. Pernille erschien und tat so, als wolle sie nichts weiter als eine Zufluchtsstätte, weil es ihr mal wieder richtig dreckig ging. Aber es dauerte niemals länger als auch nur ein paar Minuten, ehe sie den wahren Grund, weshalb sie ihn immer wieder aufsuchte, preisgab: Sie liebte ihn noch immer. Behauptete sie zumindest. Auf ihre seltsame und ganz eigene Art und Weise, die ihm Angst machte.

»Ich will nicht, dass man dich hier wegträgt«, sagte Niklas nach einigen Sekunden der Stille. »Warum kannst du nicht endlich akzeptieren, dass das mit uns beiden vorbei ist? Ich empfinde nichts mehr für dich.«

Pernille richtete sich plötzlich auf. Aber nur mühsam gelang es ihr, sich auf den Beinen zu halten. Jetzt, wo sie direkt vor ihm stand, erkannte Niklas erst ihren wahren Zustand. Ihre langen blonden Haare, die sie früher meistens zu einem Zopf gebunden hatte, sahen strähnig und ungepflegt aus. Unter der Strickjacke, die ihre linke Schulter freigab, trug sie offenbar lediglich ein Nachthemd. Schwarze Leggins mit Löchern und abgenutzte Turnschuhe rundeten das traurige Bild ab. Wenn er sie aufgrund ihres psychischen und physischen Zustands auch nicht hereinbitten wollte, hätte er es eigentlich tun müssen, damit sie sich bei den kühlen morgendlichen Temperaturen an diesem Augusttag keine Erkältung zuzog.

Das Handy, das Niklas in seiner hinteren rechten Hosentasche trug, vibrierte. Einen Moment lang überlegte er, den Anruf einfach zu ignorieren, aber eigentlich war er regelrecht froh, dass er sich auf diese Weise der Situation mit Pernille entziehen konnte. Er trat ein paar Schritte zurück, bis er wieder vollständig in seiner Wohnung stand. Dann nahm er das Gespräch an.

Es war Emma Steen, seine engste Kollegin bei der Mordkommission in Malmö.

»Ich weiß, du wolltest heute Vormittag deinen Rasen mähen«, kam sie direkt zur Sache, »aber vorhin ist eine Meldung reingekommen, von der du auf jeden Fall wissen solltest.«

»Es ist gerade ziemlich ungünstig«, antwortete Niklas. »Leider nicht wegen des Rasens. Hat das nicht Zeit, bis –«

»Nein«, unterbrach sie ihn vehement. »Allein die Tatsache, wer der Tote ist, der gefunden wurde, macht es verdammt dringlich.«

Plötzlich war Niklas voll da. Er vergaß sogar, dass nur ein paar Meter von ihm entfernt seine ehemalige Lebensgefährtin stand und ihn verzweifelt ansah. »Wer?«, fragte er.

»So wie es aussieht, handelt es sich um Lennart Fogelklou.«

Niklas sagte nichts. Er wusste sofort, dass Emma recht hatte. Allein der Name des Toten machte die Situation ernst. »Wie sicher ist das Ganze?«, fragte er schließlich.

»Ich habe die Leiche selbst auch noch nicht gesehen, aber sowohl die Person, die ihn gefunden hat, als auch die Kollegen von der Spurensicherung haben keinerlei Zweifel an der Identität des Mannes.«

»Hatte er denn irgendetwas bei sich, das ihn ausweist?«

»Nein, offenbar nicht. Aber jemanden wie Fogelklou würde auch ich sofort erkennen.«

»Was wissen wir schon über die Todesursache?«

»Alles, was ich weiß, ist, dass die Leiche wohl bei Ribersborgs Kallbadhus gefunden wurde. Sie trieb im Meer.«

»Bist du jetzt schon dort?«

»Nein, aber ich bin auf dem Weg. Petter bat mich, allen Bescheid zu geben. Wir treffen uns dort in einer halben Stunde.«

»Also war es kein Unfall?«, hakte Niklas noch einmal nach.

»Wie gesagt, ich habe noch keine genaueren Informationen.«

Emma klang angespannt. Niklas kannte sie gut genug, um zu wissen, dass sie entweder mehr wusste, als sie sagen wollte, oder aber einfach vermutete, dass Fogelklou weder eines natürlichen Todes gestorben noch durch einen Unfall ums Leben gekommen war.

»Kommst du dann auch gleich?«, vergewisserte sie sich.

»Mir bleibt wohl keine Wahl.«

»Ich befürchte, nicht.«

»Dann sehen wir uns, bis gleich.« Niklas beendete das Gespräch und steckte das Handy zurück in seine Hosentasche, als sein Blick wieder auf Pernille fiel. Sie hielt auf einmal einen silbernen Flachmann in der Hand und setzte an.

»Ich kann dich in diesem Zustand wirklich nicht alleine lassen«, seufzte er und trat auf sie zu. »Mir bleibt nichts anderes übrig, als mal wieder eine Streife zu rufen, die dich mit aufs Präsidium nimmt. Vielleicht tut dir ein Tag in der Ausnüchterungszelle ganz gut. Allerdings müssen wir für die Zukunft eine Lösung finden. So kann es nicht weitergehen.«

Er sah Pernille eine Weile an, merkte dann jedoch, dass sie ihm gar nicht mehr zuhörte. Sie schien in ihrem ganz eigenen Film gefangen zu sein.

Niklas ging zurück in die Wohnung und schloss die Tür hinter sich.

Mehrfach atmete er tief durch. Er hatte alles getan, wozu er sich in der Lage fühlte. Und er würde noch mehr unternehmen müssen, damit Pernille eines Tages hoffentlich die Kurve kriegte. Aber in diesem Moment wollte und konnte er sich nicht länger mit ihr beschäftigen. Emmas Anruf hatte ihn aus dieser Situation gerettet. Dass der Grund ihres Anrufs allerdings nicht weniger schlimm war als das, was sich vor seiner Wohnung abspielte, ahnte er längst.

Lennart Fogelklou.

Als Emma den Namen ausgesprochen hatte, war er innerlich zusammengefahren. Denn Fogelklou war der wohl bekannteste Unternehmer Malmös und eine der reichsten Personen in ganz Schweden. Wenn jemand wie er starb, noch dazu auf eine Weise, die offenbar jede Menge Fragezeichen zuließ, dann würde in kürzester Zeit in der Öffentlichkeit eine Riesenwelle losgetreten werden. Und wenn seinem Tod tatsächlich Fremdeinwirkung vorausgegangen war, würden die nächsten Wochen ungemütlich werden.

Als er heute Morgen wach geworden war, war er noch frohen Mutes gewesen. Er hatte schnell den Rasen mähen wollen. Der Wetterdienst hatte für später zwar Sommergewitter vorhergesagt, aber er mochte dieses bedrohliche Szenario, das sich über dem Öresund bisweilen abzeichnete. Wenn es vorbei war und der Regen abklang, war die Luft gereinigt, und die Sonne würde wieder durch die Wolken brechen.

Die Sache mit Pernille belastete ihn jetzt zusätzlich, ob er wollte oder nicht. Fast zehn Jahre waren sie zusammen gewesen, hatten Pläne gehabt. Wollten heiraten und Kinder bekommen. Gemeinsam alt werden. Doch dann war alles anders gekommen. Sie hatte immer stärker unter Angst- und Panikzuständen gelitten. Etwas, das sie lange im Griff gehabt hatte, war mit einem Mal mit einer Heftigkeit herausgebrochen, wie er es niemals für möglich gehalten hätte, verstärkt durch ihren Hang zur Flasche. Eine zerstörerische Kombination.

Gemeinsame Therapiesitzungen. Stundenlange Gespräche mit ihr. Rücksicht und Verständnis für jede einzelne Krise, die sie durchlitten hatte – nichts von alledem hatte geholfen, im Gegenteil. Pernille war immer weiter abgedriftet. Hatte einen seltsamen Irrweg aus Selbstzerstörung, Alkohol und Eifersucht eingeschlagen, auf dem sie sich am Ende auch noch eingebildet hatte, er betrüge sie. Obwohl er das während ihrer gemeinsamen Zeit nicht ein einziges Mal auch nur in Erwägung gezogen hatte.

Es war ein schmerzlicher Moment gewesen, als er vor etwas mehr als einem Jahr einsehen musste, dass es keinen Sinn mehr hatte. Er erreichte sie nicht mehr, sein eigenes Leben bestand nur noch aus Deeskalationsversuchen. Die Einsicht, nicht helfen zu können und gleichzeitig auch die glücklichen Jahre aufzugeben, war das Niederschmetterndste gewesen, was er in seinem Leben jemals erfahren hatte. Und doch war es alternativlos gewesen.

Unschlüssig zog Niklas erneut sein Handy hervor. Sekundenlang starrte er das schwarze Display an. Dann entsperrte er es und wählte eine Nummer, die er noch nie angerufen hatte. Diesmal sah er keine andere Möglichkeit, um Pernille wirklich zu helfen. Mit einer Nacht in einer kalten Zelle war es nicht mehr getan. Sie brauchte professionelle Hilfe. Auch wenn es sich für sie im ersten Moment bestimmt wie ein Faustschlag anfühlen würde, konnte nur eine Einweisung in eine Fachklinik sie noch retten.

Bunter Hund

»Um es auf den Punkt zu bringen«, sagte der schmächtige Mann mit den dunkelblonden Haaren, »die klaffende Wunde am Hinterkopf lässt aus meiner Sicht keinerlei Zweifel zu, dass das Opfer gewaltsam ums Leben gekommen ist.« Niklas Zetterberg hörte Lars Lundin, dem Leiter der Rechtsmedizin, interessiert, aber auch angestrengt zu. Lundin hatte erst vor einigen Wochen die Stelle seines pensionierten Vorgängers eingenommen. Jeder in der Mordkommission war froh gewesen, als der alte Bergström, dieser notorische Grantler, der eine enge Zusammenarbeit zwischen Rechtsmedizin und Ermittlern nahezu unmöglich gemacht hatte, endlich Platz für ein frisches Gesicht gemacht hatte. Umso größer war die Enttäuschung gewesen, als sich Lundin als einer der drögesten Menschen erwies, die Niklas jemals über den Weg gelaufen waren.

Lundin verfiel gern in minutenlange Monologe, zwar ohne dabei die Selbstherrlichkeit mancher seiner Kollegen auszustrahlen, dafür pflegte er bereits nach wenigen Augenblicken in einen trockenen Fachjargon rechtsmedizinischer Details abzugleiten.

»Entschuldigen Sie, dass ich jetzt doch noch einmal nachfragen muss«, sagte Niklas und lächelte etwas verlegen. »Wieso sind Sie sich so sicher, dass der Mann nicht durch einen Unfall ums Leben gekommen ist?«

»Eine berechtigte Frage«, antwortete Lundin und strich sich seinen Seitenscheitel glatt. »Wollen Sie nicht vielleicht doch einen Blick auf die Leiche werfen, dann verstehen Sie es besser.«

»Danke«, sagte Niklas abwinkend. »Ich sehe mir später die Fotos an und lese Ihren Bericht.«

»Wie Sie meinen. Aber wie bereits erwähnt, sollten Sie auf jeden Fall berücksichtigen, dass diese Wunde nicht durch einen unglücklichen Sturz ins Wasser zustande gekommen ist. Das Opfer wurde wohl eher mit einem hammerartigen Gegenstand malträtiert. Wahrscheinlich hat ein einziger Schlag zum Tode geführt.«

»Was denken Sie, wie lange das Opfer bereits tot ist?«, fasste Niklas noch einmal nach.

»Nicht ganz einfach zu sagen, weil die Leiche einige Zeit im Wasser gelegen hat. Aber ich schätze, mindestens drei bis vier Tage.«

Niklas nickte, zog im nächsten Moment allerdings irritiert die Augenbrauen hoch, als er sich fragte, warum Lennart Fogelklou in diesem Fall nicht bereits seit einigen Tagen als vermisst galt. Der bekannteste Unternehmer Malmös. Erstaunlich, dass dies entweder noch niemandem in seiner Familie aufgefallen oder aber bis heute noch nicht bis zur Polizei oder an die Öffentlichkeit vorgedrungen war.

Er gab Emma, die etwas abseits mit dem Kollegen Tommy Wallner in ein Gespräch verwickelt war, ein Zeichen, dass er mit ihr sprechen wollte. Nach einer Weile trat sie auf ihn zu.

»Gibt es irgendeinen Hinweis darauf, dass Fogelklou als verschwunden galt?«, fragte er unmittelbar.

»Was meinst du?«

»Offenbar ist er bereits vor einigen Tagen zu Tode gekommen. Es fällt mir schwer zu glauben, dass das weder seiner Familie noch jemandem in der Reederei aufgefallen wäre. Könntest du so schnell wie möglich in seiner Firma anrufen und das klären? Zu seiner Familie würde ich gerne gemeinsam mit dir fahren.«

»Klar«, antwortete Emma. »Die Fogelklous wohnen übrigens etwas westlich von Svedala. Ich kenne das Anwesen.«

»Anwesen?«

»Allerdings. Ein altes Herrenhaus mit einem riesigen Areal. Kennst du es etwa nicht?«

»Weiß nicht.« Niklas lächelte. Wie er es immer tat, wenn es Momente gab, in denen er unsicher war. Obwohl er eigentlich jeden Winkel Schonens kannte, hatte er kein Bild von diesem Herrenhaus vor Augen.

Er kannte genug Menschen, die immer eine passende Antwort parat hatten oder zumindest so taten. Er war nicht so, aber souverän überspielen konnte er diese Situationen auch nicht. Zumindest verstellte er sich nicht.

»Haben wir schon eine Streife hingeschickt?«

»Ist auf dem Weg.« Emma fuhr sich durch ihre halblangen, fast weißblonden Haare, die sie wie immer offen trug. Vor einigen Wochen hatte sie sich allerdings einen Pony schneiden lassen. Zweifellos stand er ihr gut, so recht daran gewöhnt hatte sich Niklas dennoch nicht.

Emma stand unschlüssig vor ihm und runzelte nachdenklich die Stirn. Niklas spürte, dass ihr noch etwas anderes auf dem Herzen lag. »Woran denkst du?«

»Mir kam gerade eine Meldung in den Sinn, die ich vor ein paar Tagen zufällig im Präsidium bei den Kollegen der Einsatzleitung aufgeschnappt habe.«

»Was meinst du?«

»Jemand hat angerufen, weil er auf der Brücke etwas beobachtet hatte«, erklärte Emma. »Eine Person, die offenbar etwas über das Geländer befördert hat.«

»Etwas?«

»Es wurde meines Wissens erfolglos einen Tag lang mit Booten im Öresund gesucht.«

»Wonach?«

»Einem menschlichen Körper. Einer Leiche.«

»Fogelklou?«

»Durchaus möglich, oder?«

»Wann genau hat sich dieser angebliche Zeuge bei uns gemeldet?«, hakte Niklas nach.

»Das müsste vor vier Tagen gewesen sein.«

»Dann könnte es tatsächlich zu dem passen, was Lundin über den Todeszeitpunkt gesagt hat.«

»Bevor wir weiter spekulieren, rufe ich am besten bei FoCo an. Dort wird man wohl hoffentlich wissen, wann Lennart Fogelklou zuletzt gesehen wurde.«

»Ja, mach das.« Niklas nickte ihr zu.

Während sie ihr Handy zückte und zur Seite trat, rief er sich vor Augen, was er über FoCo wusste. Es handelte sich um die größte Reederei Schwedens. Den größten privaten Arbeitgeber der Stadt Malmö. Lennart Fogelklou war bekannt wie der berühmte bunte Hund. Und gleichzeitig war er jemand, der wie eine graue Eminenz, die kaum jemand zu sehen bekam, über allem schwebte.

Jeder kannte die Reederei FoCo, aber nur die wenigsten wussten wahrscheinlich überhaupt irgendetwas über das Unternehmen. Das lag auch daran, dass sich das Geschäft von FoCo größtenteils auf den Weltmeeren abspielte. Und auch der Industriehafen Malmös war fast wie eine Stadt innerhalb der Stadt. Ein eigener Bereich. Umschlossen von großen Sicherheitszäunen und einem Gate, das nur die Lkw-Fahrer und Passagiere, die mit den Fähren nach Deutschland fuhren, passieren durften.

Aber FoCo war keine dieser Fährreedereien, zumindest so viel wusste er. Es handelte sich um eine der großen Containerreedereien, die ihre Boxen quer über die Ozeane transportierten. Manche der Schiffe hatte er auch schon auf dem Öresund beobachtet. Der grün-weiße Anstrich der Stahlriesen war auffällig. Aber er wusste, dass der Großteil der Schiffe im Rest der Welt im Einsatz war.

In Malmö kursierte das eine oder andere Gerücht über Lennart Fogelklou. Seine Öffentlichkeitsscheu rühre daher, dass er Angst vor Menschen habe, hieß es. Davor, dass Neider es auf seinen Reichtum abgesehen haben könnten. Es gab aber auch Stimmen, die behaupteten, ihn würden Malmö und die Menschen hier schlichtweg nicht interessieren. Er kümmere sich nur um seine Firma, vor allem aber um sein eigenes Wohlergehen. Und offenbar widerstrebe es ihm, etwas von seinem Reichtum in Form von Spenden oder Engagement für Kultur, Sport oder Soziales abzugeben.

Niklas hatte sich nie Gedanken darüber gemacht. Fogelklou war als Person für ihn nie fassbar gewesen. Es fiel ihm schwer zu glauben, dass er überhaupt in ein und demselben Kosmos mit ihm gelebt hatte.

Jetzt war Fogelklou tot. Offenbar ermordet.

»Ich kann bei FoCo niemanden erreichen.« Emma kam zurück und ließ ihr Handy in der Tasche ihres gelben Stoffmantels verschwinden. Mit ihrer Frisur und der Kleidung, die sie heute trug, sah sie aus wie mit einer Zeitmaschine aus den Endsechzigern des letzten Jahrtausends hierhergebeamt. Niklas spürte, dass er sie ein paar Sekunden zu lang ansah.

»Was machen wir jetzt?«, unterbrach sie seine Gedanken.

»Fahren wir am besten nach Svedala.«

»Wir sollten Tommy mitnehmen. Er wird uns helfen können.«

»Weshalb?«, fragte Niklas überrascht.

»Er kennt die Schwester von Lennart Fogelklou. Die beiden sind in eine Klasse gegangen.«

»Das dürfte mehr als dreißig Jahre her sein«, entgegnete Niklas. »Weshalb sollte uns das weiterhelfen?«

»Weil er sie erst neulich bei einem Klassentreffen wiedergesehen hat. Und da hat sie wohl nach dem dritten Glas Wein so einiges über ihren Bruder erzählt, was nicht für die Öffentlichkeit bestimmt war. Und genau das wird er uns auf dem Weg nach Svedala erzählen.«

Schneidersitz

Die Felder Schonens rasten an ihnen vorbei, während Niklas seinen Wagen, einen 3er BMW Kombi, über die E 65 in den Südosten Malmös steuerte. Der Raps, der den Landstrich im Frühsommer in ein Meer aus Gelb verwandelte, war zwar bereits verblüht, aber dafür leuchtete der Mohn noch immer blutrot. Unwillkürlich musste Niklas an Nils Holgerssons Reise denken. Selma Lagerlöf hatte die Kornkammer Schwedens als einen vielfarbigen Flickenteppich beschrieben.

Er kannte diese Gegend wie seine Westentasche. Er war vor etwas mehr als vierzig Jahren in Lund geboren worden und dort auch aufgewachsen. Als er zwölf Jahre alt war, hatten seine Eltern die Wohnung schließlich verkauft und waren auf einen einsamen Hof südlich von Malmö nahe dem Dorf Arrie gezogen. Von einem auf den anderen Tag von der Stadt beinahe ins Jenseits der Zivilisation – für einen angehenden Pubertierenden so ziemlich das Schlimmste, was passieren konnte.

Mit Fahrrad, Mofa und schließlich seinem ersten Auto hatte er allerdings, sooft es ging, die Umgebung erkundet, war zu seinen Kumpels aus den Nachbardörfern gefahren oder hatte seine erste Freundin in Malmö besucht. Er hatte das Beste aus der Situation machen müssen. Und er fand, es war ihm gelungen.

Niklas liebte sein Schonen mit dieser speziellen Mischung aus städtischem und ländlichem Flair und konnte sich nicht vorstellen, jemals von hier wegzuziehen. Es mochte unmodern und vielleicht auch etwas pathetisch klingen, aber er fühlte sich der Region verpflichtet. Er wollte ihr etwas zurückgeben.

Tommy Wallner hatte ihnen gleich zu Beginn der Fahrt nach Svedala erzählt, was er über die Fogelklous wusste. Es war mehr, als Niklas erhofft hatte. Tommy, der fast zehn Jahre älter war als er, kannte Lennart Fogelklous jüngere Schwester Siv aus seiner Zeit auf einem Malmöer Gymnasium. Das

Klassentreffen hatte vor einigen Monaten auf dem Anwesen in Svedala stattgefunden. Obwohl sie selbst nie richtig dort gelebt hatte, hatte Lennart Fogelklous Schwester in einem Nebengebäude des großen Herrenhauses eine feuchtfröhliche Feier veranstaltet.

Tommy hatte sich unwohl gefühlt inmitten so vieler offenbar erfolgreicher Menschen. Jedenfalls hatten die meisten der ehemaligen Klassenkameraden keinen Hehl daraus gemacht, jede Menge materiellen Reichtum zu besitzen. Oder sie hatten zumindest so getan. Vielleicht auch, um sich bei den Fogelklous interessant zu machen, vermutete Tommy. Womöglich spekulierte der eine oder andere ja auf einen gut bezahlten Job in der Reederei oder einen anderen finanziellen Profit durch den Kontakt.

Dass die Familie Fogelklou viel Geld besaß, war auf dem Anwesen im Nordwesten von Svedala an jeder Ecke sichtbar. Als Niklas auf die weitläufige, geschotterte Auffahrt einbog, verstand er sofort, wovon Tommy gesprochen hatte. Das Herrenhaus aus rotem Backstein erinnerte mit seinen Türmchen an die bekannten Schlösser Trollenäs und Skarhult nördlich von Lund, die er früher mit seiner Familie an den Wochenenden oft besucht hatte. Er konnte sich kaum vorstellen, dass in diesem Haus lediglich Lennart Fogelklou mit seiner Frau und den Kindern lebte. Andererseits wusste er, dass Fogelklou auf Platz neun der reichsten Menschen Schwedens lag.

An dem Abend des Klassentreffens vor einigen Monaten hatte sich auch Lennart kurz blicken lassen. Tommy berichtete, dass der klein gewachsene Mann mit dem etwas schütteren angegrauten Haar schüchtern gewirkt hatte. Als wäre es ihm gänzlich unangenehm, unter Leute zu gehen, die ihn wahrscheinlich nur von dem einen Foto kannten, das seit Jahren in den Medien kursierte.

Siv Fogelklou dagegen war anders. Kommunikativ. Selbstbewusst. Und extrovertiert. Sie hatte an diesem Abend eine lange Rede gehalten. Hatte davon erzählt, wie sie vor sieben Jahren auf die andere Seite des Öresunds nach Kopenhagen gezogen war, um dort einen neuen Geschäftsbereich der Reederei aufzubauen – die Kreuzfahrtsparte. Wie erfolgreich sie in diesem Business war. Und dass sie mittlerweile für mehr als ein Viertel des Umsatzes der gesamten Reederei sorgte.

Sie hatte laut Tommy einen gewissen Charme an den Tag gelegt, während sie die Lobeshymne auf sich selbst vortrug. Er hatte in diesen Momenten auch Lennart beobachtet. Und der war wohl weit weniger begeistert gewesen. Zumindest hatte sein angesäuerter Gesichtsausdruck darauf hingedeutet.

An diesem Abend hatte Tommy das Gefühl gehabt, Lennart und Siv Fogelklou hätten womöglich ein angespanntes Verhältnis zueinander. Zumindest schienen sie sich nicht sonderlich nahezustehen.

Langsam ließ Niklas den Wagen ausrollen und stellte ihn direkt vor dem großen Herrenhaus ab. Von den Kollegen der Streife, die bereits vor über einer Stunde hier gewesen waren und Fogelklous Frau Camilla über den Tod ihres Mannes unterrichtet hatten, wussten sie, dass Camilla unmittelbar danach ärztlich versorgt werden musste. Die beiden Rettungswagen auf dem Hof waren ein untrügliches Zeichen dafür, dass sich ihr Zustand wahrscheinlich noch nicht wesentlich verbessert hatte.

»Gehen wir.« Niklas hatte sich im Lauf der Jahre an diese Momente gewöhnt. Die Konfrontation mit den Hinterbliebenen von Mordopfern gehörte sicherlich zu den schrecklichsten Aufgaben ihrer Arbeit – und das würde auch immer so bleiben. Er hatte mittlerweile eine Methode gefunden, mit der er die notwendigen Gespräche so führen konnte, dass sie ihn in seiner Ermittlungsarbeit weiterbrachten und ohne dass es ihn selbst emotional zu sehr aufwühlte. Auch vermied er unangenehme Augenblicke der Stille und achtete darauf, dass seine Fragerei nicht pietätlos wirkte.

Niklas öffnete die Fahrertür und spürte sofort die warme Wand, gegen die er prallte. Von den kühlen Temperaturen am Morgen war nichts mehr übrig, schwülwarme Luft hing wie eine Glocke über Schonen. Der leichte Regen hatte längst aufgehört, aber die aufgetürmten Wolken in der Ferne kündigten weitere Schauer und vermutlich auch Gewitter an.

Einer der Rettungssanitäter öffnete die schwere Pforte und nickte ihnen schweigend zu. Wollte er mit seinem Schweigen etwas zum Ausdruck bringen? Niklas verdrängte den Gedanken, als er im Hintergrund einen Jungen erblickte, der auf der großen, ausladenden Treppe in der Empfangshalle saß und auf ein Tablet starrte.

»Sind nur Fogelklous Frau und die Kinder hier?«, fragte Niklas.

Der junge Sanitäter nickte wieder stumm.

»Du darfst ruhig mit uns reden«, versuchte es Niklas etwas flapsig. »Wie geht es ihnen?«

»Ihre Reaktion ist nachvollziehbar, einerseits, aber andererseits auch wieder nicht«, antwortete der Mann zögerlich. »Der Junge wirkt vollkommen apathisch. Wir haben ihn in seinem Zimmer gefunden. Dort lag er mit dem Tablet auf seinem Bett. Er will bislang seine Mutter aber nicht sehen.«

»Wie alt ist er?«, fragte Niklas an Emma gewandt.

»Letzten Monat acht geworden.«

»Und wie heißt er?«

»Gustav.«

»Und die Schwester?«

»Ada, sie ist knapp zwei Jahre jünger.«

»Okay, danke«, murmelte Niklas. Dann sah er wieder den Rettungssanitäter an. »Wo ist die Tochter?«

»Auf ihrem Zimmer, wir haben ihr Beruhigungsmittel geben müssen, nachdem sie verstanden hat, weshalb wir hier sind.«

»Und Camilla Fogelklou?«

»Ist oben, in ihrem Schlafzimmer.«

»Hat sie auch Beruhigungsmittel bekommen?«

»Allerdings, und nicht zu knapp.«

»Schläft sie?«

»Vorhin war sie noch immer wach, aber wie ich gerade schon andeutete, ist das Problem, das wir mit ihr haben, eher anders gelagert.«

»Und das heißt was genau?«

»Sie will unbedingt ihren Mann sehen. Wir mussten sie zurückhalten, ansonsten wäre sie schon längst in die Rechtsmedizin gefahren.«

»Aus welchem Grund?«, fragte Emma. »Zweifelt sie etwa daran, dass der Tote ihr Mann ist?«

»Ich hatte eher das Gefühl, als wolle sie sich vergewissern, dass er es auch wirklich ist.«

»Du meinst also, dass sie …« Niklas brach den Satz ab. Statt den Rettungssanitäter weiterhin zu löchern, mussten sie einfach so schnell wie möglich selbst mit Camilla Fogelklou reden.

Er gab Emma und Tommy ein Zeichen, und sie gingen an dem Jungen vorbei die Treppe hoch. Aus dem Augenwinkel erkannte Niklas, dass Gustav sich einen Film ansah. Anhand der kurzen Sequenzen, die er wahrnahm, war er sich einigermaßen sicher, dass der Film wohl nicht unbedingt für einen Achtjährigen geeignet war.

»Kümmere dich bitte um ihn«, rief er dem Rettungssanitäter zu. »Wenn ihr das Gefühl habt, dass es besser wäre, ihn mitzunehmen, dann macht das bitte.«

»Nein!«, zischte der Junge plötzlich und drehte sich zu ihm um. »Ich bleibe hier. Mir geht es gut.«

»Natürlich«, sagte Niklas beschwichtigend. »Aber leg doch vielleicht mal das Gerät beiseite und lass dir von den Sanitätern helfen.«

»Ich brauche keine Hilfe.«

»Wie du meinst.« Niklas verzichtete darauf, dem Jungen zu widersprechen. Sie würden sich später um ihn und seine Schwester kümmern müssen. Das Gespräch mit der Mutter war im Moment wichtiger.

Als sie am Ende der geschwungenen Holztreppe angekommen waren, offenbarte sich ihnen ein breiter und lang gezogener Flur, von dem mindestens ein halbes Dutzend Türen zu beiden Seiten abzweigte. In welchem dieser Zimmer sich Camilla Fogelklou aufhielt, war nicht schwer herauszufinden.

Zwei weitere Rettungskräfte warteten in ein paar Metern Entfernung vor einer der verschlossenen Türen.

»Gut, dass ihr jetzt hier seid«, sagte eine der Frauen. »Die Ärztin ist bei ihr drin. Aber sie will sich immer noch nicht davon abbringen lassen, sofort ihren Mann zu sehen.«

»Wo genau liegt denn eigentlich das Problem?«, fragte Emma nun. »Sie muss ihn doch früher oder später ohnehin identifizieren.«

»Besprecht das am besten mit Frau Dr. Nyborg. Sie ist der Meinung, dass es besser wäre, wenn Camilla Fogelklou erst einmal zur Ruhe kommt.«

Bei den Gedanken an Camilla und der vagen Vermutung des Rettungssanitäters, dass sie es gar nicht abwarten konnte, sich davon zu überzeugen, dass der Tote auch wirklich ihr Mann war, musste Niklas an den Morgen denken, als Pernille vor seinem Haus gestanden hatte. Oder besser gesagt: auf allen vieren auf dem Rasen des Vorgartens gehockt hatte.

Unvorstellbar, was so viele Jahre der Zweisamkeit am Ende hinterlassen konnten. Die Trennung von Pernille war in Wahrheit ein schleichender Prozess gewesen. Angefangen hatte alles vor sechs Jahren mit der Nachricht, dass sie keine Kinder bekommen konnte, ausgelöst durch eine unscheinbare Schilddrüsenüberfunktion. Nach dem ersten Schock hatten sie ihr Leben erst einmal wie zuvor weitergeführt, zumindest hatte Niklas das geglaubt. Doch in Wirklichkeit hatte Pernilles Leiden ab diesem Moment erst begonnen. Und die Höllenfahrt ihrer Partnerschaft ebenfalls.

Niklas hatte ihr nie das Gefühl gegeben, dass ihm etwas fehlte, weil sie keine Familie gründen konnten. Und dennoch hatte sie sich, wie er allerdings erst viel später erfuhr, jahrelang den absurden Vorwurf gemacht, sie sei nicht gut genug für ihn. Nicht selten hatte er sich gefragt, ob er vielleicht aufmerksamer hätte sein müssen. Mögliche Zeichen, wenn es sie denn gegeben hatte, hatte er nicht erkannt. Vielleicht hatte Pernille genau damit, dass er einfach so tat, als wäre nichts vorgefallen, am meisten zu kämpfen gehabt. Aber entschuldigen konnte sie das, was mit ihr geschehen war, was sie auch ihm im Zuge dessen angetan hatte, nicht damit, dass er womöglich zu empathielos gewesen war.

Niklas fuhr zusammen. Emma hatte ihn aus seinen Gedanken gerissen. Sie und Tommy hatten den Raum längst betreten und standen neben einem großen Bett, auf dem eine Frau in einem türkisfarbenen Kleid im Schneidersitz saß. Ihre langen blonden Haare umhüllten ein sichtlich erregtes Gesicht. Ihre Wangen glühten, und die Mundwinkel zuckten offenbar unkontrolliert.

Niklas tauschte einen kurzen Blick mit der Ärztin, die sich gerade noch einige Notizen gemacht hatte. Wenn er ihre Miene richtig interpretierte, schien es angebracht, Camilla Fogelklou behutsam zu behandeln. Weshalb, das mussten sie wohl selbst herausfinden.

Niklas wappnete sich. Er kannte Situationen wie diese. Pernilles stille Depression war irgendwann umgeschlagen in ein brodelndes Gemisch aus Hysterie, Eifersucht, manischen Tobsuchtsanfällen und hemmungslosem Alkoholkonsum. Er hatte all das ertragen, obwohl er oft genug kurz davor gestanden hatte, sie zwangseinweisen zu lassen. Heute wusste er, dass es wohl schon damals besser gewesen wäre. Aber er hatte sie zu sehr geliebt, um ihr dieses Martyrium anzutun.

Er hatte sie immer ohne Wenn und Aber geliebt. Auch ohne Kinder. Und vielleicht wären sie sogar noch heute zusammen, wenn da nicht eines Tages der Moment gewesen wäre, der ihm die Augen geöffnet hatte. Sie war krank und benötigte dringend professionelle Hilfe. Es war der Moment gewesen, als sie mit einer Schere auf ihn zugerannt war und seinen Hals nur um Zentimeter verpasst hatte, weil er geistesgegenwärtig genug gewesen war, ihr gerade noch auszuweichen. Vielleicht hatte er diesen Moment insgeheim auch kommen sehen.

Dieser Tag lag jetzt etwas mehr als ein Jahr zurück. Ein ganzes Jahr ohne Pernille – in dem er sich besser als zuvor gefühlt hatte. In dem er wieder die Lebenslust und den Optimismus spürte, die ihn immer ausgezeichnet hatten. Er war befreit von einer Last, die ihm die Luft zum Atmen genommen hatte. Manchmal schämte er sich dafür, so über Pernille zu denken. Oft genug gab es noch Augenblicke wie heute Morgen, in denen er ihrem Psychoterror wieder ausgesetzt war, aber er fühlte sich mittlerweile nicht mehr verantwortlich für sie. Ob verständnisvolles Reden oder harte Tour, auch die Versuche von Pernilles Eltern und Geschwistern – alles war umsonst gewesen. Sie war noch immer gefangen in einer unzertrennbaren Schleife aus Liebe für und Hass auf ihn.

Niklas lenkte seine Gedanken auf das Hier und Jetzt. Gleich zu Beginn einer jeden Befragung kam sein wichtigstes Argument zum Einsatz. Er zeigte Mitgefühl und ließ die Hinterbliebenen darüber entscheiden, ob sie mit ihm sprachen oder nicht. Allerdings mit dem Hinweis, dass Letzteres ihren Ermittlungen und der Ergreifung des Täters natürlich nicht dienlich sei. Bislang hatte er Angehörige auf diese Weise so gut wie immer zum Reden gebracht. Denn durch diesen kleinen Trick hatten sie plötzlich das Gefühl, die Situation selbst in der Hand zu haben.

»Wir möchten Ihnen zuallererst unser Beileid aussprechen, Camilla«, begann Niklas. »Niemand von uns kann den Schmerz nachempfinden, den Sie fühlen müssen. Deshalb wäre es für uns vollkommen nachvollziehbar, wenn Sie dieses Gespräch zu einem späteren Zeitpunkt führen möchten.«

»Nein, absolut nicht.« Camillas Stimme klang klar und deutlich. Eine besondere Wirkung der Beruhigungsmittel war ihr nicht anzumerken. Durch den Schock über den Tod ihres Mannes behielt das Adrenalin im Körper vielleicht die Oberhand.

»In Ordnung, dann würden wir Ihnen gerne ein paar Fragen stellen.«

»Nur wenn Sie mich anschließend sofort zu ihm fahren. Ich muss ihn sehen.«

Niklas musterte die Frau. Sie war mit Sicherheit einige Jahre älter als Pernille, doch im Vergleich zu der Frau, die heute Morgen vor seinem Haus aufgekreuzt war, sah Camilla zwar aufgewühlt, aber dennoch wie das blühende Leben aus. Und das trotz der Nachricht über den plötzlichen Tod ihres Mannes. Dass sie nun so schnell wie möglich seine Leiche sehen wollte, wirkte nicht wie eine Übersprunghandlung, sondern wie ein klarer Plan.

»Gut, dann interessiert uns als Erstes, wann Sie Lennart zuletzt gesehen haben.«

»Um ganz ehrlich zu sein, ich weiß es nicht mehr genau«, antwortete Camilla. »Lennart hat oft tagelang im Büro geschlafen, wenn er lange arbeiten musste.«

»Heißt das, Sie haben ihn zuletzt vor einigen Tagen gesehen?«

»Wenn ich jetzt so darüber nachdenke, müsste es tatsächlich schon vor drei Tagen, also Mittwochmorgen, gewesen sein, als er das Haus verlassen hat«, antwortete sie.

»Und seitdem hatten Sie nichts mehr von ihm gehört?«

Sie zuckte wortlos mit den Schultern. Die Farbe wich nun doch allmählich aus ihrem Gesicht, als ob sie erst jetzt realisierte, dass ihr Mann tatsächlich tot war.

Niklas nahm das Vibrieren von Emmas Handy wahr. Aus dem Augenwinkel sah er, dass sie zögerte, doch als er ihr zunickte, zog sie das Telefon aus ihrer Jackentasche und verließ den Raum.

»Ich habe Lennart irgendwann am Mittwochnachmittag angerufen«, sagte Camilla Fogelklou plötzlich. »Er sollte für mich einspringen. Gustav hatte gestern Abend nämlich seine Schultheateraufführung, und ich musste einen wichtigen Kurs an der Volkshochschule geben. Aber es ging nur Lennarts Mailbox an.«

»Er ist also nicht dort gewesen?«

Camilla schüttelte den Kopf. »Leider nicht. Aber um ehrlich zu sein, ich hatte auch nicht damit gerechnet.«

»Die Rechtsmedizin geht davon aus, dass Ihr Mann schon seit etwa drei bis vier Tagen nicht mehr am Leben ist«, sagte Niklas. »Das würde zu Ihren Aussagen passen.«

»Wie bitte?« Plötzlich wirkte Camilla Fogelklou verunsichert. »Wieso hat mir das noch niemand …«

Sie brach ab, als Emma den Raum wieder betrat und energisch auf Niklas zuging.

Sie und Niklas arbeiteten seit fast zehn Jahren Seite an Seite. Lange genug, um bereits an ihren Schritten erkennen und hören zu können, dass etwas passiert sein musste. Ihr angespannter Gesichtsausdruck bestätigte, dass es äußerst wichtig war.

Berlin

»Wie sicher können wir uns sein, dass die Zeugin die Wahrheit sagt?«

»Welchen Grund sollte sie haben, das nicht zu tun?«, fragte Emma zurück. »Ich gehe davon aus, dass es weitere Mitarbeiter der Reederei geben wird, die bestätigen können, dass Lennart Fogelklou gestern noch im Büro war.«

»Angenommen, es stimmt, was soll das nun heißen? Dass Lundin als Leiter der Malmöer Rechtsmedizin sich gleich in seinem ersten größeren Fall eine grobe Fehleinschätzung geleistet hat?«

»Ich kenne Lundin nicht gut genug«, antwortete Emma.

»Irgendwas ist seltsam«, sagte Niklas. »Könnte es sein, dass Camilla die ganze Zeit geahnt oder zumindest gehofft hat, dass der Tote gar nicht ihr Mann ist?«

»Worauf willst du hinaus?«

»Ich habe nur eine Erklärung dafür«, antwortete Niklas vielsagend. »Ob sie richtig ist, muss uns Camilla Fogelklou aber selbst beantworten.«

»Weshalb wollen Sie die Leiche Ihres Mannes so dringend identifizieren?« Niklas beobachtete Camilla, als sie wenige Augenblicke später wieder neben ihrem Bett standen.

»Ich verstehe die Frage nicht. Das ist doch wohl ganz normal, oder etwa nicht?«

»Sie hoffen, dass der Tote gar nicht Lennart ist, richtig?«

»Wie bitte? Nein, ich meine, wer sollte denn –?«

»Sagen Sie es uns«, unterbrach Niklas sie. »Wir haben gerade eine Information bekommen, nach der es offenbar unmöglich ist, dass es sich bei der Leiche um Ihren Mann handelt.«

»Was erzählen Sie denn da? Ich dachte …« Camilla brach ab. Ihr Blick flirrte jetzt.

»Die Sekretärin Ihres Mannes hat bestätigt, dass Lennart

gestern noch im Büro gewesen ist«, erklärte Emma. »Laut Rechtsmedizin ist der Tote, den wir gefunden haben, allerdings bereits vor mehreren Tagen verstorben. Erklären Sie uns bitte, weshalb mehrere Personen unabhängig voneinander ausgesagt haben, dass es sich bei der Leiche dem Äußeren nach um Ihren Mann handeln muss.«

»Wollen Sie damit etwa sagen, dass Hans …?« Erneut stoppte sie mitten im Satz.

»Wer ist Hans?«, fragte Emma.

»Lennarts Zwillingsbruder.«

»Ach, und deshalb wollten Sie sich vergewissern? Sie wollten wissen, ob es sich bei dem Toten wirklich um Lennart und nicht vielleicht um seinen Bruder handelt.«

»Möglich«, antwortete Camilla. »Natürlich habe ich gehofft, dass Lennart noch am Leben ist. Andererseits konnte ich mir bis gerade eben auch nicht vorstellen, dass der Tote wirklich Hans ist. Immerhin war er seit vielen Jahren nicht mehr hier.«

»Weshalb denn nicht?«

»Weil er nicht mehr in Schweden, sondern in Deutschland gelebt hat.«

»Und dann taucht er urplötzlich als Leiche wieder auf.« Niklas begann, nachdenklich in dem Zimmer auf und ab zu gehen. Dieser Fall nahm seltsame Züge an. Hatten sie es nun doch nicht mit einem Mord am neuntreichsten Mann Schwedens zu tun, sondern an dessen Zwillingsbruder, der nicht einmal in Schweden lebte? Was das zu bedeuten hatte, war vollkommen unklar. Und vor allem drängte sich jetzt umso mehr die Frage auf: Wo befand sich eigentlich Lennart Fogelklou, wenn er gar nicht tot war?

»Mein Mann lebt also tatsächlich noch?«, fragte Camilla plötzlich. Sie klang völlig verunsichert.

»Zumindest ist Lennart nicht der Tote, den wir aus dem Öresund gezogen haben«, antwortete Emma. »Daraus ergibt sich für uns natürlich gleichzeitig die Frage, wo sich Ihr Mann gerade aufhält. Es ist Samstag – ist es üblich, dass er an den

Wochenenden nicht zu Hause ist? Oder sich zumindest nicht bei Ihnen meldet?«

»Es kommt gelegentlich vor.« Camillas Stimme war schwer. »Lennart arbeitet sehr viel. Und in letzter Zeit hatte er besonders viel Stress. Ich bin einfach nur froh, dass er lebt.« Ihre Worte erstarben beinahe unter dem einsetzenden Schluchzen. »Aber … Denken Sie jetzt etwa, er hat etwas mit dem Tod von Hans …?«

»Nein, daran denken wir nicht«, wiegelte Niklas ab. »Sollte der Tote Ihr Schwager sein, müssen wir aber natürlich mit Lennart sprechen. Glauben Sie, er hat im Büro geschlafen?«

»Das hoffe ich jedenfalls.«

»Es wäre hilfreich, wenn Sie ihn anrufen. Am besten sofort.«

»Ich habe leider keine große Hoffnung, dass er rangehen wird«, antwortete sie resigniert. »Aber wie Sie meinen.«

Camilla nahm ihr Handy vom Nachttisch und wählte eine Nummer. Nach einer halben Minute brach sie den erfolglosen Anruf ab. »So ist es meistens, wenn er nicht zu Hause ist.«

Niklas nickte unmerklich. Er hatte verstanden, wie unangenehm ihr das Thema war. Offenbar nächtigte ihr Mann bisweilen auswärts. Und es war nicht unwahrscheinlich, dass dies nicht nur mit seinem stressigen Job zu tun hatte.

»In welchem Verhältnis stand Ihr Mann zu seinem Bruder?«, hakte Emma ein.

»Wie meinen Sie das? Sie glauben also doch, dass Lennart etwas mit Hans' Tod zu tun hat?«

»Uns fehlen momentan noch die eindeutigen Beweise zur Identität des Opfers. Angenommen, es handelt sich um Hans, wollen wir verstehen, was passiert ist«, erklärte Emma ruhig, aber unmissverständlich. »Darum wäre es schön, wenn Sie einfach unsere Fragen beantworten würden. Eben sagten Sie, Lennart und Hans hätten sich seit Jahren nicht gesehen. Angesichts der Tatsache, dass die beiden Zwillingsbrüder waren, finde ich das ziemlich ungewöhnlich.«

»Ich habe gesagt, dass Hans seit einigen Jahren nicht in Schweden gewesen ist«, antwortete Camilla scharfzüngig.

»Nicht, dass die beiden sich nicht gesehen hätten. Lennart ist einige Male bei ihm in Berlin gewesen.«

»Also hatten die beiden ein gutes Verhältnis zueinander?«

»Natürlich hatten sie das. Weshalb reiten Sie so darauf herum?«

»Weil wir im Grunde nichts über Ihre Familie wissen. Wir müssen davon ausgehen, dass die Information der Sekretärin Ihres Mannes stimmt. Gleichzeitig haben Sie jedoch keine Ahnung, wo Ihr Mann steckt. Und sein Zwillingsbruder ist in dem Fall mutmaßlich tot, offenbar ermordet. Haben Sie vielleicht irgendeine Idee, weswegen Hans ausgerechnet jetzt zurück nach Schweden gekommen sein sollte?«

Emma trat näher an das Bett heran, auf dem Camilla noch immer saß. Sie hatte die nächste Stufe gezündet, wie Niklas es immer nannte: wenn sie in einem Gespräch oder einer Befragung dem Gegenüber so nahe rückte, dass es ihr gelang, demjenigen fast jede Information zu entlocken. In diesen Momenten ließ er sie einfach machen.

Camilla Fogelklou schien beeindruckt. Sie dachte über die Frage nach, schüttelte aber schließlich den Kopf.

»Hat es irgendetwas mit der Reederei zu tun?«, klinkte Tommy sich jetzt ein. »Mir ist zu Ohren gekommen, dass FoCo in den letzten Monaten immer mehr unter Druck geraten ist.«

Niklas sah seinen Kollegen mit den halblangen dunkelbraunen Locken und dem dichten Bart verwundert an. Tommy war kein Mann der vielen Worte. In den gemeinsamen Jahren in der Mordkommission hatten sie beide nie sonderlich viel miteinander gesprochen, dabei mochte Niklas die ruhige und sachliche Art von Tommy und schätzte ihn als einen der besten Ermittler, die er kannte. Sie beide brauchten einfach keine großen Gesten oder Worte, um zu verstehen, wie der jeweils andere dachte. Umso überraschter war er allerdings in diesem Moment, dass Tommy derart vorpreschte. Mit einer Information, die auch für ihn neu war.

»Keine Ahnung, wovon Sie sprechen«, reagierte Camilla plötzlich barsch. »Aber bevor ich jetzt noch irgendetwas sage ... Wenn Lennart lebt, möchte ich erst einmal mit ihm sprechen. Wenn ich ihn denn erreichen würde.«

»Das würden wir auch gerne«, sagte Niklas. »Solange wir jedoch nicht wissen, wo er sich aufhält, werden wir erst einmal Ihrem Wunsch nachkommen, die Leiche zu identifizieren.«

»Da es sich nun offenbar nicht um Lennart handelt, würde ich gerne darauf verzichten«, antwortete Camilla. »Fragen Sie doch einfach Olof, er ist auf dem Weg hierher.«

Niklas runzelte die Stirn, sagte jedoch nichts. Sollte er wissen, wer Olof war? Er hatte keine Ahnung.

Das Paket

Olof Fogelklou war ein hagerer Mann mit schulterlangen dunkelblonden Haaren und einer getönten Brille. Für einen kurzen Moment hatte Niklas John Lennon vor Augen. Das Bild verschwand jedoch, als sie sich die Hände schüttelten. Aus der Nähe sah er ziemlich verlebt aus, eher wie Johnny Depp auf einem der Fotos, die Niklas neulich in einem Promimagazin beim Zahnarzt gesehen hatte.

»Setzen Sie sich bitte«, sagte er. Sie standen im Erdgeschoss des großen Hauses an einer lang gezogenen Holztafel, an der ohne Weiteres zwanzig Personen Platz finden konnten. Camilla Fogelklou hatte trotz der Beruhigungsmittel, die ihr die Ärztin verabreicht hatte, das Bett verlassen und sie in das große, pompös wirkende Esszimmer geführt, wo sie auf den jüngeren Bruder von Lennart und Hans gewartet hatten.

»Sie wissen also bereits, was passiert ist?«

»Ich habe es in den Radionachrichten gehört und sofort Camilla angerufen«, antwortete Olof Fogelklou.

Hinter den Brillengläsern erkannte Niklas tränenunterlaufene Augen. Olof zitterte am ganzen Körper.

»Lennart ist nicht tot«, sagte Camilla jetzt. »Ich habe es auch erst eben erfahren. Bei der Leiche, die gefunden wurde, soll es sich um …« Sie stockte kurz, ehe sie weiterredete. »So wie es aussieht, ist es Hans.«

»Hans?« Olof sah die Anwesenden irritiert an. »Wieso denn nun er?«

Niklas warf Camilla einen wütenden Blick zu. Bevor Olof eingetroffen war, hatten sie besprochen, dass sie sich nicht in das Gespräch mit ihm einmischen sollte. Emma und er hatten Olof mit dem mutmaßlichen Tod seines Bruders Hans konfrontieren wollen. Die Absprache hatte nicht einmal eine halbe Minute gehalten.

»Worauf Ihre Schwägerin hinausmöchte«, sagte Niklas.

»Wir sind fälschlicherweise davon ausgegangen, dass der Tote, der heute Morgen im Wasser vor Ribersborgs Kallbadhus gefunden wurde, Ihr Bruder Lennart ist. Anhand von Aussagen einer Mitarbeiterin der Reederei können wir mittlerweile allerdings wohl ausschließen, dass es sich bei der Leiche um Lennart handelt. Wir vermuten stattdessen vielmehr, dass der Tote Hans ist, weil das Opfer Lennart zum Verwechseln ähnlich sieht.«

»Ehrlich gesagt überfordert mich das alles gerade etwas«, sagte Olof. Seine Stimme klang noch immer brüchig.

»Nun, wir wussten bis eben nicht, dass Lennart einen Zwillingsbruder hatte. Wir haben es erst von Ihrer Schwägerin erfahren.«

»Aber wieso er?« Olof rang um Fassung.

»Wir haben gehört, dass Hans seit einigen Jahren nicht mehr in Schweden gewesen ist«, ergriff Emma wieder das Wort. »Hatten Sie in dieser Zeit Kontakt zu ihm?«

»Eher selten«, antwortete Olof kurz angebunden.

»Gab es dafür besondere Gründe?«

»Nein, eigentlich nicht. Hans hat schon immer sein eigenes Ding gemacht. Und wir beide hatten nie sonderlich viel miteinander zu tun.«

»Wussten Sie, dass er auf dem Weg nach Schweden war?«

»Nein.« Olof atmete tief durch. »Wie ist er denn zu Tode gekommen?«

»Das wissen wir noch nicht genau«, antwortete Emma. »Allerdings müssen wir davon ausgehen, dass es kein Unfall war. Auch auf einen Suizid lässt aktuell nichts schließen. Es gibt einen Zeugen, der vor ein paar Tagen beobachtet hat, wie eine vermutlich leblose Person von der Öresundbrücke geworfen wurde. Außerdem glaubt unsere Rechtsmedizin, dass Ihr Bruder bereits vor einigen Tagen ums Leben gekommen ist. Und Lennart wurde laut einer Mitarbeiterin noch gestern in seinem Büro gesehen. Aber wir werden das natürlich noch weiter überprüfen.«

»Ich verstehe das alles nicht«, sagte Olof. »Wenn es kein

Unfall gewesen ist, dann muss es also ...« Er suchte nach den richtigen Worten. »Ich meine, weshalb sollte jemand Hans umbringen?«

»Diese Frage stellen wir uns auch«, sagte Emma. »Was hat Ihr Bruder in Berlin eigentlich beruflich gemacht?«

»Spielt das irgendeine Rolle?«, fragte Olof ausweichend.

»Wir ermitteln nach allem, was wir bislang wissen, tatsächlich in einem Mordfall. Bitte überlassen Sie uns die Einschätzung darüber, was eine Rolle spielen kann und was nicht.«

»Soviel ich weiß, hat er irgendetwas mit Immobilien gemacht. Das war aber nicht der Grund, weshalb er Malmö damals verlassen hat.« Olofs Stimme hatte sich plötzlich verändert. Er klang jetzt nüchterner.

»Lennart und Hans waren schon immer zwei Alphatiere. Dass zwei solche Typen gemeinsam eine Reederei führen, geht wohl in den seltensten Fällen gut. Die beiden haben fast vierzig Jahre lang so gut wie jeden Moment ihres Lebens miteinander geteilt. Irgendwann war allerdings der Punkt erreicht, an dem sie getrennte Wege gehen mussten. Und auf die Reederei bezogen haben sie eingesehen, dass nur einer das Sagen haben kann.«

»Das hört sich nicht unbedingt danach an, als wären die beiden im Guten auseinandergegangen«, sagte Niklas.

»Zumal Hans als Teilhaber komplett aus der Reederei ausgestiegen ist und seine Anteile an Lennart abgegeben hat«, warf Tommy ein. »Ein ungewöhnlicher Vorgang, der Lennart teuer zu stehen gekommen sein dürfte.«

Wieder sah Niklas seinen Kollegen überrascht an. Tommy war offenbar bestens über die Fogelklous und die Reederei informiert.

»Ich kann dazu nicht viel sagen.« Olof zuckte mit den Schultern. »Mit der Reederei hatte ich noch nie etwas zu tun. Lennart und Hans haben immer ihr eigenes Ding gemacht.«

»War Hans verheiratet?«, fragte Tommy.

»Nein.«

»Gab es zuletzt eine Frau in seinem Leben?«

»Das weiß ich ehrlich gesagt nicht.«

»Hatten Sie in den letzten Stunden Kontakt zu Lennart?«
Niklas wechselte das Thema. Sein Bauchgefühl sagte ihm, dass
Olof bislang noch nicht alles gesagt hatte, was er wusste.

»Nein, aber das ist nichts Besonderes. Wir haben beide viel
zu tun.«

»Wo leben Sie momentan?«

»Ich bin ein Wanderer zwischen den Welten«, antwortete
Olof und lächelte plötzlich etwas schräg. »Ich habe eine Wohnung sowohl in Kopenhagen als auch eine etwas südlich von
Landskrona.« Er hielt kurz inne und fuhr sich durch seine
langen Haare. »Es tut mir leid, aber über meine Brüder kann
ich Ihnen weniger sagen, als Sie sich vielleicht erhofft haben.
Ich war ein Nachzügler. Wir haben leider schon immer kaum
etwas miteinander zu tun gehabt. Dasselbe gilt für das Verhältnis zu meiner Schwester.«

»Wenn ich richtig informiert bin, verantwortet Ihre Schwester den Kreuzfahrtbereich der Reederei«, sagte Tommy. »Ist
das richtig?«

»Wahrscheinlich wissen Sie das besser als ich. Jedenfalls bin
ich der Einzige in der Familie, der nichts mit der Reederei am
Hut hat.«

»Und was machen Sie beruflich?«, drängte Niklas.

»Ich habe ein kleines Geschäft in der Nähe von Lund und
vermiete und verkaufe sowohl Wohnmobile als auch alles, was
Sie sich rund um das Thema Camping so vorstellen können.«

»Sie stehen also auf eigenen Beinen«, folgerte Niklas. »Gibt
es einen Grund, warum Sie nicht für die Reederei arbeiten?«

»Ich habe mich nie für die Schifffahrt interessiert. Fogelklou
Containers ist das Lebenswerk von Lennart und Hans. Damit
hatte ich nichts zu tun. Außerdem ist diese ewige Gier nach
immer mehr und immer größer nicht so meins.«

»Darf ich fragen, wie Ihr Verhältnis zu Lennart ist?« Niklas
stützte sich mit beiden Armen auf dem Tisch ab und fixierte
Olof.

»Ganz normal.«

Niklas fuhr herum und sah Camilla an. Sie hatte anstelle von Olof geantwortet.

»Ich glaube, es reicht jetzt mit Ihren Fragen«, sagte sie streng. »Wir müssen doch erst einmal damit klarkommen, was passiert ist. Der Tod von Hans ist furchtbar für uns alle. Ich muss dringend mit meinem Mann sprechen.«

Niklas nickte wortlos. Camilla Fogelklou wollte das Gespräch also beenden. Ziemlich abrupt, wie er fand, aber auch nachvollziehbar.

»Na schön, dann würde ich Sie jetzt bitten, mit uns zu kommen«, wandte Emma sich an Olof. »Die Opferidentifizierung wird sicherlich nicht leicht für Sie werden, aber wir werden Sie begleiten und uns so gut es geht um Sie kümmern. Wenn Sie möchten, können Sie auch die Hilfe unserer Polizeiseelsorgerin in Anspruch nehmen.«

»Sie meinen, ich soll Hans –?«

»Wir brauchen Klarheit«, fiel Emma Olof ins Wort. »Solange wir nicht sicher wissen, dass der Tote Ihr Bruder Hans ist, stecken unsere Ermittlungen fest, wie Sie sich sicher vorstellen können.«

»Ich weiß nicht, ob es sinnvoll ist, dass ausgerechnet ich meinen Bruder –«

Das Klopfen an der Tür zum Esszimmer unterbrach den Satz des Jüngsten der Fogelklou-Brüder. Im nächsten Augenblick stand Gustav, der Sohn von Lennart und Camilla, vor ihnen. Er hielt einen Karton in den Händen und sah sie aus diesen leeren Augen an, die Niklas bereits vorhin im Treppenhaus aufgefallen waren.

»Schatz, was willst du denn hier?« Camilla sprang auf und ging hastig auf ihren Sohn zu. »Wir haben hier noch ein paar wichtige Dinge zu besprechen. Ich habe dir doch vorhin gesagt, dass es Papa gut geht. Es ist nicht so, wie wir befürchtet haben. Du brauchst dir keine Sorgen zu machen.«

»Das hier ist gerade gekommen«, sagte Gustav emotionslos. »Ein Mann stand plötzlich im Treppenhaus und hat mir dieses Paket gegeben.«

»Ein Mann?«

»Ja, ich habe ihn noch nie gesehen. Aber ich glaube, es war ein Paketbote.«

»Und wieso ist er ins Haus gekommen?«

»Die Haustür stand offen, weil die Polizisten sie nicht zugemacht haben.« Der Junge nickte in Richtung Niklas.

»In Ordnung.« Camilla atmete durch und schien sich wieder zu beruhigen. »Beim nächsten Mal kommst du sofort zu mir. Ich möchte nicht, dass fremde Leute einfach in unser Haus kommen. Warte jetzt bitte draußen, ich bin gleich bei dir.« Sie nahm ihm das Paket ab.

»Der Mann hat gesagt, dass es sehr wichtig wäre«, sagte Gustav. »Du sollst das Paket so schnell wie möglich öffnen.«

»Moment.« Jetzt mischte sich Niklas ein. »Erinnere dich bitte, hat das der Paketbote genau so zu dir gesagt?«

Der Junge nickte, ohne ihn anzusehen.

»Dann übernehmen wir jetzt an dieser Stelle«, entschied Niklas. »Irgendetwas stimmt hier nicht. Tommy, sieh bitte nach, ob dieser angebliche Kurier noch auf dem Hof ist. Falls nicht, sorg dafür, dass wir sofort nach ihm fahnden. Der Junge muss uns später eine Beschreibung des Mannes geben.«

»Was soll denn das?«, fragte Camilla aufgebracht. »Sie machen meinem Sohn Angst. Und mir auch.«

»Kein Paketbote würde so etwas sagen.« Niklas ging energisch auf Camilla zu. »Ich werde das Paket öffnen.«

»Sollten wir es nicht auf Sprengstoff oder andere Substanzen überprüfen?« Emma trat neben ihn und sah ihn aus den Augenwinkeln an. Dann redete sie leise weiter. »Wenn jemand es tatsächlich auf die Familie Fogelklou abgesehen hat, müssen wir vorsichtig sein. Und vor allem das Kind in Sicherheit bringen.«

»Du hast recht.« Niklas ließ seinen Blick schweifen und versuchte, sich rasch einen Überblick zu verschaffen. Über die Situation im Raum und das Paket in Camillas Händen. Bis er sich sicher war, was er tun musste. Er forderte Gustav auf, den Raum so schnell wie möglich zu verlassen, und wies Camilla an, das Paket auf dem Boden abzulegen.

Mehrere Sekunden verstrichen, dann ging Camilla in die Knie und stellte das Paket ab. Erst jetzt erkannte Niklas, dass es nur notdürftig verschlossen war. Kein Absender. Keine Zustelladresse. Kein Paketband. Er kam ins Grübeln. Vielleicht war es am besten, die Kollegen der Bombenentschärfung zu rufen. Auch wenn er sich kaum vorstellen konnte, dass jemand einem achtjährigen Kind einen Sprengsatz in die Hand drücken würde, war die Situation höchst merkwürdig. Sie mussten auf der Hut sein.

Während er noch darüber nachdachte, wie er vorgehen sollte, bückte Camilla sich plötzlich und faltete den Karton resolut auseinander. Sekunden der Stille im Raum, die Niklas wie unerträgliche Minuten vorkamen. Er ahnte, dass es ein Fehler von ihr gewesen war, den Karton zu öffnen.

Camilla wandte sich um. Ihr Gesicht war bleich, die Lippen zitterten. Doch bevor sie noch ein Wort hervorpressen konnte, kippte sie einfach zur Seite und verlor das Bewusstsein.

Pulsierendes Blut

Lennart Fogelklou stützte sich mit seiner linken Hand mühsam auf dem harten Betonboden ab und richtete sich auf. Gerade so weit, dass er mit seinen gefesselten Beinen unter größter Anstrengung ein Stück rückwärtsrobben konnte, um sich an der hinter ihm befindlichen Wand anzulehnen. Der Schmerz in seiner rechten Hand war noch immer unerträglich. Der Verband, den sie notdürftig um die verbliebenen Finger gewickelt hatten, war blutgetränkt. Lennart vermied es, genauer hinzusehen, aber am liebsten hätte er die Stofffetzen einfach weggerissen, um sich davon zu überzeugen, dass sie es wirklich getan hatten. Einfach so. Ohne Ankündigung, ohne jede Warnung. Ohne jeden Skrupel hatten sie ihm seinen Ringfinger gestern Abend einfach mit einem scharfen Gegenstand abgehackt.

Die brennende Wunde und das pulsierende Blut hatten ihn letzte Nacht kein Auge zumachen lassen. Auch weil die Fesseln um die Handgelenke verhinderten, dass er die verbliebenen Finger wenigstens ein wenig bewegen und entlasten konnte.

Wo er sich befand, konnte er nur erahnen. In irgendeiner verfallenen Lagerhalle, so viel stand fest. Er konnte nämlich sehen – immerhin hatten sie ihm den Stoffbeutel vom Kopf gezogen, kurz nachdem sie ihm den Finger abgetrennt hatten.

Vielleicht hielten sie ihn in Kopenhagen gefangen, in einem verlassenen Industriegebiet, fuhr es ihm durch den Kopf. Die ganze Nacht lang, die er hier in der Dunkelheit mit diesen höllischen Schmerzen verbracht hatte, war er im Kopf alles noch einmal durchgegangen. Den Moment, in dem er die Parkgarage betreten hatte. Der Mercedes, der sich plötzlich genähert und direkt vor ihm gehalten hatte. Die beiden Männer, die Tage zuvor die Fenster des Foyers im Erdgeschoss des Büroturms geputzt hatten. Sie hatten ihn mit vorgehaltener Waffe in den Kofferraum des Wagens gezerrt und anschließend mit hoher

Geschwindigkeit durch Malmö gefahren. Bis sie irgendwo im Schatten der Öresundbrücke angehalten hatten – so viel hatte er sehen können, als sie den Kofferraum geöffnet, ihm einen Stoffbeutel über den Kopf gezogen und ihn aus dem Wagen gezerrt hatten.

Sie waren eine Weile zu Fuß gelaufen, und er hatte die Orientierung verloren. Dann waren sie auf ein Boot gestiegen. Kein Segelboot, sondern ein Motorboot. Jedenfalls war der Außenbordmotor relativ laut gewesen. Und das Meer rau, der Wellengang so hoch wie wahrscheinlich noch nie in diesem Winter. Ihm war schlecht geworden. Lennart konnte sich nicht erinnern, jemals seekrank gewesen zu sein, aber in dieser Lage, orientierungslos irgendwo auf der Ostsee, ohne zu wissen, wohin sie ihn brachten und wer diese Männer überhaupt waren, war ihm das Schaukeln so sehr auf den Magen geschlagen, dass er mehrfach hatte würgen müssen.

Sie waren eine ganze Weile unterwegs gewesen. Er hatte sofort vermutet, dass sie ihn über den Öresund nach Kopenhagen bringen würden. Die Männer hatten die ganze Zeit über zwar kaum ein Wort miteinander gewechselt, aber die wenigen Fetzen, die er aufgeschnappt hatte, waren zweifellos Dänisch gewesen.

Als sie wieder an Land gegangen waren, musste es bereits dunkel gewesen sein. Er hatte gehört, dass sich die Männer darüber unterhielten, ihre Taschenlampen möglichst unauffällig einzusetzen. Wieder hatten sie einen Fußmarsch zurückgelegt. Über unebenen Untergrund. Es war nass gewesen. Und er hatte gefroren. Mehr aus Angst.

Bestimmt eine halbe Stunde lang waren sie gelaufen, bis sie schließlich stehen blieben und einer der Männer den Geräuschen nach ein Tor öffnete. Das Tor zu der alten Lagerhalle, auf deren Boden er auch jetzt noch immer hockte. Auf dem er eine schmerzhafte Nacht verbracht hatte. Sie hatten ihm zu trinken und zu essen gegeben. Trockenes Brot und einen Apfel.

Und dann waren sie noch einmal zurückgekehrt. Er hatte anfangs nur ihre Stimmen wahrgenommen. Aufzuschnappen versucht, was sie mit ihm vorhatten. Aber sie hatten zu leise gesprochen. Bis sie plötzlich seinen Arm packten. Dann seine Hand. Sie pressten ihn auf den Boden. Und schließlich war da nur noch dieser Schmerz gewesen, nach dem kurzen Augenblick, in dem er seinen Finger verloren hatte.

Viele Jahre lang hatte er genau diesen Moment gefürchtet. Dass ihn jemand entführte, um Lösegeld von seiner Familie oder der Reederei zu erpressen. Aber dass sie derart brutal vorgehen würden, hatte er sich selbst in seinen schlimmsten Alpträumen nicht vorstellen können. Ohne zu erklären, wer sie waren, was sie von ihm wollten, hatten sie ihm den größten körperlichen Schmerz zugefügt, den er jemals in seinem Leben verspürt hatte. Wahrscheinlich wollten sie ein Zeichen setzen, dass sie zum Äußersten fähig waren, wenn ihre Bedingungen, die sie mit Sicherheit schon bald stellten, nicht erfüllt würden.

Schlimmer noch als die qualvollen Schmerzen war allerdings etwas anderes. Irgendwann hatte er nämlich verstanden, was sie wirklich vorhatten. Sie würden den Finger mitsamt seinem Ehering an Camilla schicken. Als ultimative Abschreckung und Warnung.

Die Gedanken an seine Familie machten ihm am meisten zu schaffen. Der Moment, wenn sie verstehen würden, was man ihm angetan hatte. Er konnte einfach nur beten, dass Gustav und Ada es nicht sehen mussten.

Wer zum Teufel waren bloß diese Männer? Hatten die Südkoreaner ihn hinters Licht geführt? Trauten sie ihm etwa nicht? Oder war einer der Wettbewerber dahintergekommen, welchen Deal er plante? Etwa »Anker«, die Kopenhagener? Aber bei aller Konkurrenz und allen teilweise fragwürdigen Geschäftspraktiken – waren sie wirklich zu solchen Dingen fähig? Oder waren diese Drohungen, die er in den vergangenen Monaten erhalten hatte, etwa doch mehr als nur die wirren Thesen einer linken Aktivistengruppierung gewesen, als die er die Briefe abgetan hatte?

Die Gesichter dieser Männer hatten jedenfalls keinerlei Rückschlüsse zugelassen. Wahrscheinlich waren sie ohnehin nur Handlanger. Dänische Handlanger. Lennart Fogelklou lächelte bitter. Minutenlang saß er einfach nur da und starrte in das Nichts dieser Lagerhalle. Unfähig, sich zu bewegen. Gelähmt durch den Schmerz in seiner Hand.

Er horchte in sich hinein. Aber was er plötzlich hörte, kam nicht aus seinem Innern. Es waren Schritte. Offenbar kamen sie zurück. Diesmal vielleicht, um ihm endlich zu sagen, wer sie waren und was sie von ihm wollten.

Er hatte keine Angst mehr vor ihnen. Es war ein bisschen so, als hätte ihn das gestrige Geschehen härter gemacht. Sie würden ihm nicht noch mehr wehtun können. Nichts von dem, was ihm jetzt noch an Grausamkeiten zugefügt werden würde, konnte ihn brechen. Wenn sie kamen und ihm drohten, würde er hart bleiben. Sich seine Schmerzen nicht anmerken lassen. Und auch nicht zeigen, dass sie ihn beeindruckten. Nein, er hatte keine Angst vor ihnen.

Die Schritte kamen näher. Sie bewegten sich schnell. Im nächsten Moment wurde irgendwo eine Tür aufgerissen. Dann stürmten sie offenbar in die Lagerhalle. Lennart sah sie nicht, was daran lag, dass ihn die Sonne blendete, die durch die schmalen Fensterfronten in einigen Metern Höhe fiel.

Würden sie ihm weitere Schmerzen zufügen? Oder stand vielleicht jetzt sogar sein Leben auf dem Spiel? Wieder horchte er in sich hinein, aber ein Gefühl von Panik blieb tatsächlich aus. Dafür überkam ihn eine Mischung aus Trotz und Gleichgültigkeit. Als wünsche er sich nur noch, dass alles möglichst schnell vorbeigehen würde. Mit welchen Folgen auch immer.

Jetzt endlich sah er sie. Sie verdeckten die grellen Sonnenstrahlen, als sie wenige Meter vor ihm plötzlich wie aus dem Nichts auftauchten. Es waren die beiden Männer, die ihn gestern aus der Tiefgarage entführt hatten. Zwei drahtige Typen. Um die dreißig vielleicht.

Sie blieben direkt vor ihm stehen und sahen ihn sekundenlang stoisch an. Lennart rechnete mit dem Schlimmsten. Dass sie ihn schlugen oder traten. Oder sogar sofort erschossen. Doch stattdessen packten sie ihn an den Armen und begannen, mit ihm zu sprechen. Er musste sich konzentrieren, um alles zu verstehen. Nicht nur, dass das Dänisch der Männer einfach grauenhaft in seinen Ohren klang, sie sprachen schnell und undeutlich. Aber was sie sagten, ließ keine Zweifel zu: Er war hier, um an diesem Ort jemanden zu treffen. Den Menschen, der für das, was ihm angetan wurde, verantwortlich war. Denjenigen, der es auf ihn abgesehen hatte.

Die beiden Männer schleppten ihn bis zur Mitte der Lagerhalle. Dann ließen sie ihn los und traten zur Seite. Einer von ihnen kam nach einigen Sekunden mit einem Stuhl zurück. Er knallte ihn auf den Hallenboden, zerrte anschließend Lennart hoch und schubste ihn auf den Stuhl.

Lennart gab sich einigermaßen Mühe, die Anweisungen zu befolgen. Ja, er wollte demjenigen, der ihm diese Qualen zufügte, in die Augen sehen. Aber noch war es offenbar nicht so weit.

Der muskulöse, aber drahtige Mann, der vor ihm stand, redete wieder auf ihn ein. Und drückte ihm plötzlich einen Zettel in die Hand. Bevor er erfuhr, weshalb er entführt worden war, musste er noch etwas für sie erledigen. Etwas, das ihn noch mehr erniedrigen sollte.

Der Traum von Bullerbü

Petter Larsson war ein untersetzter Mann Ende fünfzig. Mit etwas schütterem Haar, das er ordentlich zu einem Seitenscheitel gekämmt hatte. Und stets einem Lächeln auf den Lippen, das Niklas manchmal an das des dusseligen Clowns aus dem Zirkus erinnerte. Er hatte sich oft gefragt, wie es dieser Mann in einer Stadt wie Malmö zum Leiter der Mordkommission schaffen konnte. Zweifellos machte er einen vernünftigen Job. Und jeder mochte und respektierte ihn. Aber er entsprach so gar nicht dem Klischee eines Kommissariatsleiters, der mit einem Auge Gesetzeshüter war und mit dem anderen den Karriereplan im Blick hatte. Und vor allem war er ganz anders als die Polizeipräsidentin Stine Borg, deren Law-and-Order-Politik in der Stadt, aber auch auf den Fluren der Malmöer Polizei berühmt-berüchtigt war.

Vielleicht war Malmö ja in den vergangenen Jahren so in Verruf geraten und hatte sich zur gefährlichsten Stadt in ganz Skandinavien entwickelt, weil Stine Borg die zunehmende Kriminalität mit ihrer kompromisslosen Art gewissermaßen erst hervorgerufen hatte. Oder war das Unsinn? Jedenfalls zweifelte Niklas ihre Methoden im Umgang mit den brutalen Ereignissen der letzten Zeit auf den Straßen Malmös und deren Wirkung stark an.

Die Bandenkriminalität hatte mittlerweile Ausmaße angenommen, die ihn bisweilen an mexikanische Verhältnisse erinnerten. Regelmäßig erschütterten Bombenexplosionen und Schießereien die Stadt. In den letzten Jahren waren es weit mehr als hundert solcher Ereignisse gewesen, bei denen immer wieder auch Menschen starben. Inzwischen Dutzende. Und nicht selten auch Unbeteiligte, die Opfer des Kriegs zwischen rivalisierenden Banden einerseits und der Polizei andererseits wurden. Vor einigen Monaten war die Situation endgültig eskaliert, als bei einer Schießerei vor einer Pizzeria ein fünfzehnjähriger Junge getötet wurde. Wenige Monate zuvor war auf offener Straße eine Frau erschossen worden, die ihr Baby auf dem Arm hielt. Sie war einfach zur falschen Zeit am falschen Ort in den Schusswechsel zweier Banden geraten. Niklas war einer der Ersten am Tatort gewesen – und das Bild, das sich ihm geboten hatte, war einfach nur grauenhaft.

So richtig hatte er keine Erklärung dafür, wie aus dem verschlafenen Malmö seiner Kindheit ein solcher Hotspot der Gewalt hatte werden können. Nein, es war nie Bullerbü gewesen, dafür musste man schon raus aufs Land fahren. Dort kam es ihm teilweise heute noch so vor, als wäre die Zeit stehen geblieben.

Vielleicht hatte es wirklich mit der Brücke zu tun. Zumindest war das die einhellige Meinung unter den Malmöern. Seit zwanzig Jahren verband die Öresundbrücke ihre Stadt nun schon mit Kopenhagen. Seitdem hatte sich Malmö gewandelt, war gewachsen und internationaler geworden. Und gleichermaßen war auch die soziale Schere immer schneller und weiter auseinandergegangen.

Die Stadtteile Rosengård und Fosie waren zum Inbegriff des Versagens der schwedischen Integrationspolitik geworden. In die großen Wohnblöcke ging niemand mehr, der dort nicht auch lebte. Selbst die Polizei hatte kapituliert und überließ die Viertel den größtenteils eingewanderten Bewohnern und den mit Drogen dealenden Banden. Viele von ihnen stammten aus dem ehemaligen Jugoslawien, aber es gab auch Iraker und Libanesen, die hier ihre Zukunft auf der Flucht vor Krieg und Verfolgung gesucht hatten.

Mit dem Drogenkrieg der Banden und den brutalen Verbrechen hatten Niklas und das Team der Mordkommission zum Glück nur wenig zu tun. Meistens wurden Taskforces der Reichskriminalpolizei eingesetzt, und das Know-how der lokalen Kripo war nur gelegentlich gefragt. Anfangs hatte Petter angesäuert darauf reagiert, dass ihre Kompetenz plötzlich beschnitten wurde, aber inzwischen verstand auch er, dass es das Beste für sie war. Es ging bei der Kriminalität in Malmös Problemvierteln längst nicht mehr darum, Mordfälle aufzuklären, sondern um eine strukturelle Krise, die zu bekämpfen nicht allein Aufgabe der örtlichen Mordkommission sein konnte. Es waren Dinge in Schwedens Gesellschaft aus dem Ruder gelaufen, die von Grund auf verändert werden mussten. Aktuell ging es lediglich darum, auf den Straßen Malmös einigermaßen für Ruhe zu sorgen.

Petter Larssons Lächeln, ohne das Niklas seinen Chef im Grunde gar nicht kannte, war in dem Moment, als er den Besprechungsraum der Mordkommission des Malmöer Polizeipräsidiums betrat, verschwunden. Er schloss die Tür und setzte sich ans Kopfende des langen Tischs. Sein Gesichtsausdruck war angespannt und nachdenklich. Niklas wusste, was das zu bedeuten hatte. Im Laufe der Jahre hatte es nicht viele, aber doch ein paar solcher Momente gegeben. Die wesentliche Botschaft, die davon ausging, hieß: Leute, uns steht die Scheiße bis zum Hals.

»Uns steht die Scheiße bis zum Hals«, begann Petter ohne Umschweife. »Heute Morgen, als ich aufgewacht bin, hatte ich noch keine Ahnung, was uns an diesem gewittrigen Sommertag erwartet. Und dann kam die Meldung über den Todesfall bei Ribersborgs Kallbadhus herein. Schlimmer wurde es, nachdem wir scheinbar Klarheit darüber hatten, um wen es sich bei dem Toten handelt. Wir alle wissen, was es bedeutet, wenn jemand wie Lennart Fogelklou tot aufgefunden wird. Und wenn dann auch noch Fremdverschulden vorliegt, wird es richtig übel. Um ehrlich zu sein, war ich froh, als sich herausstellte, dass es sich bei dem Toten nicht um Lennart, sondern um seinen Zwillingsbruder Hans Fogelklou handelt. Der jüngere Bruder Olof hat seine Identität mittlerweile bestätigt.«

Er machte eine kurze Pause und richtete noch einmal seinen Scheitel. »Leider hat sich herausgestellt, dass wir es womöglich mit einem, ich nenne es Angriff gegen die gesamte Familie Fogelklou zu tun haben. Denn Lennart Fogelklou wurde ganz offenbar entführt. Wir haben es mit skrupellosen Leuten zu tun, die nicht davor zurückschrecken, zu töten oder einzelne Körperteile abzuschneiden und den Angehörigen in einem Paket zukommen zu lassen. Leider musste seine Frau Camilla so sehen, was sie ihrem Mann angetan haben. Und wir haben nicht die geringste Ahnung, wohin das Ganze noch führen kann.« Petter Larsson hielt inne und blickte mit ernster Miene in die Runde. So hatte Niklas seinen Chef noch nie erlebt.

Auch Reza Azadeh Zandi saß am Tisch, der Kollege mit iranischen Wurzeln, dem manch einer nachsagte, der schwedischste Schwede im Polizeipräsidium überhaupt zu sein. Er war zuletzt einige Wochen im Iran gewesen, um seine Eltern zu besuchen. Eigentlich war er erst für kommenden Montag zurückerwartet worden. Aber Petter hatte offenbar das gesamte Team zusammengetrommelt.

Niklas schätzte Reza als Kollegen. Er war verlässlich und ein taffer Typ, der sich nicht so schnell aus der Ruhe bringen ließ. Außerdem mochte Niklas seinen bisweilen ziemlich sarkastischen Humor.

»Ihr könnt euch sicher denken, dass Stine etwas unentspannt ob der Lage ist«, setzte Petter seinen Monolog fort. »Um genau zu sein, sie hat getobt. Wie ihr wisst, geht es ihr vor allem darum, dass nach außen hin alles den Eindruck macht, als wäre Malmö der friedlichste Ort auf Erden. Oder zumindest, dass die Polizei alles im Griff hat. Dass jetzt der reichste Malmöer Bürger entführt und dessen Bruder ermordet worden ist, trifft sie mitten ins Mark, denn anders als für Bandenkriege und Organisierte Kriminalität kann sie hierfür nämlich zur Verantwortung gezogen werden. Wenn wir als Mordkommission in dieser Angelegenheit nicht liefern, werden wir alle gehörig unter Druck geraten. Dafür ist die Familie Fogelklou einfach zu bekannt. Und zu mächtig. Also müssen wir diesen Fall schnellstens aufklären. Und am besten so diskret, dass kaum etwas nach außen dringt, auch wenn das schwierig wird.«

Petter zog ein Taschentuch aus seinem abgetragenen Jackett und schnäuzte sich. Dann tupfte er sich mit demselben über die Stirn.

»Allein der Tod von Hans Fogelklou wirbelt wahrscheinlich schon jede Menge Staub auf. Was die Entführung von Lennart angeht, möchte ich, dass die Medien davon erst einmal nichts erfahren. Wir werden im Anschluss an diese Sitzung eine erste Pressekonferenz halten, um die Meute zu beruhigen. Ich werde nur grob auf den Fund der Leiche und die ersten Ergebnisse der Rechtsmedizin eingehen. Niklas, würdest du jetzt bitte übernehmen und zusammenfassen, was wir bislang wissen?«

Niklas blickte seinen Chef verwundert an. Sie hatten das nicht abgesprochen. Nicht dass er sich dazu nicht in der Lage fühlte. Die meisten der Mordfälle, mit denen das Kommissariat zu tun hatte, wurden ohnehin von ihm geleitet. Doch in dieser Angelegenheit gab es bislang im Grunde nichts, was die anderen Kollegen nicht schon wussten. Er entschied sich gegen die klassische Zusammenfassung der vorliegenden Erkenntnisse.

»Tommy kennt Siv Fogelklou, die jüngere Schwester von Lennart und Hans, sie sind gemeinsam zur Schule gegangen«, begann er. »Aber kennt irgendjemand von euch eigentlich Lennart Fogelklou? Ich meine, wer ist dieser Mann überhaupt? Mir ist er in all den Jahren niemals begegnet. Ich kenne sein Gesicht nur aus der Zeitung, und dieses Pressefoto von ihm wurde seit Jahren nicht mehr ausgetauscht. Er ist so bekannt wie keine andere Person in Malmö. Und der wohlhabendste Mensch in ganz Schonen. Aber niemand kennt ihn persönlich, ist mein Eindruck. Er ist wie ein Geist, ein Phänomen.«

»Ich verstehe, worauf du hinauswillst«, sagte Reza. »Vielleicht gibt es Lennart eigentlich gar nicht. Sein angeblicher Zwillingsbruder Hans hat ihn nur erfunden, um von sich selbst abzulenken und in Ruhe das Geschäft der Reederei zu führen.«

»Das meinte ich zwar nicht, aber jetzt, wo du es sagst … Willst du der Sache vielleicht näher auf den Grund gehen?«

Niklas wartete nicht darauf, dass Reza ihm eine ernsthafte Antwort gab, sondern zwinkerte ihm zu.

»Worauf ich hinauswollte, ist die Frage, was wir über diesen Mann tatsächlich wissen. Er hat sich in der Öffentlichkeit schon immer rargemacht. Es gibt auch nur ganz wenige Interviews, die man im Internet nachlesen kann. Und er lebt mit seiner Familie zwar nicht gerade bescheiden, aber dennoch recht abgelegen auf einem Anwesen nahe Svedala.«

»Ich gehe davon aus, dass ihn niemand von uns näher kennt«, ergriff Emma das Wort. »Denn das gehört zu einer seiner obersten Maximen. Er will keinerlei Aufmerksamkeit, im Grunde möchte er unsichtbar sein. Das hat er jedenfalls selbst einmal gesagt.«

»Woher weißt du das?«, fragte Niklas überrascht.

»Ich habe die Zeit vorhin genutzt und eine Freundin von mir angerufen, die einige Jahre bei FoCo gearbeitet hat. Selbst die eigenen Mitarbeiter haben Fogelklou nur selten zu sehen bekommen. Aber sie hat mir dennoch einen kleinen Einblick in seine Gedankenwelt gegeben.«

»Dann erzähl mal, ich bin gespannt.«

»Wie im Prinzip jeder von uns vermutet, zählt für ihn ausschließlich das Geschäft. Ein kollegiales Verhältnis zu seinen Mitarbeitern pflegt er nicht, er führt die Reederei allerdings auch nicht mit harter Hand. Im Grunde geht es ihm immer nur um Zahlen und Geld. Sein Verhalten lässt sich laut ihr auf eine gewisse Weise als autistisch bezeichnen.«

»Hört sich für mich jetzt erst mal genau wie die Grundeigenschaften von Leuten an, die Unternehmen solcher Größe führen«, warf Reza ein. »Ist er bei seinen Mitarbeitern denn unbeliebt?«

»Nicht unbedingt«, antwortete Emma. »Meine Freundin kann sich nicht erinnern, dass er während ihrer Zeit in der Firma jemals ausfallend oder laut geworden ist. Aber er hat sich wohl ganz einfach nicht im Geringsten für andere Menschen interessiert. Anscheinend hat er ein Problem damit, wenn ihm jemand zu nahe kommt.«

»Konnte deine Freundin auch etwas dazu sagen, ob es vielleicht Personen gab, die dennoch ein Problem mit ihm hatten?«, bohrte Niklas nach. »Entweder in der Reederei oder aber im privaten Bereich?«

»Nein, so nah war sie nicht an ihm dran, dass sie dazu etwas berichten konnte.«

»Danke, Emma, immerhin haben wir jetzt ein etwas besseres Bild davon, was für ein Mensch Lennart Fogelklou ist.«

»Eine Sache, die ich interessant finde, hat sie mir aber noch erzählt«, setzte Emma noch einmal an. »Sie ist vor zwei Jahren von FoCo weggegangen, weil sie befürchtete, auf mittelfristige Sicht ihren Job zu verlieren. Sie vermutete, dass die Reederei ihren Hauptsitz in Malmö irgendwann aufgeben würde.«

»Das höre ich auch zum ersten Mal«, sagte Niklas. »Weiß jemand etwas davon? Tommy, du wusstest doch vorhin in Svedala, wie es um die Finanzen von FoCo bestellt ist.«

»Das war hoch gepokert«, antwortete Tommy unbeeindruckt. »Ich kenne mich ein wenig in der Schifffahrt aus und weiß, wie brutal der Markt ist. Fogelklou hat in den letzten Jahren ein massives Neubauprogramm für seine Flotte laufen lassen. Aber weltweit gibt es aktuell große Überkapazitäten. Ich frage mich, ob die Reederei ohne fremdes Kapital auf Dauer die Kredite bedienen kann. Als rein privates Unternehmen zählt FoCo mittlerweile zu den Exoten in der Branche.«

Niklas bedankte sich. Auch wenn es nur auf einer Spekulation beruhte, speicherte er Tommys Information über Fogelklous geschäftliche Aktivitäten gut ab. »Weiß sonst noch jemand etwas über Lennart Fogelklou und die Reederei zu berichten?«, fragte er.

Niemand im Raum sagte etwas.

Irgendwie bezeichnend, dachte Niklas. Das wichtigste Unternehmen in Malmö, eines der größten in ganz Schweden, eine der bekanntesten Reedereien in Europa – aber kaum jemand konnte etwas über den Gründer und alleinigen Gesellschafter sagen. Es gab andere Beispiele, bei denen mehr über die leitenden Personen als über das Unternehmen selbst bekannt war. Weil diese sich entweder selbstherrlich oder besonders wohltätig in den Medien zeigten. Manchmal auch beides zusammen.

Lennart Fogelklou dagegen war ganz offenbar menschenscheu. Ihn interessierte einzig und allein der Erfolg der Reederei. In diesem Zusammenhang war die Theorie, dass FoCo möglicherweise unter finanziellen Problemen litt, allerdings etwas, dem sie nachgehen mussten.

»Es spricht aus meiner Sicht nichts dagegen, dass Lennart Fogelklou noch am Leben ist«, setzte Niklas noch einmal an. »Zumindest lässt sich die Botschaft des abgetrennten Fingers so interpretieren, auch wenn uns bislang noch kein Bekenner- oder Erpressungsschreiben vorliegt. Wir müssen dringend den gestrigen Tag rekonstruieren. Fogelklous Sekretärin hat bestätigt, dass er am Nachmittag noch im Büro gewesen ist. Wir wissen allerdings nicht, wie lange er geblieben ist und was anschließend passiert ist. Zu Hause hat er sich offenbar nicht gemeldet, obwohl er eigentlich zu der Theateraufführung seines Sohnes gehen sollte. Laut seiner Frau haben die beiden am Mittwoch zuletzt Kontakt miteinander gehabt. Seitdem hat Lennart entweder im Büro oder anderswo genächtigt.«

Niklas ordnete seine Gedanken und machte sich Notizen zur Aufgabenverteilung, ehe er fortfuhr.

»Um in Erfahrung zu bringen, was mit ihm geschehen ist, müssen wir versuchen, so schnell wie möglich mit Mitarbeitern der Reederei zu sprechen, auch wenn heute Samstag ist. Wir dürfen keine Zeit verlieren. Emma und Tommy, bitte wählt die Mitarbeiter aus und veranlasst, dass die Gespräche am besten noch heute stattfinden. Auf jeden Fall müssen wir Fogelklous Sekretärin befragen, aber natürlich auch Mitglieder der Geschäftsführung, falls es die gibt. Und einige Abteilungsleiter. Wir sollten uns der Einfachheit halber in den Räumlichkeiten der Reederei mit ihnen unterhalten.«

»Wir kümmern uns darum«, sagte Emma. »Aber ich denke, dass wir auch noch einmal mit Camilla Fogelklou reden sollten. Ich bin mir relativ sicher, dass sie uns vorhin nicht alles gesagt hat, was sie weiß.«

»In Ordnung, aber geben wir ihr eine Nacht, um sich zu beruhigen. Morgen früh fahren wir beide noch einmal nach Svedala.« Niklas nickte Emma zu. »Wenn wir dort sind, werden wir auch Olof noch einmal befragen.«

»Gut«, übernahm Petter wieder das Wort. »Das hört sich so an, als hätten wir einen Fahrplan für die nächsten Stunden. Es scheint mir übrigens angemessen, das Anwesen in Svedala unter Polizeischutz zu stellen. Ich werde zudem die dänischen Kollegen informieren, ein Auge auf Siv Fogelklou zu werfen. Wir können nicht ausschließen, dass der Täter es auf weitere Familienmitglieder abgesehen hat.« Er sah in die Runde. »Gibt es eigentlich bezüglich dieses Paketkuriers etwas Neues?«

»Ich habe vorhin die gängigsten Paketdienste abtelefoniert«, antwortete Reza, den Niklas gebeten hatte, sich um die Angelegenheit zu kümmern. »Niemand konnte eine Lieferung an die Adresse in Svedala bestätigen, wobei mich das nun wirklich nicht überrascht. Leider fehlt uns eine detaillierte Beschreibung oder das Kennzeichen des Transporters, der Rettungssanitäter draußen vor dem Haus kann sich nur daran erinnern, dass er weiß war. Wir sollten davon ausgehen, dass das Paket nicht durch einen professionellen Kurierdienst abgeliefert wurde. Wir haben vorhin bereits damit begonnen, die Videoaufzeichnungen verschiedener Kameras auf der E 6 und in der Stadt nach weißen Transportern zu durchforsten.«

Petter ließ Rezas Worte einige Sekunden nachhallen, dann bedankte er sich bei allen und erhob sich von seinem Stuhl. Im nächsten Augenblick öffnete sich die Tür, und Anna betrat den Raum.

Anna war gefühlt schon immer da gewesen. Damals, als Niklas zum ersten Mal den Flur der Mordkommission betreten hatte, war sie sofort auf ihn zugekommen und hatte ihm den Einstieg so einfach wie möglich gemacht. Wann immer er in den Folgejahren eine Frage gehabt hatte, sie war für ihn da gewesen. Sie war die gute Seele der Mordkommission.

Ihr Gesichtsausdruck in diesem Moment war allerdings so finster, wie Niklas ihn noch nie zuvor gesehen hatte. Ohne ein Wort zu sagen, trat sie mit einem Notebook unter dem Arm ans andere Ende des Raums und stellte das Gerät auf den Tisch. Sie klappte es auf, und wenige Augenblicke später erschien auf dem Bildschirm ein Video. Auf dem Standbild war ein Mann zu sehen. Niklas schärfte seinen Blick, aber er war sich ohnehin bereits sicher, um wen es sich handelte.

In dem Erpresservideo der Entführer sprach Lennart Fogelklou in die Kamera. Er lebte also, so wie sie vermutet hatten.

»Wir haben vorhin einen anonymen Anruf erhalten, dass ein Video ins Internet gestellt wurde, das uns interessieren könnte«, begann Anna mit eindringlicher Stimme. »Als der Kollege in der Notrufzentrale nachfragte, worum es denn ginge, hat der Anrufer abgeblockt und lediglich gesagt, das Video wäre auf den bekannten Plattformen unter dem Suchbegriff ›Fogelklou‹ zu finden. Dann hat er aufgelegt.«

»Hast du dir das Video bereits angesehen?«, fragte Petter.

Anna nickte und schob ein »Leider« hinterher.

»So schlimm?«

»Ich kenne Lennart Fogelklou nicht«, antwortete sie. »Aber wenn von einem der erfolgreichsten Unternehmer in Schweden ein solch erschütterndes Video zu sehen ist, kann das niemanden kaltlassen. Seid ihr trotzdem bereit?«

Niemand sagte etwas, was Anna dazu veranlasste, das Video zu starten. Niklas versuchte als Erstes, die Umgebung zu erfassen, in der sich Fogelklou befand, aber viel konnte er in dem schlecht ausgeleuchteten Raum nicht erkennen. Erschwerend kam die schlechte Qualität der Aufnahme hinzu. Im Grunde war alles, was er sah, ein sichtlich mitgenommener Lennart Fogelklou, der vor einem dunklen Hintergrund saß. Niklas konzentrierte sich auf das, was der Mann, den er noch nie hatte sprechen hören, sagte:

»Das Wichtigste zuerst«, begann Fogelklou langsam, aber mit fester Stimme. »Egal auf welchem Weg dieses Video zu Ihnen gelangt, sorgen Sie bitte dafür, dass es niemals den Weg an die Öffentlichkeit findet. Es reicht schon, dass Sie mich so sehen.«

Niklas schüttelte verwundert den Kopf. Einerseits darüber, dass Fogelklou mit diesem Wunsch wahrscheinlich sogar dafür gesorgt hatte, dass seine Entführer das Video erst recht auf verschiedene öffentliche Plattformen hochgeladen hatten. Und andererseits darüber, dass er sich in dieser Situation überhaupt

Gedanken darüber machte, wer ihn in diesem Zustand sehen konnte.

»Ich gehe davon aus, dass Sie und meine Familie inzwischen wissen, was man mit mir gemacht hat. Ich ertrage die Schmerzen einigermaßen, zumindest die körperlichen. Was mir wirklich Sorgen bereitet, sind meine Frau und meine Kinder. Passen Sie bitte auf sie auf und richten Sie meiner Frau aus, dass es mir den Umständen entsprechend gut geht. Aber zeigen Sie ihr bloß nicht dieses Video.«

Niklas erkannte, dass Fogelklou seine verletzte Hand so versteckte, dass sie nicht auf dem Video zu sehen war. Dennoch war er sich sicher, gerade einen weißen Verband gesehen zu haben.

»Man hat mich aufgefordert, in die Kamera zu sprechen und die Forderungen dieser Männer zu verlesen. Ich habe mich allerdings geweigert, dies zu tun. Ich möchte lieber meine eigenen Worte wählen.«

Niklas wollte sich gar nicht vorstellen, wie die Entführer darauf reagiert hatten.

»Bislang hat man noch nicht mit mir über die Gründe meiner Entführung gesprochen«, redete Fogelklou weiter. »Sie haben mir lediglich diesen Zettel in die Hand gedrückt. Darauf stehen Forderungen, die niemand erfüllen kann. Und die auch nicht erfüllt werden sollten, um mich zu befreien.«

Niklas vernahm ein tiefes Seufzen bei Reza. Fogelklou spielte mit seinem Leben. Erstaunlich, dass die Entführer zugelassen hatten, dass er sich so äußerte. Und es anschließend sogar im Internet hochgeladen hatten.

»Ich mache es kurz«, sagte Fogelklou. »Mittlerweile habe ich eine Vermutung, wer es auf mich abgesehen hat. Wenn ich den Namen jetzt nenne, wird man mich allerdings wahrscheinlich sofort umbringen. Jedenfalls verlangen sie innerhalb der nächsten achtundvierzig Stunden eine Zahlung von einer Milliarde schwedischer Kronen.«

Fogelklou verzog seinen Mund für einen kurzen Moment zu einem schiefen Lächeln. Dabei fielen Niklas die geschwollene Lippe und etwas angetrocknetes Blut unterhalb seiner Nase auf.

»Meine Reederei wird dieses Geld genauso wenig auftreiben können wie meine Familie. Also kümmern Sie sich am besten darum, dass Sie mich finden und aus diesem Drecksloch hier herausholen. Falls das nicht gelingt, sterbe ich allerdings lieber, als dass doch versucht wird, auf diese absurden Forderungen einzugehen.« Fogelklou nickte in die Kamera. Offenbar war er fertig.

Im nächsten Moment erschien eine dunkel gekleidete, maskierte Person im Bild und stellte sich mit dem Rücken vor die Kamera. Der Figur nach musste es sich um einen Mann handeln. Unvermittelt holte er mit der rechten Hand aus und schlug zweimal auf Lennart Fogelklous Gesicht ein.

Das Video endete, als die unbekannte Person aus dem Bild trat und den Blick auf einen aus Nase und Mund blutenden Lennart Fogelklou freigab. Anna klappte das Notebook wortlos wieder zu.

Niklas lehnte sich zurück. Er beobachtete die anderen. Sie alle mussten das Gesehene erst einmal verarbeiten. Wenn sie nicht bereits vor einigen Stunden gewusst hätten, wozu die Entführer in der Lage waren, so musste ihnen spätestens jetzt klar sein, dass die Sache extrem ernst war. Fogelklous Leben stand auf dem Spiel. Sie würden ihn genauso skrupellos töten, wie sie es wahrscheinlich bereits mit seinem Bruder getan hatten.

Doch auf die alles entscheidende Frage, wer diese Menschen überhaupt waren, hatten sie noch keine Antwort. Wer konnte ein Interesse haben, Lennart Fogelklou zu entführen? Wer würde von der Reederei oder seiner Familie eine Milliarde schwedische Kronen erpressen wollen? Wer war so brutal, Fogelklou den Ringfinger abzuhacken und ihn per Paket an dessen Frau zu liefern?

Zu einer Erkenntnis allerdings waren sie durch das Video gekommen, wie Niklas erst jetzt richtig bewusst wurde. Lennart Fogelklou hatte erwähnt, er habe mittlerweile eine Vermutung, wer es auf ihn abgesehen hatte. Bedeutete das also, er kannte seine Entführer?

Business as usual

Um kurz nach halb vier saßen Niklas und die anderen in einem halb abgedunkelten Konferenzraum im achten Stockwerk des großen Bürokomplexes, der vor wenigen Jahren östlich von Västra Hamnen gebaut worden war. Dieser neue Stadtteil Malmös lag unweit der Altstadt auf einem ehemaligen Werftgelände. Mit dem Turning Torso, dem höchsten Wolkenkratzer Skandinaviens, als Wahrzeichen.

Västra Hamnen war eines dieser Viertel, wie sie in den letzten zwanzig Jahren überall in europäischen Hafenstädten aus dem Boden gewachsen waren. Auf alten, ungenutzten Industrieflächen entstanden ganz neue Stadtteile, moderne Mischformen aus Wohnen und Arbeiten.

Niklas hatte eine Zeit lang selbst damit geliebäugelt, nach Västra Hamnen zu ziehen, sich aber letztlich für das kleine Einfamilienhaus im Marieholmsvägen nahe dem Pildammsparken entschieden, das seine Eltern ihm vor einigen Jahren überschrieben hatten. Es war das Haus seiner Großeltern gewesen. Er hatte schon früher überlegt, seine und Pernilles Mietwohnung zu kündigen und dort gemeinsam mit ihr einzuziehen, aber immer wieder gezögert. Vielleicht weil er geahnt hatte, dass ihre Beziehung nicht gut enden würde.

Niklas und Emma hatten sich darauf verständigt, mit den Mitarbeitern von Fogelklou Containers in großer Runde zu sprechen. Da sie es nicht mit einer Vernehmung vorgeladener Zeugen zu tun hatten, war es nicht zwingend erforderlich, mit jedem einzeln zu reden. Außerdem waren sie zu dem Schluss gekommen, dass eine gewisse Gruppendynamik dem Gespräch durchaus guttun würde.

Neben Lennart Fogelklou gab es noch drei weitere Mitglieder der Geschäftsführung von FoCo. Zwei Männer um die fünfzig, die in diesem Moment den Raum betraten, und eine Frau, die nicht anwesend war. Bei ihr handelte es sich um

Lennarts Schwester Siv, die in Kopenhagen lebte und von dort die Kreuzfahrtsparte der Reederei leitete. Sie hatte sich ohne Angabe von Gründen entschuldigen lassen.

Es folgten zwei Frauen, die Niklas auf etwa vierzig schätzte, ein Mann im selben Alter und eine weitere Frau, die deutlich jünger wirkte. Niklas mutmaßte, dass sie die Sekretärin war, mit der Emma heute Mittag telefoniert hatte, als sie in Svedala gewesen waren. Sie hatte berichtet, dass Lennart Fogelklou noch gestern Nachmittag im Büro gewesen sei.

Sämtliche Mitarbeiter waren schick, aber leger gekleidet. Angesichts der Tatsache, dass sie an diesem Samstagnachmittag nur ihretwegen ins Büro gekommen waren, fragte sich Niklas, ob die Leute sich zu Hause auch so kleideten. An normalen Bürotagen liefen sie ganz sicher in sehr teuren Anzügen und Kleidern über die Flure dieses hochmodernen, aber sterilen Bürokomplexes.

Als befänden sie sich in einem Geschäftsmeeting, zückten die FoCo-Angestellten ihre Visitenkarten und schoben sie ihnen über den Tisch zu.

»Nehmen Sie bitte Platz«, sagte Niklas, nachdem er Gesichter, Funktionen und Namen für sich sortiert hatte. »Zuallererst möchten wir uns bei Ihnen bedanken, dass Sie heute so kurzfristig gekommen sind. Das ist nicht selbstverständlich. Aber ich denke, die Umstände erfordern, dass Sie uns unsere Fragen schnellstmöglich beantworten.«

Er ließ einen kurzen Moment verstreichen, um die Dringlichkeit ihres Wochenendbesuchs in den Räumlichkeiten der Reederei deutlich zu machen. Aber niemand der Anwesenden sagte etwas.

»So wie es aussieht, haben wir es mit einer äußerst komplexen Ermittlung zu tun«, begann Niklas schließlich. »Am heutigen Morgen wurde die Leiche von Hans Fogelklou bei Ribersborgs Kallbadhus gefunden. Wir sind zunächst davon ausgegangen, dass es sich bei dem Toten um Lennart handelt. Aber auch dank Ihrer Hilfe haben wir erfahren, dass Lennart noch gestern hier gewesen ist.« Niklas nickte der jungen

Frau zu. »Er konnte also nicht der Tote sein, weil wir mittlerweile wissen, dass der Todeszeitpunkt einige Tage zurückliegt. Gegen Mittag hat sich dann herausgestellt, dass Lennart ebenfalls etwas zugestoßen ist. Wir glauben aber, dass er am Leben ist.«

»Wurde er entführt?«, fragte Johan Sjögren. Er saß ihm gegenüber ganz links und war laut seiner Visitenkarte der CEO für Finanzen.

»Davon gehen wir aus«, antwortete Niklas knapp. »Aus ermittlungstaktischen Gründen können wir dazu im Moment allerdings nichts sagen. Wir haben Sie so kurzfristig hierhergebeten, weil wir dringend die letzten Stunden und Tage rekonstruieren müssen.«

»Lennarts Porsche steht in der Tiefgarage«, sagte Sjögren. »Ich habe vorhin neben ihm geparkt.«

Niklas rutschte unruhig auf seinem Stuhl herum. Er tauschte einen schnellen Blick mit Emma, aber auch sie schien überrascht. Sie hatten sich bislang noch keine Gedanken über Fogelklous Auto gemacht.

»Kommt es öfter vor, dass Lennart seinen Wagen hier stehen lässt?«, übernahm Reza.

»Nicht dass ich wüsste«, antwortete Sjögren. Er strich sich seinen leicht angegrauten Scheitel zurecht und zupfte am Kragen seines Poloshirts. Auch die anderen neben ihm schüttelten die Köpfe.

Niklas versuchte zu verstehen, was das zu bedeuten hatte. Das Gespräch hatte kaum begonnen, und schon hätte er es am liebsten wieder abgebrochen, um sich mit Emma und den anderen zu besprechen. Konnte es sein, dass Fogelklou hier in diesem Gebäude entführt worden war? Oder hatte er es zu Fuß verlassen und war irgendwo anders in der Stadt auf seine Entführer getroffen? Hatte er sich ein Taxi genommen? Vielleicht war er bei jemandem mitgefahren? Aus der Tatsache, dass der Porsche noch in der Tiefgarage stand, ließ sich nicht zwangsläufig etwas ableiten, aber sie mussten es dringend prüfen.

»Nina«, sagt er in Richtung der jungen Frau. Er kannte

ihren Nachnamen nicht. »Sie haben ausgesagt, dass Sie Lennart gestern Nachmittag in seinem Büro gesehen haben. Ist das richtig?«

»Ja, ich habe gegen sechzehn Uhr Feierabend gemacht und mich von ihm verabschiedet.«

»Sie sind die Sekretärin von Lennart, stimmt das?«

»Nur vertretungsweise«, antwortete sie. »Normalerweise arbeite ich in der Personalabteilung, aber durch den Ausfall von Inger bin ich momentan vor allem Lennarts rechte Hand.«

»Inger?«

»Inger Sundhage, sie ist schon seit den Anfangstagen der Reederei Lennarts Sekretärin«, erklärte Sjögren. »Derzeit ist sie allerdings krankgeschrieben.«

Niklas notierte sich den Namen der Frau, dann sortierte er wieder seine Gedanken. »Hat noch jemand von Ihnen Lennart gestern Nachmittag gesehen? Vielleicht sogar nach sechzehn Uhr?«

»Ich habe ihn nicht gesehen, aber gegen siebzehn Uhr noch seine Stimme gehört«, antwortete Åsa Lundqvist, die Leiterin der Kommunikationsabteilung. »Es hörte sich an, als telefoniere er.«

Niklas musterte sie. Mit ihren langen blonden Haaren und dem freundlichen Lächeln war sie das genaue Gegenteil der Frau, die rechts neben ihr saß. Carolin Andersson, Leiterin der Personalabteilung. Die eigentliche Chefin von Nina.

»Es hörte sich so an?«, fragte Emma nach.

»Ich war auf dem Flur unterwegs, als ich seine Stimme gehört habe. Meistens sind die Türen verschlossen, aber gestern stand alles offen. Am späten Freitagnachmittag geht es auch bei uns ein wenig lockerer zu.« Wieder lächelte sie. Aber es sah ein wenig gezwungen aus.

»Haben Sie gehört, mit wem er telefoniert hat?«

»Nein.«

»Was für einen Eindruck hatten Sie von dem Telefonat? War es ein normales Gespräch, oder hat sich Lennart über etwas aufgeregt? Gab es vielleicht so etwas wie ein Wortgefecht?«

»Nein, das erinnere ich nicht. Aber ich habe auch nicht so richtig hingehört. Ich wollte ja nicht lauschen.«

»Verstehe«, sagte Emma. »Hat jemand von Ihnen Lennart Fogelklou noch nach siebzehn Uhr gesehen oder gehört?« Außer dem einen oder anderen Kopfschütteln folgte keine Reaktion.

»Na schön, reden wir über die Reederei«, sagte Niklas. »Gibt es aus Ihrer Sicht etwas im Zusammenhang mit Ihrem täglichen Geschäft, das einen Hinweis dafür liefern könnte, was mit Lennart passiert ist?«

»Ich würde gerne etwas ausholen, um Ihnen zu verdeutlichen, dass eine Entführung von Lennart gravierende Folgen für uns nach sich ziehen kann und vielleicht sogar vorherzusehen war.« Diesmal hatte Björn Källman geantwortet. Ein leicht bulliger Mann mit nur noch wenigen kurzen Haaren und einem Vollbart, auf den Niklas etwas neidisch war. Die selbstherrliche Art und Weise, mit der der CEO für Strategie sprach, nervte ihn allerdings schon nach wenigen Worten.

»FoCo gehört zu den weltweit zehn größten Reedereien im Containersegment«, fuhr Källman fort. »In Europa liegen wir auf Platz vier nach Umsatz und Anzahl der Mitarbeiter. Als Unternehmen stehen wir für Fairness, Gleichheit und Respekt. Diesen Werten fühlen wir uns verpflichtet. Und das erwarten wir natürlich auch von anderen.«

»Wie meinen Sie das?«

»Wir befinden uns seit Jahren in einem harten Wettbewerb mit anderen Reedereien. Der Markt ist schwer umkämpft, die Situation aufgrund der globalen Krisen der letzten Zeit nicht gerade einfach. Und wie Sie vielleicht wissen, befindet sich unser größter Konkurrent, die Reederei Anker, direkt auf der anderen Seite des Öresunds.« Källman machte eine Kopfbewegung, die offenbar Richtung Kopenhagen zeigen sollte.

»Und Sie glauben also, dass Ihr Konkurrent aus Dänemark etwas mit dem Verschwinden von Lennart Fogelklou zu tun haben könnte?«

»Das will ich nicht behaupten, aber zumindest haben wir

in letzter Zeit mit harten Bandagen gekämpft. Und die Dänen haben die Grenzen einige Male überschritten.«

»Würden Sie bitte etwas konkreter werden?«

»Ich kann nicht ins Detail gehen, aber wir mussten erfahren, wie unsere Kunden von ›Anker‹ mit äußerst fragwürdigen Methoden abgeworben wurden. Außerdem wurden Gerüchte über FoCo im Markt gestreut.«

»Welche zum Beispiel?«

»Üble Nachrede«, antwortete Källman. »Aber das ist noch das Harmloseste. Wir haben gemeinsame Kunden auf der ganzen Welt, um die wir konkurrieren. Asien ist besonders interessant für uns, hier gibt es immer wieder lukrative Geschäfte. Aber dieser Markt ist nach wie vor eine Blackbox. Wir wissen kaum, mit wem wir es zu tun haben. Allerdings spüren wir, dass auch von dortiger Seite der Druck wächst. Koreaner und Chinesen agieren mittlerweile nicht mehr nur von Asien aus, sondern sind auch hier vor Ort.«

»Worauf wollen Sie hinaus?«

»Wir hatten immer wieder Treffen mit dubiosen Mittelsmännern, bei denen wir uns gefragt haben, ob es sich möglicherweise um Spitzel handelt, die von der Konkurrenz bezahlt werden. Jedenfalls sind wir äußerst vorsichtig geworden, wenn es darum geht, über unsere Pläne und Aktivitäten mit Dritten zu reden.«

»Das klingt ziemlich vage«, warf Emma ein.

»Ich könnte noch eine ganze Reihe anderer Dinge aufzählen, bei denen wir überzeugt sind, dass ›Anker‹ dahintersteckt. Wir glauben sogar, dass sie für Sabotageversuche an unseren Schiffen verantwortlich sind. Wir hatten im vergangenen Jahr gleich mehrere kleinere Havarien.«

»Haben Sie denn irgendeinen Ansatzpunkt, der beweisen könnte, dass jemand von ›Anker‹ dahintersteckt?«

»Hätten wir konkrete Beweise, müssten wir uns jetzt nicht darüber unterhalten, wozu sie noch fähig wären. Dann hätten wir längst dafür gesorgt, dass es diese Reederei in ihrer jetzigen Form gar nicht mehr gibt, wenn Sie verstehen, was ich meine.

Unsere Anwälte sind allerdings jederzeit dazu in der Lage, alle notwendigen Geschütze aufzufahren. Wir haben sogar private Ermittler eingeschaltet, die herausfinden sollen, was hinter den Angriffen gegen uns steckt.«

»Ich würde behaupten, mich im Reedereigeschäft ein wenig auszukennen«, sagte Tommy. »Die Reederei Anker gehört genauso wie FoCo zu den bekanntesten und renommiertesten in der Branche. Sie behaupten also ernsthaft, dass in dieser konservativen Welt der Schifffahrt zu derart mafiösen Praktiken gegriffen wird? Weshalb sollte Ihr Wettbewerber Lennart Fogelklou entführen und seinen Bruder ermorden?«

»Ist es denn klar, dass der Tod von Hans und die Entführung von Lennart ein und denselben Hintergrund haben?«, fragte Sjögren plötzlich.

»Kriminalpolizisten glauben selten an Zufälle«, antwortete Niklas gelassen. »Das lehrt uns zumindest die Erfahrung. Und wenn Sie die Reederei Anker verdächtigen, Ihren Chef entführt zu haben, müssen Sie sich auch die Frage stellen, weshalb vor einigen Tagen Lennarts Zwillingsbruder Hans umgebracht und seine Leiche in den Öresund geworfen wurde. Und das, wo Hans offenbar das erste Mal seit zehn Jahren wieder in Schweden war.«

»Darauf kann ich Ihnen keine Antwort geben«, sagte Sjögren, »aber ich denke auch nicht, dass das unser Job ist.«

»Na schön, reden wir über Lennart.« Niklas nickte Emma zu. Sie hatten abgesprochen, dass sie diesen Teil der Fragen übernehmen sollte.

»Wer von Ihnen hat den engsten Draht zu Lennart?«, kam sie direkt zur Sache. »Was wir bislang über ihn wissen, ist, dass er zurückgezogen lebt und die Öffentlichkeit meidet. Wie ist er als Eigentümer und Chef der Reederei?«

»Nun, Inger steht ihm wahrscheinlich am nächsten«, antwortete Sjögren, »aber von den hier Anwesenden würde ich behaupten, dass ich derjenige bin, der ihn am besten kennt. Als Geschäftsführer Finanzen habe ich zwangsläufig engen Kontakt zu ihm.«

Niklas beobachtete ihn und auch die anderen. Keiner reagierte auf Sjögrens Worte, niemand widersprach. Ob sie ihm damit zustimmten oder aber ihre Ablehnung zeigten, ließ sich nur schwer herauslesen. »Würden Sie sagen, dass Sie ein freundschaftliches Verhältnis zu ihm pflegen?«

»Auf eine gewisse Weise schon.«

»Tut mir leid, aber jetzt muss ich doch einmal dazwischengehen«, mischte sich Åsa Lundqvist ein. »Ich glaube nicht, dass irgendjemand von uns Lennart wirklich gut kennt. Wenn wir ehrlich sind, müssen wir uns wohl eingestehen, dass wir kaum Kontakt zu ihm haben. Weder geschäftlich noch privat. Auch du nicht, Johan.«

Rums.

Eisiges Schweigen folgte. Niemand im Raum sagte etwas. Niklas ließ der Stille genügend Zeit, sich zu entfalten. In solchen Momenten war es nicht notwendig, noch weiter nachzufassen. Manchmal drückten das Schweigen und die Blicke genug aus.

»Mich würde interessieren, ob es in den letzten Tagen oder Wochen irgendwelche Veränderungen in Lennarts Verhalten gab«, sagte Emma schließlich. »Hat er vielleicht erwähnt, dass ihn etwas belastete? Wir können momentan nicht ausschließen, dass jemand nur ihm und seiner Familie schaden möchte. Dass es also nichts mit der Reederei zu tun hat.«

Niklas nahm ein kurzes Zucken der Mundwinkel bei Carolin Andersson war. Er wartete einige Sekunden, ob sie von selbst etwas sagte, als er jedoch spürte, dass sie sich wieder zurückzog, ging er in die Offensive. »Falls Sie denken, dass wir falschliegen, sagen Sie es uns bitte.«

»Nun«, sagte Andersson zögerlich, »wenn ich Sie richtig verstanden habe, ist Siv möglicherweise auch in Gefahr?«

»Das können wir nicht mit Bestimmtheit sagen, aber ausschließen ist es jedenfalls nicht. Sie wurde bereits über die mögliche Gefahrenlage informiert.«

»Erzählen Sie uns bitte über das Kreuzfahrtsegment, das sie leitet«, grätschte Tommy plötzlich dazwischen. »Wie muss ich mir die Zusammenarbeit vorstellen? FoCo ist eine Container-reederei, wie passt das Geschäft mit Passagieren dazu?«

»Um ehrlich zu sein, gar nicht«, antwortete Källman nüchtern. Er machte keinen Hehl daraus, wie wenig er davon hielt, dass die Reederei neben ihrem Kernbereich noch einen weiteren Schwerpunkt hatte. »Sie können sich sicherlich denken, dass der Transport von Containerboxen nach Übersee tatsächlich absolut nichts mit der Herumkutschiererei von Tausenden Touristen auf schwimmenden Bettenburgen zu tun hat. Wir haben die beiden Bereiche deshalb strikt getrennt, auch räumlich. Wie Sie wissen, befindet sich das Headoffice ›Cruise‹ in Kopenhagen. Was allerdings auch damit zu tun hat, dass dort im Hafen die entsprechenden Kreuzfahrtkapazitäten vorhanden sind.«

»Wessen Idee war es, in das Geschäft mit Kreuzfahrttouristen einzusteigen?«, hakte Tommy nach.

»Die Entscheidung wurde uns eines Tages einfach mitgeteilt«, antwortete Källman. »Genau wie die Personalie Siv. Johan und ich wurden nicht gefragt, ob es sinnvoll ist.«

»Aber wenn ich richtig informiert bin, macht das Kreuzfahrtgeschäft mittlerweile mehr als ein Viertel Ihres Gesamtumsatzes aus. Der Markt boomt, Sie haben jährlich zweistellige Wachstumsraten.«

»Das stimmt, aber wir haben in dieser Zeit auch Anteile in unserem Kernsegment verloren. Man kann sich innerhalb so weniger Jahre nun mal nicht ein weiteres Standbein aufbauen, ohne dass es an anderer Stelle zu Problemen kommt.«

»Probleme?«, fragte Tommy.

»Wie schon erwähnt, der Markt ist hart umkämpft«, antwortete Källman. »Da können wir uns eigentlich nicht erlauben, auch nur einen Zentimeter zurückzustecken oder nicht gierig genug zu sein. Die Konkurrenz ist sofort zur Stelle.«

Nicht gierig genug zu sein, fuhr es Niklas durch den Kopf. Besser hätte er nicht ausdrücken können, wie er Källman einschätzte. »Welche Rolle spielt Siv Fogelklou dabei?«, fragte er. »Hat Lennart sie ins Unternehmen geholt, weil er überzeugt war, dass sie das Kreuzfahrtgeschäft aufbauen kann?«

»Ich möchte nicht beurteilen, weshalb er sich darauf eingelassen hat, aber ich kann mir beim besten Willen nicht vorstellen, dass er es aus voller Überzeugung für die Reederei getan hat.«

»Weshalb dann?«

»Familienbande vielleicht, ich weiß es nicht.«

»Gibt es weitere Einschätzungen dazu?« Niklas blickte Sjögren an, der vorhin noch damit geprahlt hatte, Lennart am besten zu kennen. Aber in diesem Moment sagte er nichts.

»Wir werden uns natürlich auch mit Siv Fogelklou unterhalten«, fuhr Niklas fort. Er zögerte kurz, dann entschloss er sich, einen kleinen Nadelstich zu setzen. »Solange Lennart verschwunden bleibt und sein Schicksal nicht geklärt ist, könnte es sein, dass sie die Leitung der Reederei kommissarisch übernimmt.«

»Die Anteile an der Reederei liegen zu einhundert Prozent bei Lennart«, erwiderte Sjögren wie auf Knopfdruck. »Ich sehe keinen Grund dafür, warum Siv im Augenblick an Lennarts Stelle treten sollte. Björn und ich sind diejenigen, die mit dem operativen Geschäft am besten vertraut sind. Wir werden das Schiff schon schaukeln, wie man nicht nur bei uns sagt.« Sein angestrengtes Lächeln verschwand so schnell, wie es gekommen war.

Niklas verarbeitete jedes einzelne Wort, das er von der anderen Seite des langen Konferenztischs vernahm, ganz genau. Es war jetzt ein Punkt im Gespräch erreicht, wo er zumindest für den Moment genug gehört hatte. Eine letzte Frage hatte er aber noch.

»Was mich abschließend interessieren würde«, sagte er nachdenklich an Sjögren gewandt. »Sie sagten vorhin, Sie wüssten nicht, dass Lennart Fogelklou seinen Porsche gelegentlich über Nacht hier in der Tiefgarage stehen lässt. Von seiner Frau wissen wir jedoch, dass er seit Mittwoch nicht mehr zu Hause geschlafen hat. Wenn er, wie Sie es sagen, nicht hier im Büro übernachtet hat, wo war er dann?«

Sjögren runzelte die Stirn. Offenbar brauchte er einige

Momente, bis er verstand, worauf Niklas hinauswollte. Dann lächelte er wieder und schüttelte gleichzeitig den Kopf. Als wolle er sich über den Gedanken, dass Lennart womöglich eine Affäre hatte, lustig machen.

»Tut mir leid«, sagte er schließlich. »Bei solchen Fragen bin ich nicht der richtige Ansprechpartner. Sprechen Sie besser mit Inger, sie könnte wissen, wo er seine Nächte verbringt. Vielleicht ist die Antwort darauf einfacher, als man denkt.«

Ibrakadabra

Der Moment, als sie zu ihm an den Tisch trat, sich zu ihm hinabbeugte und ihm einen schüchternen Kuss auf den Mund gab, fühlte sich noch immer vollkommen unwirklich an. Obwohl das mit ihnen jetzt bereits seit einigen Monaten lief, hatte sich Niklas an ihre Treffen längst noch nicht gewöhnt. Die Tatsache, dass vorerst niemand von ihrer Beziehung – oder was auch immer das zwischen ihnen eigentlich war – erfahren sollte, und die daraus resultierende Schwierigkeit, sich tagtäglich aufs Neue nichts anmerken zu lassen, sorgte bei ihm für ein Gefühl, etwas Verbotenes zu tun. Wie zwei Teenager, die eigentlich noch zu jung dafür waren, sich ineinander zu verlieben, und in ständiger Furcht, dass ihre Eltern sie erwischten.

Es war sein Vorschlag gewesen, sich heute zum ersten Mal nicht in ihrer Wohnung oder an einem einsamen, menschenfreien Ort in Malmö zu treffen. Denn ewig würde dieses Versteckspiel sowieso nicht gut gehen, und er hatte keine Lust mehr darauf, in den wenigen Wochen im Jahr, in denen der skandinavische Sommer die Leute auf die Straßen trieb, mehr oder weniger abzutauchen. Wo er doch sein neues Glück am liebsten lauthals herausgeschrien hätte.

Der Lilla Torg war ein kleinerer Marktplatz mitten im Herzen von Gamla Staden, der historischen Altstadt. Er lag nur unweit des Stortorget, des größten Platzes in Malmö, auf dem das große Reiterstandbild von König Karl X. Gustav von Schweden und das historische Rathaus standen.

Lilla Torg mit seinen kleinen Fachwerkhäusern und dem alten Kopfsteinpflaster war schon immer einer seiner Lieblingsorte. Er war oft hier – im Sommer, wenn es in den Restaurants und Bars nur so von Menschen wimmelte. Die Einheimischen liebten diesen Platz und die lauen Nächte. Wenn es erst spät dunkel wurde, saßen die Menschen bis weit in die Nacht hier. Sie tranken und aßen. Und vor allem: Sie unterhielten sich ausgiebig. Als holten sie alles nach, was sich in den kalten, einsamen Monaten aufgestaut hatte. Und für einige war Lilla Torg auch der beste Ort, um in einem der zahlreichen Clubs in der Nähe die Nacht zum Tag zu machen.

Niklas kam auch im Winter gerne her, wenn die kleine Eisbahn für ein weihnachtliches Gefühl sorgte. Er konnte es den Touristen nicht verdenken, dass sie mittlerweile in Scharen anreisten. Ihre Zahl war in den vergangenen Jahren stark angewachsen. Ließ man den Bandenterror in den Vororten Malmös einfach mal beiseite, war dieses Fleckchen Erde an der Südwestküste Schwedens wirklich etwas Besonderes.

Emma setzte sich an den Tisch des Restaurants und lächelte. Es war ein unsicheres Lächeln. Ihr fiel es wesentlich schwerer, sich mit ihm in der Öffentlichkeit zu zeigen. Wahrscheinlich lag es daran, dass sie einige Jahre jünger war als er und in der Hierarchie der Mordkommission noch unter ihm stand. Vielleicht wollte sie vermeiden, dass irgendjemand das Gefühl entwickeln könnte, sie sei nur mit ihm zusammen, weil es ihrer eigenen Karriere zugutekäme.

Wenn Niklas ehrlich war, hatte auch er sich diese Frage zu Beginn für einen kurzen Moment gestellt. Immerhin lagen acht Jahre zwischen ihnen. Während seiner Beziehung mit Pernille hatte er nie das Gefühl gehabt, dass irgendeine andere Frau ihm auch nur einen Blick zugeworfen hätte. Geschweige denn eine jüngere Frau. Das hatte sich allerdings schlagartig geändert, als er sich dazu entschlossen hatte, die verbliebenen Haare auf dem Kopf abzurasieren und sich einen Dreitagebart wachsen zu lassen.

Die Sache mit Emma hatte sich wie aus heiterem Himmel entwickelt. Sieben Jahre hatten sie beide zusammengearbeitet. So eng und vertraut, dass er sich niemand anders an seiner Seite wünschte. Aber eben nur als Kollegen. Niklas hatte nie darüber nachgedacht, wie er auf sie wirkte – oder andersherum. Er war in einer festen Beziehung gewesen und sie einfach eine sehr talentierte junge Kriminalkommissarin.

Doch vor einem Dreivierteljahr waren sie sich zum ersten

Mal nähergekommen. Nicht auf körperliche Art und Weise, aber sie hatten während eines Falls lange nachdenkliche Gespräche geführt. Er hatte viel mehr von sich offenbart, als ihm lieb gewesen war. Aber es hatte ihn aus seiner Melancholie geholt, die er nach der Trennung von Pernille verspürt hatte. Emma war die einzige Person gewesen, der er sein Herz ausschütten konnte. Und sie hatte es ihm gleichgetan. Denn auch sie hatte eine schwierige, langjährige Beziehung hinter sich, an deren Ende sie zu dem Schluss gekommen war, dass es besser war, sich zu trennen.

Der Moment, in dem aus den tiefgehenden Gesprächen plötzlich mehr geworden war, hatte im Rückblick allerdings eher etwas Lustiges. Sie waren kurz vor Weihnachten in der Altstadt, gar nicht weit weg vom Lilla Torg, etwas trinken gewesen und hatten sich für den Rückweg ein Taxi genommen. Auf halbem Weg zu Emmas Wohnung hatte Niklas festgestellt, dass er sein Portemonnaie verloren hatte. Der Taxifahrer hatte sie schließlich unter einigen Beschimpfungen rausgeschmissen. Niklas hatte mit einem Anruf in der Bar vergeblich versucht, sich zu vergewissern, ob er sein Portemonnaie auf der Theke hatte liegen lassen. Den Rest des Weges waren sie dann zu Fuß gegangen.

Auf dem Bürgersteig vor ihrer Haustür war es schließlich zu ihrem ersten Kuss gekommen. Er hatte nicht gefragt, ob er noch für einen Kaffee oder Absacker in ihre Wohnung mitkommen durfte. Nach dem Kuss war ihm sofort bewusst gewesen, dass es besser war, sofort nach Hause zu gehen. Er war so vernünftig an diesem Abend, dass es ihm selbst fast ein wenig unangenehm gewesen war.

Zwei Tage später hatte Emma dann dafür gesorgt, dass er sich der Situation nicht noch einmal entziehen konnte. Sie war es gewesen, die ihn aufgefordert hatte, noch mit reinzukommen. Um den Abend und das Gespräch bei einem Glas Wein fortzusetzen.

Der Rest existierte nur noch verschwommen vor seinem inneren Auge, was vielleicht an der Menge Alkohol, den sie getrunken hatten, lag. Die gemeinsame Nacht hatte jedenfalls dazu geführt, dass er sich endgültig in Emma verliebte. Das Körperliche war das eine gewesen. Vor allem aber fühlte er sich wegen der Art, wie sie über das Leben und auch ihren Beruf dachte, so sehr zu ihr hingezogen. Da waren so viele Gemeinsamkeiten, dass ihn die Erkenntnis beinahe schon wieder zweifeln ließ. Als hätte sie irgendwo aufgeschnappt, was seine Vorstellungen vom Leben waren, hatte sie von ihren Träumen und Idealen erzählt.

Vertrauen und Liebe. Gerechtigkeit und Gleichberechtigung.

Eigentlich hätte er diese Werte als Plattitüden abgetan, aber er hatte ihr jedes Wort genau so abgenommen. Sie war überzeugt von diesen Werten, ohne sie wie ein Mantra vor sich herzutragen. Dazu kannte er sie als Kollegin bereits gut genug. Wie sie ihn in diesem Augenblick angesehen hatte, mit dieser Ehrlichkeit in ihrem Blick, zweifelte er keine Sekunde daran, dass sie es ernst meinte.

»Ich habe es gestern meinen Eltern erzählt«, sagte sie plötzlich. »Jetzt gibt es kein Zurück mehr.«

Niklas wartete einige Sekunden. Auf irgendeine Reaktion in ihrem Gesicht. Ein Zwinkern, ein Lächeln. Irgendetwas. Doch sie sah ihn einfach nur mit ernster Miene an.

»Du hast mir bislang nicht viel von deinen Eltern erzählt«, sagte Niklas. Fast hätte er gelacht, doch etwas hielt ihn zurück. Er war sich nicht sicher, wie ernst Emma es damit war, sich tatsächlich von ihren Eltern eine Absolution einholen zu müssen. Lieber wollte er vorsichtig sein, als sie vor den Kopf zu stoßen.

»Ja, das stimmt«, sagte Emma. »Ich weiß viel mehr über dich und dein Privatleben als andersherum. Obwohl ich dir auch von mir einiges erzählt habe, kommt es mir so vor, als hättest du mir in den letzten Monaten viel öfter dein Herz ausgeschüttet.«

»Ich hoffe, das wirfst du mir jetzt nicht vor«, sagte Niklas schmunzelnd. »Ich hätte mir ja niemals träumen lassen, dass wir beide irgendwann –«

»Schon gut«, unterbrach sie ihn. »Ich doch auch nicht,

außerdem bin ich froh, dass du mir so viel über dich erzählt hast. Dadurch kann ich mir ziemlich sicher sein, auf wen ich mich da eingelassen habe.«

Niklas beobachtete Emma erneut. Immer noch auf der Suche nach einem Lächeln oder Zwinkern oder irgendetwas anderem, das die Situation auflockerte. Aber sie blieb weiterhin ernst.

»Ich war wegen der Ereignisse heute nicht sicher, ob das, was ich geplant hatte, wirklich passend ist. Vielleicht wäre es besser, wenn wir heute Abend über den Fall reden oder etwas Schöneres machen, aber …« Emma stockte und blickte nun ihrerseits Niklas tief in die Augen.

»So langsam werde ich etwas nervös«, sagte Niklas. »Was hast du denn vor?« Was auch immer Emma plante, wie sie sagte, die Situation verunsicherte ihn. Er sah sich um.

Der Lilla Torg war voll mit Menschen. So wie es in normalen Sommern immer der Fall war. Überall saßen die Leute draußen in den Cafés und Restaurants und unterhielten sich. Ein Sprachgewirr aus Schwedisch und Englisch und allem Möglichen. Straßenkünstler und Sänger an jeder Ecke. Jeder von ihnen wusste, dass es nur diese wenigen Wochen im Jahr waren, an denen sie die langen Tage und sommerlichen Temperaturen nutzen mussten.

Zum Glück hatte sich das Wetter heute noch einmal umentschieden. Nachdem es bereits geregnet und den ganzen Tag nach Gewittern ausgesehen hatte, war am Abend die Sonne durch die Wolkendecke gebrochen. Die Temperaturen waren skandinavisch sommerlich. Ein Kontinentaleuropäer hätte sich wahrscheinlich eine dicke Daunenjacke übergeworfen.

»Ich wollte, dass wir uns heute Abend aus einem ganz bestimmten Grund treffen«, durchbrach Emma seine Gedanken. »Vielleicht ist dir bereits aufgefallen, dass unser Tisch ein wenig zu groß nur für uns beide ist. Meine Eltern sind nämlich auf dem Weg hierher, sie müssten jeden Augenblick kommen.«

»Ernsthaft?«, fragte Niklas perplex.

»Hätte ich es dir vorher gesagt, wärst du vielleicht nicht gekommen.«

»Wie kommst du denn darauf? Ich habe dir doch schon ein paar Mal gesagt, dass ich deine Eltern gerne kennenlernen möchte.«

»Das Ganze ist nicht so einfach für mich. Du weißt, was in meiner letzten Beziehung passiert ist. Und meine Eltern waren es, die mir von Anfang an davon abgeraten hatten, mich auf diesen Menschen einzulassen.«

»Es gehört dazu, seine eigenen Erfahrungen zu machen«, warf Niklas ein. »Das passiert in den besten Ehen. Und du bist kein Teenager mehr.«

»Das ist richtig. Was ich dir allerdings noch nicht erzählt habe, ist, dass ich auch als Teenager schon immer ins falsche Regal gegriffen habe. Und genauso auch als Zwanzigjährige. Und als Fünfundzwanzigjährige. Ich habe in Sachen Beziehung einfach immer das getan, was nicht gut für mich war. Und meine Eltern haben mir immer den Spiegel vorgehalten. Was ich natürlich niemals hören wollte, im Gegenteil. Je mehr Ratschläge sie mir gegeben haben, desto heftiger habe ich reagiert und genau das Gegenteil getan.«

»Eine normale Reaktion.«

»Absolut, aber irgendwann sollte man vernünftig werden und einsehen, was einem wirklich guttut. Und man sollte verstehen, dass die eigenen Eltern es nicht schlecht mit einem meinen. Deshalb möchte ich mir diesmal sofort ihre Meinung einholen.«

»Damit du dir im Nachhinein keine Vorwürfe machen lassen musst, falls es mit uns doch schiefgeht?«

»Nein, damit ich mir sicher sein kann, dass du der Richtige für mich bist. Denn in diesem Punkt vertraue ich tatsächlich der Meinung meiner Eltern. Sie sind seit neununddreißig Jahren verheiratet, und ich kenne niemanden, der über eine so gute Menschenkenntnis verfügt wie die beiden. Ein Nebeneffekt bei der ganzen Sache ist allerdings auch deine Reaktion.«

»Wie meinst du das denn jetzt?«

»Ich könnte absolut nachvollziehen, wenn du mich für bekloppt erklärst und sofort aufstehst und gehst. Welcher erwachsene Mensch will sich denn heutzutage die Erlaubnis seiner vielleicht einmal zukünftigen Schwiegereltern einholen? Auch wenn es mir darum gar nicht geht.«

»Ich befürchte, ich habe noch immer nicht ganz verstanden, worum es dir dann geht.«

»Du musst wissen, mein Vater tickt manchmal etwas anders.«

»Worauf willst du hinaus?«

Bevor Emma antworten konnte, trat ein älteres Paar an ihren Tisch. Zweifellos handelte es sich um ihre Eltern. Die Ähnlichkeit zwischen Emma und ihrer Mutter war frappierend. Und auch in der Mimik des Vaters konnte er die Frau erkennen, in die er sich vor einigen Monaten verliebt hatte, nachdem sie sieben Jahre lang seine Kollegin gewesen war.

Niklas stand auf und schüttelte beiden die Hand. Sie stellten sich als Carl und Gunilla Steen vor. Normalerweise trat er Menschen, die er nicht kannte, offen und locker gegenüber. Aber jetzt fühlte er sich tatsächlich etwas gehemmt.

Die beiden umarmten ihre Tochter, bevor sie sich setzten. Es verging eine ganze Weile, bis jemand am Tisch etwas sagte. Es war Emmas Vater.

»Schön, Sie kennenzulernen«, begann er ohne Umschweife. »Sind Sie Fan von den Himmelblauen?«

Niklas sah den Mann mit dem dichten grauen Haar erstaunt an. Wollte Emmas Vater tatsächlich mit ihm über Fußball reden? Über Malmö FF, den erfolgreichsten Verein Schwedens? Nach einigen Sekunden glaubte er, die Absicht hinter der Frage erkannt zu haben. »Ich habe früher in der Bettwäsche des Vereins geschlafen«, antwortete er.

»Wann ist das gewesen?«

»Irgendwann in den achtziger Jahren.«

»Ich war 1979 im Münchner Olympiastadion, als die Mannschaft das Endspiel im Pokal der Landesmeister gegen Nottingham Forest verloren hat.«

»1981 war auch ein gutes Jahr.«

Emmas Vater sah ihn irritiert an. Er schien es nicht gewohnt zu sein, dass man ihm etwas entgegenbrachte. Zumindest zum Thema Fußball.

Eine bizarre Situation. Niklas war ein erwachsener Mann. Hatte eine lange Beziehung hinter sich, die sich wie eine gescheiterte Ehe anfühlte. Er war verantwortlich für die Aufklärung der meisten Mordfälle, die in den letzten Jahren in und um Malmö geschehen waren. Er hatte sich in eine Frau verliebt, die seit vielen Jahren seine Kollegin war. Und sie offenbar auch in ihn. Aber jetzt saß ihm ihr Vater gegenüber und betrachtete ihn wie einen siebzehnjährigen Bengel, der seine fünfzehnjährige Tochter zu unanständigen Dingen verführte.

»Das Jahr, in dem Zlatan und ich geboren wurden«, erklärte Niklas schließlich. »Der Held nicht nur des Malmöer Fußballs, mit dem ich sozusagen groß geworden bin.«

Das kurze Naserümpfen von Emmas Vater entging ihm nicht. Er sagte nichts, aber allein diese Reaktion war Aussage genug. Zlatan Ibrahimović gehörte nicht zu den Spielern, derentwegen Carl Steen Fan von Malmö FF war. Denn Ibrakadabra, so sein Spitzname, war einer derjenigen, die aus Rosengård stammten. Dem Stadtviertel, zu dem selbst die Polizei keinen wirklichen Zutritt mehr hatte. Er war einer der ganz wenigen, die es geschafft hatten, dem Viertel zu entfliehen. Weil er besser Fußball spielte als die anderen. Als der Rest der Welt, wie er selbst behauptete.

Die Menschen in Malmö liebten Zlatan. Und dennoch war er keiner von ihnen. Er war gefühlt kein Schwede, obwohl er sogar in Malmö zur Welt gekommen war, nachdem seine Eltern aus dem früheren Jugoslawien hergezogen waren. In gewisser Weise stand er für all die Probleme, die diese Stadt und vielleicht auch das ganze Land hatten. Das Scheitern der Integrationspolitik. Das unaufhaltsame Auseinanderdriften der Gesellschaft.

»Immerhin kennst du dich mit Fußball aus«, sagte Carl Steen schließlich. »Aber bevor wir jetzt auch noch über Eishockey und Handball reden, würde mich interessieren, weshalb du dir eine Frau suchst, die acht Jahre jünger ist als du.«

»Ich habe mir Ihre Tochter nicht gesucht«, sagte Niklas kühl. »Es ist einfach passiert. Wir haben uns über viele Jahre kennengelernt, bevor wir uns dann ineinander verliebt haben. Ich werde Ihnen kein Versprechen geben, dass Emma und ich bis an unser Lebensende zusammenbleiben. Ich kann Ihnen lediglich versprechen, dass ich alles für eine gute Beziehung tun werde.«

»Sie haben bereits eine langjährige Beziehung an die Wand gefahren.«

»Das ist richtig«, entgegnete Niklas. »Allerdings haben Sie keine Vorstellung, wie es dazu kommen konnte. Ich habe alles in meiner Macht Stehende versucht, das zu vermeiden.«

»Na schön«, sagte Steen. »Um es gleich vorwegzusagen, es wird lange dauern, bis ich Ihnen vertrauen kann. Das hat nichts mit Ihnen persönlich zu tun. Aber Sie haben eine Chance verdient.«

Niklas sagte nichts. Emmas Vater redete mit ihm wie mit einem Schuljungen, der völlig machtlos auf die Gnade des Lehrers angewiesen war. Warum hatte Emma ihn nicht wenigstens vorgewarnt? Er spürte, wie er langsam, aber sicher sauer wurde.

»Lennart Fogelklou ist verschwunden?«

Niklas zuckte zusammen. Wollte er jetzt ernsthaft auch noch über ihre Ermittlungsarbeit sprechen? »Dazu kann und werde ich Ihnen keine Antwort geben können. Von Ihrer Tochter werden Sie sicherlich wissen, dass wir als Kriminalpolizei nicht über laufende Ermittlungen reden dürfen.«

»Ja, schon gut. Im Normalfall interessiert mich auch nicht sonderlich, mit welchen Problemen und Verbrechen Sie und meine Tochter in dieser Stadt zu tun haben. In dieser Angelegenheit ist das allerdings etwas anderes.«

»Wie meinen Sie das? Kennen Sie Lennart Fogelklou?«

»Nein, und darüber bin ich auch ganz froh.« Carl Steen ließ seinen Blick schweifen, offenbar auf der Suche nach einer Bedienung. »Lausiger Service«, brummelte er in seinen ergrauten Schnurrbart. »Worauf ich eigentlich hinauswill«, fuhr er fort, »wissen Sie eigentlich, was ich beruflich mache?«

Niklas nickte, als ihm wieder einfiel, dass Emma ihm vor einiger Zeit erzählt hatte, ihr Vater führe als Allgemeinmediziner eine eigene Praxis in Åkarp, einer kleinen Ortschaft zwischen Malmö und Lund nördlich der E 22.

»Natürlich dürfte ich Ihnen eigentlich gar nichts davon erzählen, aber ich praktiziere bereits seit über dreißig Jahren und habe es immer so gehalten, dass ich Entscheidungen nach meinem inneren Kompass getroffen habe. Und damit bin ich bis heute gut gefahren. Was ich sagen will: Eine meiner Patientinnen heißt Inger Sundhage, sie kommt seit zwanzig Jahren zu mir. Ungefähr so lange, wie sie für Fogelklou arbeitet.«

Niklas, dem das Gespräch bislang höchst unangenehm gewesen war, war sofort hellwach. Hatte Emma ihn etwa an der Nase herumgeführt? War er hier, weil ihr Vater ihm etwas Wichtiges bezüglich ihrer Ermittlungen erzählen sollte?

»Sie ist seine rechte Hand«, erklärte Carl Steen. »Ich glaube, der Begriff Sekretärin würde hier zu kurz greifen. Sie organisiert sein komplettes berufliches und privates Leben. Ich behaupte mal, Inger kennt Fogelklou besser als dessen eigene Frau.«

»Verstehe«, sagte Niklas. »Leider hatten wir noch nicht die Möglichkeit, mit ihr zu sprechen.«

»Das dürfte momentan auch schwierig werden«, entgegnete Steen. »Ich habe sie vor acht Wochen krankgeschrieben. Und um ehrlich zu sein, bin ich mir auch nicht sicher, ob sie jemals wieder in ihre alte Position in der Reederei zurückkehren wird.«

»Warum erzählen Sie mir das? Hat die Krankheit von Inger Sundhage etwa irgendetwas mit dem Verschwinden von Lennart Fogelklou zu tun?«

»Ob Fogelklou schuld an ihrer Depression ist, vermag ich nicht abschließend zu sagen. Jedenfalls hat das Arbeiten unter ihm auf lange Sicht nicht dazu beigetragen, dass sich ihre Psyche stabilisiert. Aber darum geht es mir gar nicht. Ich möchte Ihnen von einer anderen Sache erzählen, die mir Inger vor einigen Monaten zum ersten Mal berichtet hat. Denn offenbar ist es so gewesen, dass Fogelklou und die Reederei bedroht wurden.«

»Bedroht?«

»Es sind mehrere Drohbriefe eingegangen«, antwortete Steen. »Inger hat davon berichtet, dass das über einen Zeitraum von mehreren Wochen ging.«

»Womit wurde denn gedroht?«

»Das weiß ich leider nicht.«

»Und wer steckt dahinter?«

»So wie ich Inger verstanden habe, ist das völlig unklar und geht nicht aus den Schreiben hervor.«

»Meines Wissens wurde die Polizei nicht darüber informiert«, sagte Niklas.

»Möglich.« Carl Steen zuckte mit den Achseln. »Ich habe Ihnen jetzt alles gesagt, was ich weiß. Die Schlussfolgerungen müssen Sie und Emma ziehen. Und da ich hier offenbar leider weder etwas zu trinken noch zu essen bekomme, werden wir nun auch wieder gehen und euch allein lassen. Genießt den Sommerabend und seien Sie nett zu meiner Tochter.«

Er gab seiner Frau, die außer ihrem Namen noch kein einziges Wort gesagt hatte, ein Zeichen aufzustehen. Niklas erwartete, dass Emma intervenieren und ihre Eltern überreden würde, doch noch zu bleiben. Aber sie blieb still. Sie waren also tatsächlich ausschließlich hier gewesen, damit er von den angeblichen Drohungen gegen Lennart Fogelklou erfahren sollte?

»Seit wann weißt du es?«, fragte Niklas, als sie wieder allein am Tisch saßen.

»Mein Vater hat mir heute Nachmittag eine SMS geschrieben, dass ich ihn zurückrufen soll. Das war, als wir gerade bei FoCo waren.«

»Wusstest du davon, dass Inger Sundhage bei deinem Vater in Behandlung ist?«

»Nein, wir reden niemals über unsere Arbeit. Ich war vollkommen überrascht, als er mir am Telefon davon erzählte. Nachdem er aufgelegt hatte, kam mir die Idee, heute Abend zwei Fliegen mit einer Klappe zu schlagen.«

»Es war dir also wichtig, dass ich deine Eltern kennenlerne?«

»Das, was ich eingangs gesagt habe, stimmt. Mir ging es

darum, dass sie Bescheid wissen und dich kennenlernen. Mein Vater durchschaut Menschen in wenigen Augenblicken. So wie er reagiert hat, glaube ich, dass ich mir bei dir keine Sorgen machen muss.«

Endlich zwinkerte sie und schenkte ihm ein Lächeln. »Meine Hoffnung ist, dass er mir jetzt keine Fragen mehr stellen wird, was mein Beziehungsleben angeht. Aber noch viel wichtiger war mir, dass du die Sache mit den Drohungen gegen Fogelklou aus seinem Mund erfährst.«

»Was ist mit deiner Mutter?«

»Was meinst du?«

»Kann es sein, dass sie bei euch nicht viel zu sagen hat?«

»War klar, dass du so denkst.« Wieder lächelte Emma. »Das Gegenteil ist der Fall. Meine Mama ist eine typische Schwedin, in Wirklichkeit hat sie die Hosen an. Sie redet nur, wenn sie es für nötig hält.«

»Das heißt, unser Gespräch vorhin war ihr egal?«

»Nein, ganz und gar nicht. Aber hätte sie einen Anlass gesehen, dich auf Herz und Nieren zu prüfen, hätte sie sich mit Sicherheit eingemischt.«

»Aha.« Niklas atmete tief durch. Er wusste nicht so richtig, wie er mit der Situation umgehen sollte. Noch immer fühlte er sich von Emma etwas überfahren. »Was hältst du denn von diesen Drohungen, von denen Inger Sundhage gesprochen hat?«, fragte er schließlich.

»Ich glaube meinem Vater. Und damit meine ich, dass ich auch Inger Sundhage glaube. Was ich davon halten soll, weiß ich allerdings auch noch nicht.«

»Wir müssen mit ihr sprechen«, sagte Niklas. »Nicht nur wegen dieser Drohungen, auch weil sie die Person ist, die uns am meisten über Lennart Fogelklou sagen kann.«

»Du hast meinen Vater gehört, es dürfte nicht gerade einfach werden. Soweit ich weiß, befindet sie sich momentan in klinischer Behandlung. Damit wir dort ein Gespräch im Rahmen einer Ermittlung gewährt bekommen, benötigen wir die Erlaubnis der Staatsanwaltschaft.«

»Ich hatte mir den Abend irgendwie anders vorgestellt«, sagte Niklas nach einer Weile und grinste. »Aber so wie sich der Fall entwickelt, ist es wahrscheinlich besser so. Und wir sollten mit unserer Beziehung vielleicht weiterhin vorsichtig umgehen.«

»Das sehe ich auch so«, stimmte Emma zu. »Wir müssen unsere Kraft auf die Ermittlungen richten. Sobald herauskommt, dass wir ein Paar sind, wird es viel Gerede geben. Und vielleicht auch den einen oder anderen, der uns das Leben schwer machen will.«

»Wo wir hier an einem Samstagabend auf dem Lilla Torg sitzen und man uns sehen kann, könnte es schon morgen so weit sein, dass jeder Bescheid weiß. Ich fürchte mich nicht davor, dass das mit uns herauskommt, aber wir müssen es nicht provozieren.«

»Der Service hier soll nicht so gut sein«, sagte Emma.

»Habe ich auch gehört.«

»Gehen wir woanders hin?«

»Zu dir oder zu mir?«

»Oder etwas ganz anderes. Ich möchte heute Abend aufs Meer sehen. Einfach nur dasitzen mit dir.«

»Bin dabei.«

»Ich kenne da einen Ort, der wäre perfekt.«

»Dann sollten wir keine Zeit mehr verlieren.«

Lomma Beach

»Hast du jemals darüber nachgedacht, Schonen oder sogar Schweden zu verlassen?«

»Wie meinst du das?«

»So schwierig ist die Frage nicht, oder?« Emma sah Niklas herausfordernd an.

»Es gab tatsächlich eine Zeit, in der ich gerne weggegangen wäre. Nach Deutschland oder England vielleicht. Und um ein Haar wäre ich mit zwanzig in Frankreich gelandet, um dort eine Ausbildung zum Koch zu beginnen. Ich hatte eine Zusage in einem Restaurant, das Paul Bocuse zuvor betrieben hatte, aber dann habe ich kalte Füße bekommen.«

»Ernsthaft?«

»Sehe ich so aus, als würde ich dir Märchen erzählen?«

»Ich weiß nicht.«

»Auf eine gewisse Weise bin ich wohl ein Feigling«, sagte Niklas. »Ich habe mich nie getraut, wegen irgendwas Besonderem ins kalte Wasser zu springen. Du bist also mit einem ziemlich langweiligen Kerl zusammen.«

»Darüber kann ich mir schon selbst ein Bild machen«, sagte Emma. »Ich wollte eigentlich nur wissen, ob du dich schon einmal damit beschäftigt hast, woanders zu leben.«

»Willst du etwa mit mir auswandern?«

»Nichts lieber als das, aber vielleicht sollten wir es erst einmal schaffen, hier miteinander zu leben.«

»Warum fragst du dann?«

»Keine Ahnung, vielleicht weil ich selbst manchmal darüber nachdenke, wenn mich die Ermittlungen mal wieder zu sehr mitnehmen. Einerseits fände ich es wichtig, Malmö auch mal den Rücken zu kehren und etwas anderes kennenzulernen, andererseits mag ich diese Stadt viel zu sehr. Mit all ihren Ecken und Kanten.«

»So geht es mir auch«, sagte Niklas. Obwohl er bereits den

Arm um sie gelegt hatte, rutschte er jetzt noch ein Stück enger an sie heran.

Sie saßen am Lomma Norra Badplats, der gemeinhin auch Lomma Beach genannt wurde. Er war einer der beliebtesten Sandstrände in ganz Schonen und lag nur wenige Kilometer nördlich von Malmös Altstadt in der Lommabucht. Obwohl es hier tagsüber im Sommer voll war und die Menschen teilweise wie Ölsardinen gedrängt in dem feinen Sand lagen, fand sich am Abend immer ein ruhiges Plätzchen nahe den Dünen.

Sie hatten noch eine Flasche Wein aus Emmas Wohnung geholt und waren dann mit ihrem Fiat 500 Cabrio in Richtung Strand gefahren, um gemeinsam dem Sonnenuntergang über dem Öresund zuzusehen. Mit der funkelnden Brücke in der Ferne.

Das Gewitter, das sich heute Morgen noch von Dänemark kommend angekündigt hatte, hatte es bislang nicht über die Meerenge geschafft. Die aufgetürmten Wolken schienen noch immer über Seeland festzukleben.

Es war einer dieser Sommerabende, von denen es nicht viele in Schonen gab. Dafür waren sie vielleicht umso schöner, schöner als sonst wo auf der Welt. Die Sonne über dem blau spiegelnden Meer, der feine weiße Sandstrand und dieses ganz spezielle Gefühl, dass die Tage so rar gesät waren – es waren die Momente, in denen Niklas die Kraft für die bevorstehende kalte und lange Jahreszeit tankte.

»Das mit meinem Vater tut mir leid«, sagte Emma plötzlich.

»Hm?«

»Du weißt genau, was ich meine. Natürlich denkt er noch immer, dass er über seine Tochter wachen muss, auch wenn ich in diesem Fall sogar seinen Ratschlag gesucht habe. Hinzu kommt, dass er ganz grundsätzlich von dem, was wir beide beruflich machen, nicht viel hält. Um es mal freundlich zu sagen.«

»Dann muss ich ihn wohl davon überzeugen, das, was wir beide tun, wenigstens zu respektieren. Wenn wir den Fall Fogelklou aufklären und es uns gelingt, Lennart lebend zu befreien, wird er unsere Arbeit sicher zu schätzen wissen.«

»Du kennst ihn nicht«, sagte Emma lächelnd. »Er hat seine vorgefertigten Meinungen, daran wird sich nichts ändern. Aber egal, ich will jetzt weder über meinen Vater noch über Fogelklou reden.«

»Du hast damit angefangen.«

»Ich weiß. Mich beschäftigt das, was heute passiert ist, so sehr, dass ich gar nicht richtig abschalten kann.«

Niklas sah sie von der Seite an. Noch immer war er unschlüssig, was er von ihrer neuen Frisur hielt. Pony und Pagenschnitt wirkten strenger als ihre schulterlangen Haare, die sie all die Jahre zuvor getragen hatte. Aber es passte zu ihr. Genau wie die extravagante Kleidung, die sie oftmals trug. Es ging ihr nicht darum aufzufallen, sie hatte einfach einen ganz eigenen Stil. Ein Retrolook, klassisch und elegant, aber auch weiblich und vor allem einzigartig. So wie sie nun mal war.

Emma war niemand, der etwas tat, um anderen zu gefallen. Sie hatte ihren eigenen Kopf, und genau das mochte er an ihr. Dass nicht jeder mit ihrer Art zurechtkam, wusste Niklas. Manchmal wurde ihr nachgesagt, zu kühl und unnahbar zu sein. Nichts davon konnte er bestätigen, zumindest was sein Verhältnis zu ihr anging. Seit dem ersten Tag, an dem sie bei der Kripo in Malmö ihren Dienst angetreten hatte, hatten sie sich bestens verstanden. Und als die Situation mit Pernille immer schwieriger geworden war, war sie sein Lichtblick gewesen.

»Mir geht es nicht anders«, sagte er nach einer Weile. »Ich kann mir nichts Schöneres vorstellen, als hier mit dir zu sitzen, aber mir geht die ganze Zeit dieses Video von Fogelklou durch den Kopf. Und die Situation in Svedala bei seiner Frau, als ihr Sohn plötzlich mit diesem Karton in den Raum kam. Ich kann einfach überhaupt nicht abschalten, solange wir keine Ahnung haben, was es mit der Entführung von Lennart und dem Tod von Hans auf sich hat. Wenn wir spätestens Montag nicht irgendeinen Ansatzpunkt haben, wird Petter wahrscheinlich nichts anderes übrig bleiben, als die Reichsmordkommission hinzuzuziehen.«

»Wäre das so schlimm?«

»Ich habe schon den Ehrgeiz, dass wir es alleine schaffen. Wir als Mordkommission Malmö, ohne die Hilfe der Kollegen aus Stockholm.«

»Ich verstehe, was du meinst. Aber diese Nummer könnte tatsächlich ziemlich groß und brisant werden.«

»Klar, der Fall muss eben so schnell wie möglich aufgeklärt werden. Aber bislang haben wir Fakten gesammelt. Wir müssen uns alles, was wir wissen, noch einmal vornehmen. Hans Fogelklou, die Rekonstruktion des Verschwindens von Lennart, Camilla Fogelklou und Olof, aber auch Siv. Und dann natürlich das Video und vor allem unser Gespräch heute Nachmittag bei FoCo. Diese beiden Geschäftsführer sind mir ziemlich auf die Nerven gegangen.«

»Aber ich hoffe, das willst du nicht alles noch heute Abend mit mir durchgehen?« Emma blickte Niklas mit hochgezogenen Augenbrauen an.

»Ich bin hin- und hergerissen«, scherzte Niklas. »Nein, mit dir im Arm fällt mir die Entscheidung ziemlich leicht. Nur eine letzte Frage: Könntest du dir vorstellen, dass Fogelklou das alles nur inszeniert hat?«

Emma löste sich etwas aus seinem Griff und blickte ihn interessiert an. »Wie kommst du denn darauf?«

»Mir kam der Gedanke, weil Tommy erwähnte, dass die Reederei finanziell angeschlagen ist. Wäre nicht das erste Mal, dass jemand in einer selbst inszenierten Entführung sein Heil sucht. Dazu passt auch, dass wir bislang in der Tiefgarage keinerlei Spuren gefunden haben, die auf eine Entführung hindeuten. Mal sehen, was die Auswertung der Überwachungskameras bringt.«

»Ihm wurde der Ringfinger abgehackt«, sagte Emma. »Meinst du, das gehört ebenfalls zu seiner Inszenierung?«

»Es hat schon schlimmere Selbstverstümmelungen aus der Not heraus gegeben.« Niklas lächelte schief. »Aber ich gebe zu, es klingt nicht gerade überzeugend. Trotzdem werde ich das Gefühl nicht los, dass bei dieser Entführung irgendetwas nicht stimmt. Wir wissen nichts über die Motivation der Täter außer …«

»Niklas, lass gut sein.«

»… dieser absurd hohen …«

»Hallo, Erde an Niklas«, sagte Emma streng. »Ich will heute Abend nicht mehr über den Fall reden.«

»Tut mir leid. Das ist wohl etwas, womit du klarkommen musst. Während einer Ermittlung schaffe ich es kaum, mal abzuschalten. Aber ich verspreche dir, für den Rest des Abends –«

Er stockte, als er das Vibrieren seines Handys in der Hosentasche spürte. Es musste bereits weit nach halb zehn sein. Er zog das Telefon hervor und warf einen Blick auf das Display. Ein Fehler.

»Willst du nicht rangehen?«

»Nein, besser nicht.«

»Wer ist es?«

Niklas seufzte und zuckte mit den Schultern. Denn an Pernille wollte er an diesem Abend noch viel weniger denken als an den Fall.

Mehlsack

Lennarts Mund schmerzte. Genauer gesagt seine Mundwinkel. Sie hatten ihn nach dem Video spüren lassen, was sie davon hielten, wie er über sie geredet hatte – und von seinem Bluff, angeblich zu wissen, wer sie waren. Schlimmer als die Schläge ins Gesicht und auf den Oberkörper war jedoch das Tuch, mit dem sie ihn geknebelt hatten. Es war so eng gebunden, dass es seinen Mund förmlich auseinanderzog.

Sie hatten ihn an einen anderen Ort gebracht als zuvor. Wobei »anders« relativ war, denn er glaubte, dass er sich einfach nur auf der Rückseite dieser alten Lagerhalle befand, in der er die Stunden nach seiner Entführung verbracht hatte.

Er saß draußen im Freien. Die ganze Nacht hatte er hier verbracht. Notdürftig in eine Decke gehüllt, die sie ihm hingeworfen hatten. Vor einer halben Stunde war endlich die Sonne aufgegangen und hatte den Blick freigegeben auf die Landschaft. Eine Landschaft, die … ja, was eigentlich? Im Grunde war es ein großes Nichts, was er sah. Eine flache Gegend aus grün bewachsenen und steinigen Ebenen. Als hätten sie ihn irgendwo weit nach Norden verschleppt. Wie Lappland ohne Berge.

Am Horizont konnte er erkennen, dass es gar nicht allzu weit entfernt nicht mehr weiterging. Da er sich wohl nicht auf einem Hochplateau befand, musste dahinter Wasser sein.

Er ging noch einmal alles im Kopf durch. Es gab keinen Anhaltspunkt, nichts, woran er sich erinnern konnte, nichts, was er jemals zuvor schon einmal gesehen hatte. Nur die Fahrt mit dem Boot war ein Hinweis. Er hatte geglaubt, sie wären bis ans Festland auf der anderen Seite des Öresunds gefahren. Aber wahrscheinlich waren sie weiter östlich von Amager an Land gegangen.

Saltholm, die mehr oder weniger unbewohnte Insel im Öresund, lag direkt vor Kopenhagen. Wahrscheinlich das beste

Versteck, das sie wählen konnten. In diesem Augenblick der Erkenntnis aber dennoch wie der Schlag mit einem Hammer, der ihm kurzzeitig sämtliche Hoffnung nahm, überhaupt jemals aus dieser Situation befreit zu werden.

Er hatte nicht getan, was sie von ihm verlangt hatten. Wenn es etwas in seinem Leben gab, gegen das er sich immer gewehrt hatte, dann war es der Versuch anderer, ihn für ihre Zwecke zu vereinnahmen. Egal, in welcher Situation er sich befunden hatte. Wie schwierig die Lage der Reederei auch gewesen sein mochte. Wie kompliziert manchmal die Beziehung zu seinen Geschwistern oder seiner Frau gewesen war. Niemand hatte jemals darüber bestimmen dürfen, was er tat. Er war es, der das Heft des Handelns in der Hand hielt. Derjenige, der voranging, wenn es unbequem wurde. Derjenige, der schon immer einen Schritt weiter gedacht hatte. Und genauso hatte er diesen Männern gestern unmissverständlich deutlich gemacht, dass er seine eigenen Worte wählen würde und nicht den Text ablas, den sie ihm gaben.

Überhaupt dieser Text. Er hatte nur aus Drohungen gegen ihn und die Reederei bestanden. Und diese vollkommen irre Forderung über eine Milliarde Kronen, die seine Familie innerhalb der nächsten achtundvierzig Stunden auftreiben sollte.

Mit keiner Silbe hatten sie in diesem Text erwähnt, wer sie waren. Und weshalb sie ihn gefangen hielten. Und außer der Beschaffung des Geldes gab es keine weiteren Forderungen.

Lennart hatte in den letzten Stunden immer wieder alles durchgespielt. Er traute es grundsätzlich vielen Menschen zu, ihm das hier anzutun. Und gleichzeitig auch wieder niemandem. Die Konfrontation mit Jonas Anker war zuletzt immer heftiger geworden. Aber dass sein größter Widersacher ihn entführen ließ, schien ihm unvorstellbar.

Dass die Koreaner zu so etwas fähig waren, wollte noch viel weniger in seinen Kopf. Aber ausschließen konnte er im Grunde nichts. Nicht einmal, dass der Angriff aus den eigenen Reihen kam. Er hatte schon seit Monaten ein schlechtes Gefühl bei Sjögren und Källman. Ihr Machtanspruch als angestellte

Geschäftsführer wurde immer größer. Es kam ihm vor, als glaubten sie, die Reederei auch ohne ihn führen zu können, obwohl sie niemals mehr für das Unternehmen getan hatten, als nur seine Vorgaben umzusetzen.

Ehe Lennart seinen Gedanken zu Ende spinnen konnte, fuhr er zusammen. Da waren wieder diese Schritte drinnen. Sie klangen dumpfer als die von gestern. Kein Wunder, befand sich zwischen ihm und den beiden Männern, die sich ihm gerade wieder näherten, doch die Aluminiumwand der Halle, an der er lehnte. Im nächsten Moment wurde eine Tür aufgerissen, und er starrte wieder auf die Typen, die ihn vorgestern verschleppt hatten.

Sie lösten die festen Knoten, mit denen sie seine Beine verbunden hatten, und zerrten ihn an seinen gefesselten Armen hoch. Den Schmerz in seiner Hand spürte Lennart mittlerweile kaum noch. Es war, als hätten die ständige Erniedrigung, der fehlende Schlaf und die aussichtslose Situation, in der er sich befand, seinen Körper so sehr gelähmt, dass die Wunde sich lediglich durch ein dumpfes, kaum spürbares Pochen bemerkbar machte.

Die Männer zogen ihn zurück in die Halle. Wie einen mit Mehl befüllten Sack. Mit jedem Meter, den sie zurücklegten, schwand etwas mehr Leben aus seinem Körper. Er hatte sich etwas vorgemacht. Er hatte das Heft des Handelns in dieser Situation längst nicht mehr in der Hand. Er war ihnen hoffnungslos ausgeliefert.

In der Mitte der Lagerhalle ließen sie seine Arme los. Lennart fiel vornüber aufs Gesicht. Sofort spürte er, dass seine Lippe aufplatzte. Den eisernen Geschmack von Blut auf seiner Zunge hatte er seit seiner Kindheit nicht mehr gehabt. Wobei, fuhr es ihm durch den Kopf, da war diese eine Schlägerei gewesen, vor einer gefühlten Ewigkeit. Hans und er hatten gerade erst mit FoCo angefangen und waren auf einer Messe in Göteborg. Sie waren euphorisiert und prahlten lauthals mit ihrem neu gegründeten Unternehmen. Mit den beiden Schiffen, die sie gechartert hatten. Und dem ersten großen

Deal, den sie mit einem bedeutenden deutschen Logistiker abgeschlossen hatten.

Am zweiten Abend hatten sie allerdings viel zu viel getrunken und schließlich vor den falschen Leuten mit ihren damals noch überschaubaren Anfangserfolgen angegeben. Als sie dann auch noch die Hostessen am Stand eines russischen Hafens etwas zu plump angemacht hatten, waren die Fäuste schneller geflogen, als sie sich aus dem Staub machen konnten.

Bei dem Gedanken daran lächelte Lennart gequält, während er sich am Boden liegend auf den Rücken rollte. Das grelle Licht aus den Neonröhren an der Decke der Halle blendete ihn, sodass er sein Gesicht sofort wieder abwendete.

Es vergingen Sekunden, die ihm vorkamen wie Minuten. Dann brach ein Schatten über ihn herein, und einen Moment lang befürchtete er, das Bewusstsein zu verlieren.

Woher der Gedanke an ihn und das Gesicht vor seinem inneren Auge auf einmal kamen, wusste er nicht. Aber die plötzliche Eingebung, wer es womöglich auf ihn abgesehen hatte, sorgte dafür, dass die Angst zurückkam. Mit einer solchen Wucht, dass er die Augen verschloss vor dem Mann, der sich im nächsten Moment direkt über ihn beugte und begann, auf ihn einzureden.

Er konnte und wollte es aber einfach nicht glauben. Stattdessen redete er sich ein, dass ihm sein Bewusstsein ein Schnippchen schlug. Dass er nicht mehr Herr seiner Sinne war und sich Dinge einbildete. Aber es funktionierte nicht. Trotz seiner psychischen und physischen Notlage war er klar genug im Kopf, um zu verstehen, wer da über ihm hockte, ihn am Nacken packte und leise, aber beunruhigend deutlich mit ihm sprach.

Lennart gelang es noch nicht, die Zusammenhänge zu begreifen. Er hatte einige Menschen auf dem Schirm gehabt, die ihm schaden wollten, aber nicht ihn. Die Vergangenheit hatte er lange erfolgreich verdrängt, sodass sie nur langsam wieder zurück an die Oberfläche kam. Die wenigen Erinnerungsfetzen, die vor seinem inneren Auge erschienen, waren jedoch noch unscharf. Zu viel Zeit war seit damals vergangen.

Unter großer Anstrengung drehte er sich um. So weit, dass er seinem Gegenüber in die Augen blicken konnte. Aber ihn zu sehen war noch surrealer, als nur seine Stimme zu hören. Lennart versuchte, seine Gedanken zu ordnen. Alles, was in den vergangenen Monaten geschehen war, in einen passenden Kontext zu bringen. Aber er scheiterte schon im Ansatz. Und dennoch verspürte er in diesem Moment das dringende Bedürfnis, sich gegen seine Schmerzen zu stemmen und aufzurichten. Er wollte ihm von Angesicht zu Angesicht gegenüberstehen.

Er musste wissen, was das Ganze zu bedeuten hatte. Sich gegen das, was ihm drohte, wehren. Und diesem Menschen zeigen, dass er nicht gewillt war zu sterben. Nicht hier. Und nicht jetzt.

Der unsichtbare Marionettenspieler

Emma parkte ihren Fiat in der Nähe des Pildammsparken in einer kleinen Seitenstraße gar nicht weit entfernt von Niklas' Haus. Die letzten Meter bis zu der psychiatrischen Klinik, in der sich Inger Sundhage bereits seit einigen Wochen aufhielt, liefen sie zu Fuß.

Die beiden hatten den Sonntagvormittag damit verbracht, auszuschlafen und ausgiebig im Bett zu frühstücken. Und es war ihnen einigermaßen gelungen, nicht an die Ermittlungen zu denken. Gegen Mittag waren sie von Emmas Wohnung im nördlich gelegenen Stadtteil Kirseberg ins Zentrum gefahren und hatten im »Moderna Museet« die Ausstellung über das Lebenswerk von Hilma af Klint, einer schwedischen Pionierin der abstrakten Malerei, besucht.

Sie genossen die gemeinsame Zeit, doch nachdem sie anschließend eine Weile unschlüssig durch die Straßen Malmös gelaufen waren, war es schließlich Emma gewesen, die ausgesprochen hatte, was beide dachten. Um Lennart Fogelklou lebend zu finden, konnten sie den Tag nicht einfach verstreichen lassen, ohne nicht wenigstens der Spur nachzugehen, von der sie gestern Abend erfahren hatten.

Der Hinweis von Emmas Vater, dass Lennart Fogelklou und die Reederei laut seiner Patientin Inger Sundhage seit Wochen bedroht wurden, war der bislang konkreteste Hinweis in dieser Ermittlung. Sie mussten das dringend überprüfen, auch wenn dafür ein Besuch in der großen psychiatrischen Klinik südlich der Altstadt notwendig war. Nach einem kurzen Telefonat mit ihm hatte Emmas Vater noch einmal bestätigt, dass Inger Sundhage auf eigenen Wunsch vor drei Wochen hier aufgenommen worden war, um ihre schwere Depression professionell behandeln zu lassen.

Niklas war vor einigen Jahren bereits einmal hier gewesen. Eine Erfahrung, an die er äußerst ungern zurückdachte. Damals hatten sie es mit einem bipolaren Täter zu tun gehabt, der seine Frau ermordet hatte. Die Gespräche mit dem Mann waren wenig fruchtbar gewesen, aber vor allem erinnerte Niklas sich an die Atmosphäre in der Klinik, an die vielen von Psychopharmaka sedierten Menschen, die ihn aus leeren Augen angesehen hatten. An die kargen Zimmer und Flure im grellen Licht der zahllosen Neonröhren. Und an die Schreie mancher Patienten, die in ihren Zimmern zu verzweifeln schienen.

Als die beiden vom Fahrstuhl auf die Etage traten, in der Inger Sundhage in ihrem Einzelzimmer untergebracht war, hatte Niklas längst begriffen, dass sich hier in den letzten Jahren einiges getan hatte. Offenbar hatte es eine Art Paradigmenwechsel gegeben. Früher hatte die Devise vorgeherrscht, nichts dürfe die Patienten ablenken oder zu sehr aufregen. Deshalb war alles möglichst steril gehalten worden, und keinerlei Gegenstände, mit denen die Patienten sich selbst oder andere verletzen konnten, hatten herumgestanden. Das schien mittlerweile nicht mehr zu gelten.

Auf den Fluren standen Pflanzen, die Wände waren farbig, wenn auch in gedeckten Tönen gestrichen, und es hingen sogar Bilder daran. Keine mehrdeutigen Zeichnungen, in die die Patienten irgendetwas hineininterpretieren konnten, dafür Fotografien von Malmö und Schonen, die sich Niklas sogar selbst in sein Büro gehängt hätte.

Bei der zuständigen Klinikleitung hatten sie die Erlaubnis erhalten, sich mit Inger Sundhage zu unterhalten, und gleichzeitig die Auflage, dass das Gespräch nicht länger als zwanzig Minuten dauern dürfe. Außerdem würde eine Pflegerin dabei sein und darauf achten, dass sie keine Fragen stellten, die die Patientin unnötig aufregten.

Niklas hatte kein Bild von Inger Sundhage vor Augen und sich überhaupt keinerlei Gedanken darüber gemacht, was sie erwarten würde. Als sie nun ihr Zimmer betraten, sah er seitlich auf dem Bett eine Frau sitzen, die er auf um die sechzig schätzte. Sie blickte offenbar aus dem Fenster, wie ihre Körperhaltung vermuten ließ. Was ihm sofort ins Auge stach, war ihre Kleidung. Sie trug kein typisches Patientenhemd, sondern ein geblümtes Kleid, mit dem sie wahrscheinlich auch ins Büro gegangen wäre. Ihre angegrauten halblangen Haare hatte sie mit einer großen Spange hochgesteckt. Das Gesicht von Inger Sundhage konnte Niklas nicht sehen. Aber aus dieser Perspektive wirkte rein äußerlich nichts an ihr, als würde sie an einer schweren Depression leiden, die sie immerhin dazu veranlasst hatte, ihren Job in der Reederei vorerst aufzugeben und sich in diese Klinik einweisen zu lassen. Langsam näherten sich Niklas und Emma dem Bett. Niklas räusperte sich leise. Aber Inger Sundhage reagierte nicht. Sie gingen um das Bett herum, bis sie ihr schließlich in die Augen sehen konnten.

Inger Sundhage starrte weiterhin an ihnen vorbei aus dem Fenster. Niklas verharrte für einen kurzen Moment und war versucht, den Raum gemeinsam mit Emma gleich wieder zu verlassen. Zumindest wollte er einfach nur wegsehen. Der Anblick dieser Frau war schockierend, denn ihr Gesicht wirkte wie das einer Marionette. Ohne jede Emotion. Eine Marionette, deren starrer Kopf von unsichtbaren Schnüren gesteuert wurde.

Er tauschte einen kurzen Blick mit der Pflegerin. Das kurze Schulterzucken sollte wohl deutlich machen, dass dieser Zustand ganz normal war. Sofern »normal« überhaupt eine passende Kategorie war, wenn man sich in einer Klinik wie dieser als Patientin aufhielt.

»Guten Tag, Frau Sundhage«, begann er unsicher. »Mein Name ist Niklas Zetterberg, und das ist meine Kollegin Emma Steen. Wir sind von der Kripo Malmö.«

Der Marionettenspieler schien seine Arbeit aufzunehmen. Inger Sundhages Kopf bewegte sich langsam in ihre Richtung. Weiterhin jedoch ohne irgendeinen Ausdruck im Gesicht.

»Wir wissen, dass es nicht gut für Sie ist, wenn Sie sich unnötig aufregen«, fuhr er fort. »Dennoch möchten wir mit Ihnen kurz über Lennart Fogelklou sprechen. Er wurde nämlich vor zwei Tagen entführt.«

»Oh.«

Immerhin eine Reaktion. Niklas ließ sich von ihrer vollkommenen Emotionslosigkeit nicht beirren.

»Wie wir gehört haben, sind Sie neben Lennarts Familie die Person, die ihn am besten kennt. Deswegen würden wir Ihnen gerne einige Fragen stellen.«

»Das stimmt nicht.«

»Sie sind seit zwanzig Jahren seine rechte Hand. Uns wurde gesagt, dass –«

»Ich meine seine Familie«, unterbrach sie ihn. »Sie kennt Lennart keineswegs.«

»Reden Sie von seiner Frau oder den Geschwistern?«, hakte Emma nach.

»Das ist egal.«

»Wir haben in den letzten beiden Tagen bereits eine ganze Menge über Lennart Fogelklou erfahren, was uns hoffentlich bei der Suche nach ihm helfen wird. Wie würden Sie ihn denn beschreiben?«

»Er ist Engel und Teufel in einer Person«, antwortete Inger Sundhage. »Es ist nicht leicht, ihn zu beschreiben. Vielleicht weil er sich selbst nicht richtig kennt.«

»Würden Sie es trotzdem versuchen?«

»Lennart lässt Menschen nicht an sich heran. Das ist das Wichtigste, was Sie über ihn wissen müssen. Die meisten Menschen sind ihm nämlich egal.«

»Sie auch?«

»Das ist eine gute Frage. Da ich die Antwort leider nicht kenne, sitze ich jetzt hier auf diesem Bett.«

»Sie wissen also nicht, ob Lennart sich Ihnen gegenüber gut oder schlecht verhalten hat, verstehe ich das richtig?« Niklas ging in die Hocke und versuchte auf diese Weise, Augenkontakt aufzunehmen.

»Lennart ist nicht gut oder schlecht zu einem. Er ist, wie er ist. Damit klarzukommen war meine große Lebensaufgabe. Leider bin ich daran wohl gescheitert. Es gab zwar immer wieder Tage, an denen ich glaubte, ich schaffe es. Aber die Tage, an denen ich merkte, dass ich zu schwach bin, haben schließlich überwogen.«

»Um ehrlich zu sein, verstehe ich es noch nicht ganz«, sagte Emma. »Geben Sie uns bitte ein Beispiel. Was hat dazu geführt, dass Sie an der Situation zerbrochen sind?«

»Zerbrochen ist ein gutes Wort«, antwortete Inger Sundhage. »Ich schwanke seit fast zwanzig Jahren hin und her. Zwischen Bewunderung und Verachtung für ihn. Zwischen Freundschaft und Angst. Zwischen Unkenntnis und Wahrheiten, die ich gar nicht kennen wollte. Das alles wäre nicht weiter schlimm gewesen, aber es gab Dinge, die waren so fürchterlich ...«

»Was hat er Ihnen angetan?«, fragte Emma vorsichtig.

»Nichts«, antwortete sie niedergeschlagen. Sie atmete tief durch, dann setzte sie noch einmal an. »Nichts, was für Sie greifbar wäre. Es geht hier nicht um etwas Körperliches. Was es so schwierig macht, ist diese Unberechenbarkeit. Das ständige Hin-und-hergerissen-Sein zwischen dem Gefühl, gebraucht zu werden, und der gleichzeitigen Furcht, etwas falsch zu machen, hat mich fertiggemacht. Wahrscheinlich ist es schwer nachzuvollziehen, wenn man es nicht selbst erlebt hat, unter ihm zu arbeiten. Andererseits liegen die wahren Gründe, weshalb ich mich nun hier in der Klinik befinde, schon viele Jahre zurück.«

»Wollen Sie uns davon erzählen?«

»Ich gehe davon aus, dass Sie es bereits wissen.«

»Nein, das tun wir nicht.«

»Nein?«

Emma schüttelte den Kopf.

»Ich hätte wetten können, dass Carolin ihr Mundwerk nicht halten kann.« Zum ersten Mal zeigte Inger Sundhage eine gefühlsmäßige Reaktion. Ihre Mundwinkel zuckten.

»Sie sprechen von Carolin Andersson, der Leiterin der Personalabteilung?«, vergewisserte sich Emma.

»Ein intriganter Mensch.«

»Was hätte sie uns denn über Sie sagen können?«

»Wie gesagt, die Sache liegt lange zurück. Lennart hat einen Zwillingsbruder, der Hans heißt. Die beiden haben vor etwas mehr als zwanzig Jahren gemeinsam diese Reederei gegründet und sie Stück für Stück aufgebaut.«

Niklas und Emma tauschten einen raschen Blick. Sie waren sich einig, Inger nicht zu unterbrechen, auch wenn sie ihnen nichts Neues erzählte.

»Hans ist ganz anders als Lennart. Offen, ehrlich und gutmütig. Wir standen uns eine ganze Zeit lang sehr nahe, falls Sie verstehen, was ich meine.«

»Ich denke schon«, sagte Emma.

»Lennart hat das mit uns beiden damals missfallen. Er wollte Arbeit und Privates nicht miteinander vermischen und hat Hans unmissverständlich deutlich gemacht, dass er die Beziehung zu mir beenden muss.«

»Und das hat Hans gemacht?«

»Nicht nur das«, antwortete Inger. »Ein paar Monate später hat er gewissermaßen auch die Beziehung zu Lennart beendet, indem er Malmö für immer verlassen hat.«

»Also waren Sie der Grund für seinen Ausstieg aus der Reederei und das Zerwürfnis mit seinem Bruder?« Kaum hatte Niklas die Worte ausgesprochen, merkte er, wie unpassend sie waren. »Ich meine natürlich nicht Sie, sondern Ihre Beziehung zu –«

»Schon gut, ich muss wohl mit dem Schuldgefühl leben, dass meinetwegen das brüderliche Verhältnis der beiden in die Brüche gegangen ist«, unterbrach sie ihn. »Aber ich habe zumindest versucht, es wiedergutzumachen, indem ich bei FoCo und an Lennarts Seite geblieben bin.«

»Verstehe«, sagte Niklas leise. Allmählich kam er dahinter, weshalb Inger Sundhages Seele tatsächlich so sehr gelitten hatte. Weshalb sie hier in diesem bemitleidenswerten Zustand vor ihnen saß. Den kurzen Gedanken, ihr von Hans' Tod zu erzählen, schob er beiseite.

»Genug über mich geredet«, sagte die Frau und seufzte leise. »Was wollen Sie von mir wissen?«

»Uns geht es vor allem darum herauszufinden, was mit Lennart Fogelklou passiert ist«, erklärte Emma. »Wie eingangs erwähnt, wurde er offenbar vorgestern entführt. Und bislang tappen wir bei der Frage, wer dahinterstecken könnte, vollkommen im Dunkeln.«

»Ich war zuletzt vor mehr als acht Wochen im Büro«, sagte Inger Sundhage. »Seitdem habe ich Lennart nicht mehr gesehen.«

Niklas zögerte. Im Vorfeld hatten Emma und er darüber diskutiert, wie sie mit der Aussage von ihrem Vater umgehen sollten. Ihn wollten sie auf jeden Fall heraushalten. Eine Option war, sie direkt auf die Drohbriefe anzusprechen, ohne zu verraten, woher sie davon wussten. Angesichts ihres Zustands wollten sie lieber vorsichtig vorgehen und die Information geschickt anbringen, falls Inger Sundhage es nicht von selbst tat. Denn nur deswegen waren sie überhaupt hier.

»Gab es in den Wochen, bevor Sie krankgeschrieben wurden, vielleicht irgendwelche Hinweise, die uns weiterhelfen könnten? Möglicherweise geschäftliche oder private Probleme, von denen Fogelklou Ihnen berichtet hat?«

»Sehen Sie«, sagte Inger Sundhage, »ich weiß, was Sie über mich denken. Und ich bin mir auch im Klaren darüber, dass ich den Eindruck mache, als wäre ich nicht recht bei Trost. Aber tatsächlich bin ich es seit einigen Tagen wieder. Zumindest kann ich Ihnen Rede und Antwort stehen. Und Sie brauchen also nicht um den heißen Brei herumzureden. Sie haben sich vorhin als Emma Steen vorgestellt – gehe ich richtig in der Annahme, dass Ihr Vater mein Arzt ist?«

Während bei Niklas sofort alle Alarmglocken ansprangen, sah er aus dem Augenwinkel, dass Emma ruhig blieb und nickte. Offenbar suchte sie der unangenehmen Situation mit einer ehrlichen Offensive zu begegnen.

»Ihr Vater ist ein sehr guter Arzt«, fuhr Inger Sundhage fort. »Und er ist ein Mensch, der gut zuhören kann. Nur durch ihn bin ich überhaupt so weit gekommen zu verstehen, was mein Problem ist. Ich mache ihm nicht den Vorwurf, dass er Ihnen von den Drohungen gegen Fogelklou erzählt hat. Obwohl es natürlich gegen die Schweigepflicht verstößt. Was mich allerdings schon stört, ist die Tatsache, dass ich es nicht durch ihn erfahren habe.«

»Mein Vater hat es mir erst gestern Abend gesagt, und er

hat mich gebeten, Sie nicht darauf anzusprechen. Ich bin mir sicher, er hätte mit Ihnen gesprochen, wenn die Zeit nicht so drängen würde. Wenn es Ihnen also nichts ausmacht, würden wir gerne aus Ihrem Mund erfahren, was es mit den Drohungen auf sich hat. Vor allem müssen wir natürlich wissen, wer dahintersteckt.«

»Könnte ich ein Glas Wasser haben?«, fragte Inger Sundhage.

Die Pflegerin, die noch immer im Hintergrund stand, verließ den Raum und kam wenige Sekunden später mit einer Flasche Wasser und einem Pappbecher zurück. Nachdem Inger Sundhage getrunken hatte, richtete sie sich auf und trat mit vorsichtigen Schritten ans Fenster. Ohne sich ihnen zuzuwenden, begann sie zu erzählen.

gruppe89

Als Emmas Fiat vor dem Anwesen der Fogelklous nordwest-
lich der kleinen Stadt Svedala zum Stehen kam, war es bereits
kurz vor fünf an diesem Sonntagnachmittag.
Niklas steckte sein Handy frustriert zurück in die Hosentasche. Erfolglos hatte er gerade versucht, einen der FoCo-
Mitarbeiter zu erreichen. Aber keiner derjenigen, mit denen
sie gestern Nachmittag gesprochen hatten, reagierte auf seinen
Anruf.
Nach ihrem Besuch bei Inger Sundhage hatte Niklas sich als
Erstes bei der Kripo in Kopenhagen gemeldet, in der Hoffnung,
jemanden ausfindig zu machen, der ihnen weiterhelfen konnte.
Er kannte Line Jensen, die Leiterin der dortigen Mordkommission, und Brian Kvist, einen der erfahrensten Kriminalkom-
missare in Dänemarks Hauptstadt, aus früheren Ermittlungen.
Aber heute war Sonntag, und keiner der dänischen Kollegen,
die Dienst hatten, konnte ihm etwas über die »gruppe89« sagen.
Auch die schnelle Suche im Internet auf seinem Handy hatte
keinerlei Treffer gebracht. Wenn es also stimmte, was Inger
Sundhage berichtet hatte, und es gab diese Gruppierung tatsächlich, dann war sie bislang zumindest noch nicht öffentlich
in Erscheinung getreten.
»gruppe89«.
Mit diesem Namenskürzel versehen, waren in den vergangenen Monaten also mehrere Schreiben bei FoCo eingegangen.
Immer adressiert an Lennart Fogelklou, immer voller Drohungen gegen ihn oder allgemeiner gegen die Reederei. Und
dennoch seltsam vage, wie Inger gesagt hatte. Eine direkte
Mord- oder Anschlagsdrohung war nicht enthalten gewesen.
Vielleicht auch deshalb hatte Lennart die Bedrohung nicht
ernst genommen, zumindest hatte er sich laut Inger nach außen
nichts anmerken lassen. Sie dagegen hatte von Anfang an kein
gutes Gefühl gehabt, allerdings auch nicht darauf gedrängt, die

Polizei einzuschalten. Und als es ihr dann vor zwei Monaten immer schlechter gegangen war und sie sich hatte krankschreiben lassen, war die ganze Sache schließlich aus ihrem Blickfeld geraten.

Die entscheidende Frage, wer konkret hinter den Drohungen stand, hatte Inger zwar nicht komplett beantworten können, aber sie waren dank ihr einen großen Schritt weitergekommen. Lennart Fogelklou hatte offenbar des Öfteren über sogenannte »dänische linke Bazillen« geschimpft, von denen er glaubte, dass sie zu einem Problem für Unternehmen auf beiden Seiten des Öresunds werden konnten. Und passend dazu hatten sie jetzt den Namen einer Gruppierung, die hinter all dem stand.

In einigen Briefen war der Vorwurf formuliert worden, FoCo sei einer der größten Treiber des Turbokapitalismus der westlichen Welt und würde zudem dafür sorgen, dass die Klimakatastrophe immer schneller voranschreite. Die Drohungen waren explizit auch gegen die Kreuzfahrtsparte der Reederei gerichtet gewesen. Kein Wunder, standen die Schiffe wegen ihrer Emissionen und der Passagiere, die die touristischen Hotspots weltweit fluteten, längst auch in der breiten Öffentlichkeit in der Kritik.

War das also der Ansatzpunkt, dem sie nachgehen mussten? »gruppe89« – vielleicht der Name einer Gruppierung, die politische Ziele verfolgte. Der Schreibweise nach eine dänische Gruppierung. Aber wofür stand die Zahl »89«?

Obwohl sich Inger Sundhage seit drei Wochen in der Psychiatrie befand und sie zu Beginn ihres Gesprächs abwesend gewirkt hatte, hatten Niklas und Emma ihren Worten geglaubt. Sie hatte klar und deutlich gesprochen, als sie von den Briefen berichtet hatte. Auch wenn ihr Blick nicht immer diesen Eindruck vermittelt hatte.

Ging es also doch nicht gegen die Familie Fogelklou persönlich, sondern war die Reederei im Fokus der Täter? Aber weshalb hatte dann Hans sterben müssen?

Was Niklas bislang noch nicht verstand, war das Video, in

dem Fogelklou zu sehen gewesen war. Er hatte mit keiner Silbe erwähnt, wer die Entführer waren und welches Motiv sie hatten. Einzig die Forderung von einer Milliarde schwedischer Kronen hatte er genannt. Hatte sich Fogelklou – aus welchen Beweggründen auch immer – etwa darüber hinweggesetzt, mehr über die Hintergründe zu sagen? Hatten die Drahtzieher gefordert, die möglichen politischen Ziele der »gruppe89« bekannt zu machen, und er hatte stattdessen einfach geschwiegen? Dass er sich dadurch möglicherweise in noch größere Gefahr begab, hätte er in diesem Fall wohl wissend in Kauf genommen.

Inger Sundhage hatte ihnen wichtige Hinweise liefern können, aber ihre Erinnerung an die Briefe war auch löchrig gewesen. Vielleicht mussten sie das Büro von Lennart Fogelklou auf den Kopf stellen, um diese Briefe zu finden. Da Niklas' erste kurze Recherche nach einer »gruppe89« keinerlei Treffer ergeben hatte, mussten sie spätestens morgen alle Kräfte daransetzen, irgendeine Verbindung zu ähnlichen Vorfällen zu finden. Womöglich auch in Dänemark, weshalb er und Emma bereits morgen früh nach Kopenhagen fahren würden, um mit den Kollegen der dortigen Kripo zu sprechen.

Es war Emma gewesen, die auf dem Weg von der psychiatrischen Klinik zu ihrem Auto darauf gedrängt hatte, noch heute ein weiteres Mal nach Svedala zu fahren. Sie vermutete, dass Camilla Fogelklou bei ihrem gestrigen Gespräch nicht alles gesagt hatte, was sie wusste. Und wenn Lennart tatsächlich über Monate bedroht worden war, schien es ihr schwer vorstellbar, dass er seiner Frau gegenüber nicht irgendwann ein Wort darüber verloren hatte. Und dann gab es ja auch noch Olof Fogelklou, mit dem sie sich ohnehin noch einmal näher beschäftigen wollten.

Diesmal war die schwere Außentür des Hauses verschlossen. Niklas fragte sich, wie sein Leben verlaufen wäre, wenn er damals als fast Volljähriger mit Helene zusammengeblieben wäre. Ihre Eltern hatten sicherlich nicht ganz so viel Geld wie die Fogelklous gehabt, aber dennoch genug, um ein gänzlich anderes Leben zu führen, als er es heute tat. Er wäre wohl kein

Kriminalpolizist geworden, stattdessen hätte er Situationen wie diese, in denen er sich fragte, wie eine einzige Familie ein derartiges Anwesen bewohnen konnte, niemals in Frage gestellt. Es gab keine Klingel, sondern nur einen massiven Türklopfer aus Messing. Nach einer halben Minute öffnete sich die schwere Tür langsam. Vor ihnen stand Gustav. Der leere Blick des Jungen stach Niklas erneut ins Auge. Genau wie das Tablet in seiner rechten Hand. Irgendwie machte ihm dieser Junge Angst. Wenn er sich einen Jugendlichen vorstellte, der irgendwann den Verstand verlieren und Amok laufen würde, dann dachte er an Kinder wie Gustav.

»Wir würden gerne noch einmal mit deiner Mutter reden«, sagte er. »Ist sie zu Hause?«

»Sie schläft«, antwortete Gustav knapp.

»Ist denn dein Onkel hier?«

»Ja, ich kann ihm Bescheid geben.«

»Das wäre nett.« Niklas registrierte, dass der Junge gar nicht mehr so apathisch wirkte, sobald er redete.

Gustav schob die Tür wieder zu und verschwand im Innern des großen Hauses, um wenige Sekunden später wieder vor ihnen zu stehen. »Worum geht's denn?«, fragte er.

»Immer noch um die Sache von gestern«, antwortete Niklas geduldig. »Wir haben noch einige Fragen.«

»Wissen Sie inzwischen, was mit meinem Vater passiert ist?«

»Ihm geht es den Umständen entsprechend gut. Nicht mehr lange, und er wird wieder zu Hause sein.«

»Das sagt meine Mutter auch.«

»Siehst du, sie hat sicher recht.«

»Ich habe das Video gesehen. Jemand aus meiner Klasse hat es mir geschickt.«

»Wie bitte?«, entfuhr es Niklas und Emma fast gleichzeitig. Die Kollegen aus der IT-Abteilung hatten gestern Nachmittag sofort versucht, das Video aus allen sozialen Netzwerken, in denen es aufgetaucht war, löschen zu lassen. Aber offenbar zu spät. Es war mit Sicherheit bereits unzählige Male heruntergeladen worden und hatte sich schon längst weiterverbreitet.

Immerhin schien es noch nicht bei den TV- und Printmedien angekommen zu sein, zumindest hatte er noch nichts Gegenteiliges gesehen oder gehört.

»Ich glaube nicht, dass mein Vater wiederkommen wird«, sagte der Junge. »Sie werden ihn umbringen, genau wie meinen Onkel.«

»Weiß deine Mutter davon, dass du das Video gesehen hast?«, fragte Niklas.

Gustav schüttelte den Kopf.

»Wir werden mit ihr darüber sprechen müssen«, sagte Emma. »Es ist nicht gut, wenn du solche Sachen siehst und deine Mutter nicht mit dir darüber reden kann. Würdest du jetzt bitte deinen Onkel holen?«

»Er telefoniert gerade.«

»Dürfen wir denn vielleicht trotzdem schon hereinkommen und drinnen warten, bis er aufgelegt hat?«

»Meinetwegen.«

Gustav öffnete die Tür und ging voraus ins Foyer. Dort setzte er sich wieder auf die unteren Stufen der großen Treppe. Auch Niklas und Emma betraten das Haus. Genauso irritiert wie gestern.

Gustav widmete sich bereits wieder seinem Tablet und schien nicht mehr ansprechbar. Camilla Fogelklou lag wahrscheinlich auf ihrem Bett und schlief. Vielleicht gemeinsam mit ihrer Tochter. Und irgendwo im Haus hielt sich Olof Fogelklou auf und telefonierte gerade.

Minutenlang tat sich nichts. Gerade als Niklas den Jungen noch einmal ansprechen wollte, hörte er ein leises Quietschen auf den Dielen. Und dann eine männliche Stimme. Er gab Emma ein Zeichen, sich zurückzuhalten. Vielleicht konnten sie ein paar Wortfetzen aufschnappen.

Die Stimme kam näher. Niklas vermutete sie hinter der Tür zu dem großen Esszimmer, in dem sie sich gestern mit Camilla unterhalten hatten, als Gustav plötzlich mit dem Paket in der Hand aufgetaucht war.

»Es ist alles gesagt. Ich bin endgültig raus.«

Nur einen kurzen Augenblick nachdem diese Worte deutlich zu hören gewesen waren, öffnete sich die Tür. Olof Fogelklou stand vor ihnen und sah sie mit einem Gesichtsausdruck an, der zwischen Entgleisung und Bewahrung der Contenance schwankte. »Was wollen Sie denn hier?«

»Nun, wir ermitteln in einem Mordfall und einer Entführung«, antwortete Niklas. »Betroffen sind Ihre beiden Brüder. Finden Sie es so überraschend, dass wir uns in diesem Zusammenhang noch einmal mit Ihnen unterhalten möchten?«

»Nein, aber es wäre schön, wenn Sie vielleicht vorher Bescheid geben könnten und nicht einfach am Sonntagnachmittag hier hereinplatzen.«

»Wir stellen uns unser Wochenende auch anders vor«, sagte Niklas unbeeindruckt. »Aber bei der aktuellen Lage müssen wir schnell reagieren. Wir haben nämlich neue Erkenntnisse, über die wir gerne mit Ihnen und Camilla sprechen möchten.«

»Ich weiß zwar nicht, wie ich Ihnen helfen kann, aber meinetwegen stellen Sie so schnell wie möglich Ihre Fragen. Am besten gehen wir ins Esszimmer, Gustav muss nicht hören, worüber wir reden. Ich befürchte, er hat sowieso schon viel zu viel von dem, was passiert ist, mitbekommen.«

»Allerdings«, sagte Niklas leise.

Olof Fogelklou führte sie in den Raum mit der langen Tafel und den großen Fenstern, die den Blick auf die weitläufig angelegten Grünanlagen freigaben. Schon gestern war Niklas beeindruckt gewesen, doch heute nahm er noch mehr Details wahr. Etwa die verzierten Stuckelemente an der Decke oder die vielen antiken Möbel. Dieses Gebäude wirkte auf ihn fast mehr wie ein Museum als wie ein bewohntes Haus.

Olof passte optisch allerdings so gar nicht dazu. Hatte Niklas gestern noch geglaubt, die langen Haare und der etwas verlotterte Look wären Olofs ganz eigener Stil, wurde er heute das Gefühl nicht los, dass der jüngste Fogelklou-Bruder ein Aussteiger aus der Gesellschaft war, der von der Hand in den Mund lebte und sich seine Kleidung aus dem Altkleidercontainer zusammensuchte.

»Gibt es denn Neuigkeiten bezüglich Lennart?«, fragte Olof, nachdem sich alle gesetzt hatten. »Das Video war ein ziemlicher Schock. Ich hoffe, Sie konnten die Verbreitung im Internet stoppen.«

»Sie haben es also auch gesehen?«, fragte Niklas.

»Wir haben gestern Nachmittag einen Hinweis bekommen, dass das Video existiert. Das war kurz nachdem Sie gefahren sind. Der Anruf von Ihrem Kollegen kam zwei Stunden später.«

»Das heißt, Sie haben sich nicht sofort bei uns gemeldet?«

»Ich habe gestern erfahren, dass einer meiner Brüder tot ist und der andere entführt wurde. Denken Sie ernsthaft, dass man in solchen Momenten immer klar denken kann?«

»Ich hätte trotzdem erwartet, dass Sie uns kontaktieren. Gerade weil wir kurz zuvor hier gewesen sind. Es geht immerhin um das Leben von Lennart.«

»Für uns ist die Situation, wie Sie sich sicher vorstellen können, alles andere als leicht«, sagte Olof. »Wir sind geschockt und haben uns niemals vorstellen können, dass unserer Familie so etwas Schreckliches zustößt.«

»Haben Sie niemals befürchtet, dass Lennart einer latenten Gefahr ausgesetzt ist?«, hakte Emma nach. »Manche Unternehmer leben in kompletter Anonymität aus Angst davor, Opfer einer Entführung zu werden. Und wenn ich richtig informiert bin, lebt Lennart ebenfalls sehr zurückgezogen und scheut die Öffentlichkeit.«

»Da kennen Sie aber meinen Bruder schlecht«, sagte Olof und klang auf einmal beinahe trotzig. »Zumindest früher war das Einzige, was ihn angetrieben hat, die Sucht nach Erfolg und Bestätigung. Er wollte, dass die Leute ihn anhimmelten. Zurückgezogen hat er sich erst, als Hans Malmö verlassen hat.«

»Wo waren Sie eigentlich in der vergangenen Woche?«, fragte Niklas unvermittelt und rief damit einen ungläubigen Blick bei Olof hervor.

»Fragen Sie das jetzt ernsthaft, weil Sie denken, ich hätte etwas …?«

»Beantworten Sie bitte einfach meine Frage.«

»Ich bin am Donnerstagnachmittag zurück in meine Wohnung nach Landskrona gefahren. Vorher war ich einige Tage in Kopenhagen. Ich sagte ja bereits, dass ich dort auch eine Wohnung angemietet habe. Es gab geschäftlich einiges auf dänischer Seite zu tun. Wie Sie sich sicher vorstellen können, ist in meinem Camping-Business augenblicklich immer noch Hochsaison. Und bei den Dänen läuft das Geschäft besser als hier. Kein Wunder. Würde ich da immer leben, wollte ich auch ständig verreisen.« Olof setzte zu einem Lachen an, merkte aber gerade noch, wie unpassend es gewesen wäre. Stattdessen fuhr er sich mit der rechten Hand durch seine strähnigen Haare.

Niklas war der ständigen Frotzelei zwischen Schweden und Dänen ohnehin schon lange überdrüssig. Früher war es noch lustig gewesen, Witze über den jeweils anderen zu machen, auch um sich voneinander abzugrenzen. Und natürlich gab es auch Unterschiede und Eigenarten, über die man einfach schmunzeln konnte. Über die Sprache zum Beispiel oder das Essen. Oder aber über die so peniblen Schweden, bei denen so viel verboten war, und ihre politische Korrektheit. Genauso wie über die Meinungsfreiheit der Dänen, die es ihnen buchstäblich erlaubte, andere zu verletzen. Die Schweden besaßen in Skandinavien das Image der Deutschen, was nicht gerade als Kompliment gemeint war. Andersherum wurden die Dänen gelegentlich als die Italiener Skandinaviens bezeichnet.

Humorvoll und lustig waren die Frotzeleien größtenteils längst nicht mehr. Und noch dazu waren sie nicht mehr passend, wie Niklas fand. Beide Länder waren gerade hier am Öresund zu einer eigenen Region zusammengewachsen. Sich voneinander abzugrenzen war also vollkommen unsinnig und nicht mehr zeitgemäß.

»Wenn Sie in Kopenhagen sind, sehen Sie dann gelegentlich auch Ihre Schwester Siv?«, fragte Emma.

»Wir treffen uns bisweilen privat, ja. Aber wie gesagt, ich habe nichts mit der Reederei am Hut.«

»Wir würden uns gerne mit Siv unterhalten«, sagte Emma.

»Können Sie sie bitten, rüber nach Malmö zu kommen?«

»Ich weiß nicht«, antwortete Olof zögerlich. »Auf mich hat sie nie so richtig gehört.«

»Na schön.« Emma seufzte. »Reden wir über Ihre Familie. Sie sind als Einziger von vier Geschwistern einen anderen Weg gegangen, wie kam es –«

»Das stimmt so nicht ganz«, fuhr Olof ihr ins Wort. »Siv hat in ihren ersten Jahren für eine renommierte Marketingagentur gearbeitet. Und Hans hat irgendwann gemerkt, dass es für ihn besser ist, zu gehen und etwas ganz anderes zu machen.«

»Das Verhältnis zwischen Lennart und Hans versuchen wir noch zu verstehen«, sagte Niklas. »Was genau ist zwischen den beiden vorgefallen?«

»Ich weiß es bis heute nicht.« Olof schien nachzudenken. »Jahrelang waren sie unzertrennlich. Bis sie dann plötzlich kaum mehr ein Wort miteinander gesprochen haben.«

»Und Sie haben nie danach gefragt, was passiert ist?«

»Nein.«

»Ihre Eltern sind schon vor längerer Zeit gestorben, ist das richtig?«, wechselte Emma das Thema.

»Vor ziemlich genau fünfundzwanzig Jahren«, antwortete Olof. »Bei einem Verkehrsunfall, aber das wissen Sie sicherlich bereits.«

»Also schon bevor Lennart und Hans die Reederei gegründet haben?«

»Ja.«

»Wie alt waren Sie damals?«

»Achtzehn.«

»Hat es etwas mit dem Tod Ihrer Eltern zu tun, dass der Zusammenhalt unter Ihnen nicht sonderlich groß ist?«

»Wie meinen Sie das?«

»Ich frage mich, welchen Einfluss dieser Unfall auf Ihr Leben gehabt hat.«

»Ehrlich gesagt wird mir Ihre Fragerei allmählich zu indiskret«, entgegnete Olof entrüstet. »Ich verstehe auch nicht, was der Tod meiner Eltern mit Ihren Ermittlungen zu tun haben soll.«

Niklas kam plötzlich ein Gedanke. Olof war der Nachzügler der Familie. Zwischen ihm und seiner Schwester Siv lagen etwa acht Jahre Altersunterschied. Angesichts der Tatsache, dass er keinerlei Ähnlichkeit mit seinen Brüdern hatte, stellte sich die Frage, ob beide Elternteile dieselben wie bei seinen Geschwistern gewesen waren. Vielleicht war sein Verhältnis zu seinen Brüdern deshalb so schlecht, weil sie mehr voneinander trennte, als die Familie nach außen hin jemals preisgegeben hatte.

»Wir versuchen uns einen Überblick zu verschaffen«, sagte er geduldig. »Jede unserer Fragen ist wichtig. Aber ich denke, für den Moment haben wir genug gehört. Wir möchten uns gerne noch mit Camilla unterhalten. Auch wenn Sie sie wecken müssen, würde ich Sie bitten, ihr Bescheid zu geben.«

»Ernsthaft?«, fragte Olof mit gespielter Empörung. »Camilla braucht Ruhe. Sie hat vergangene Nacht kein Auge zugemacht.«

»Das glauben wir gerne, aber um Lennart so schnell wie möglich zu finden, sind wir auch auf Camillas Hilfe angewiesen.«

»Ich sehe nach ihr, aber ich kann Ihnen nicht versprechen, dass ich sie tatsächlich wecke, wenn sie tief schläft.«

Olof wandte sich ab und entfernte sich mit seinem schlendernden Gang in Richtung der großen Tür, die in den Foyerbereich des Hauses führte.

»Kennen Sie eigentlich die ›gruppe89‹?«, fragte Niklas plötzlich.

»Wie bitte?« Olof hielt inne, ohne sich jedoch umzudrehen.

»Ob Ihnen der Name ›gruppe89‹ etwas sagt.«

Es vergingen mehrere Sekunden, in denen Olof offenbar über Niklas' Frage nachdachte. »Nein, nie gehört«, antwortete er schließlich. »Warum fragen Sie?«

»Rein interessehalber. Es hätte ja sein können.«

Cognac

Camilla Fogelklou sah sie mit demselben fahrigen Blick wie gestern an. Niklas vermutete, dass die Ärztin ihr ausreichend Beruhigungsmittel für das gesamte Wochenende dagelassen hatte, aber offenbar schienen die Medikamente bei Camilla eher das Gegenteil zu bewirken. Sie machte einen unruhigen und nervösen Eindruck. Möglicherweise hatte sie ihre Tabletten aber auch gar nicht genommen. Was auch die vergangene schlaflose Nacht erklären würde.

»Es tut uns leid, dass wir Sie noch einmal stören müssen«, sagte Niklas und reichte ihr die Hand. »Es sind einige Dinge seit gestern passiert, die wir dringend mit Ihnen besprechen möchten.«

Camilla Fogelklou ignorierte den Handschlag und ging an ihnen vorbei in Richtung eines kleinen Glastisches, auf dem mehrere Flaschen mit Spirituosen und ein paar Kristallgläser standen. Rasch schenkte sie sich ein. Niklas vermutete, dass es Cognac war.

»Beeilen Sie sich bitte«, sagte sie, nachdem sie das Glas in einem Zug geleert hatte. »Wie Sie sich denken können, geht es mir nicht gut. Das Video macht mir schwer zu schaffen. Ich habe Lennart noch nie so hoffnungslos gesehen. Und um ehrlich zu sein, habe ich ein ganz schlechtes Gefühl bei der Sache.«

»Umso wichtiger, dass wir uns unterhalten«, sagte Emma. »Olof erwähnte vorhin, dass Ihnen das Video bereits zugespielt wurde, als die Polizei noch nichts von dessen Existenz gewusst hat. Es wäre schön gewesen, wenn Sie uns sofort informiert hätten.«

»Ich war vollkommen schockiert darüber, Lennart so zu sehen. Außerdem hat Maja gesagt, dass wir noch warten sollten, ehe wir die Polizei verständigen.«

»Maja?«

»Maja Iversen, Olofs Freundin.«

»Olof hat eine Freundin?«

»Ja, seit ein paar Monaten.«

»Ist sie hier?«

»Nein, sie wohnt mit Olof in Kopenhagen zusammen. Maja war es, die das Video im Internet gefunden hat. Sie meinte, es wäre vielleicht nicht gut, wenn wir uns sofort an Sie wenden. Das könnte Lennarts Leben gefährden.«

»Das Gegenteil ist der Fall«, sagte Niklas entschieden. »Wenn wir als Kripo *nicht* informiert werden, ist das Leben Ihres Mannes in Gefahr. Außerdem stand das Video ohnehin auf mindestens einem halben Dutzend Plattformen im Internet. Es war nur eine Frage der Zeit, bis wir es entdecken.«

»Ich kenne Maja nicht sonderlich gut, aber ich glaube, sie ist manchmal etwas misstrauisch, was die Polizei betrifft.« Camilla zuckte mit den Schultern und goss sich ein weiteres Glas Cognac ein.

»Nehmen Sie noch Beruhigungsmittel?«, fragte Emma.

»Weshalb ist das wichtig?«

»Verträgt sich nicht gut mit Alkohol.«

»Tatsächlich?«

»Reden wir wieder über Lennart.« Niklas ignorierte Camillas Antwort. »Wir haben möglicherweise einen ersten Ansatz, wer hinter der Entführung stecken könnte. Es gibt Hinweise darauf, dass Ihr Mann in den vergangenen Monaten mehrfach bedroht worden ist.«

»Wie bitte?«

Niklas fixierte Camilla und war sich schließlich einigermaßen sicher, dass ihre entsetzte Reaktion nicht gespielt, sondern spontan war. »Es sind mindestens ein halbes Dutzend Drohbriefe im Büro Ihres Mannes eingegangen, die gegen ihn selbst und die Reederei gerichtet waren.«

»Wo sind diese Briefe?«, fragte Camilla.

»Das wissen wir nicht«, antwortete Emma. »Möglicherweise im Büro von Lennart. Wir werden dort morgen früh alles auf den Kopf stellen.«

»Und woher wissen Sie davon?«

»Wir haben mit seiner Sekretärin gesprochen.«

»Dieser Nina?«

»Nein, mit Inger Sundhage.«

»Inger? Ich dachte, sie wäre krankgeschrieben.«

Niklas glaubte, etwas Verächtliches aus Camillas Stimme herauszuhören.

»Das ist sie auch«, sagte Emma. »Dennoch hat sie uns einige Fragen beantworten können. Und so manches erzählt, dem wir dringend nachgehen müssen.«

»Es fällt mir schwer zu glauben, dass Sie nichts von diesen Drohungen gegen Lennart gewusst haben«, warf Niklas ein. »Denken Sie bitte noch einmal nach.«

»Nein, mir gegenüber hat er nie etwas davon erwähnt«, antwortete Camilla ungeduldig.

»Haben Sie denn in der letzten Zeit das Gefühl gehabt, dass Lennart angespannt wirkte? Vielleicht gibt es im Rückblick irgendetwas, das aus Ihrer Sicht auffällig gewesen wäre?«

Sie schüttelte den Kopf.

»Denken Sie in Ruhe nach«, sagte Niklas ruhig, aber dennoch eindringlich.

»Lennart hat so gut wie nie mit mir über seine Arbeit gesprochen. Er ist sowieso kein Mann der vielen Worte. Und Gefühle zeigt er auch nicht gerne. Für mich ist das in Ordnung, ich habe mich damit arrangiert.«

»Ich will nicht indiskret sein«, sagte Emma, »aber war das denn schon immer so?«

»Worauf wollen Sie hinaus?«

»Als Sie zusammengekommen sind, wie war er da?«

»Wie in jeder anderen Ehe entwickeln die Menschen ihre Eigenarten«, antwortete Camilla achselzuckend. »Als ich Lennart kennengelernt habe, war er schon etwas anders als andere Männer, um es mal vorsichtig auszudrücken. Aber ich weiß wirklich nicht, warum Sie mir diese Fragen stellen.«

»Weil wir verstehen müssen, was passiert ist«, erklärte Emma noch einmal. »Und dabei kann uns jede Information helfen.«

»Hören Sie«, sagte Camilla plötzlich mit bebender Stimme.

»Lennart und ich haben keine normale Ehe geführt, falls es das ist, was Sie hören wollen. Lennart führt zu niemandem eine normale Beziehung. Die einzige Ausnahme ist sein Unternehmen. FoCo ist für ihn Frau, Kind und bester Freund in einem. Danach kommt erst einmal ganz lange nichts. Und dann vielleicht die Kinder und ich, zumindest hoffe ich das.«

»Und seine Geschwister?«

»Schwieriges Thema.«

»Inwiefern?«

»Hans hat in Berlin gelebt, Olof größtenteils in Kopenhagen und Siv ebenfalls.«

»Das klingt fast so, als seien Lennarts Geschwister gewissermaßen vor ihm geflohen?«

»Zumindest war ihnen klar, dass Lennart Malmö seinerseits niemals verlassen wird. Und gemeinsam hat es nicht funktioniert.«

»Aber Siv arbeitet für die Reederei in einer verantwortungsvollen Position«, merkte Niklas an.

»Wie auch immer hat sie einen Weg gefunden, Lennart von ihren Fähigkeiten zu überzeugen. In einer anderen Stadt und in einem anderen Geschäftsbereich. Nur so ist es möglich.«

»Verstehe.«

»Ich bin mir nicht sicher, ob Sie wirklich verstehen, was für ein Mensch Lennart ist«, fuhr Camilla fort. Der Cognac schien sie redselig zu machen. »Es ist mir immer schwergefallen, mir vorzustellen, dass er vor meiner Zeit ein umgänglicher und offener Typ gewesen sein soll. Ich kenne niemanden, der mir das jemals bestätigt hat, aber er selbst betont es immer wieder.«

»Weshalb ist ihm das wichtig?«

»Ich glaube, weil er genau weiß, dass sein abgeschottetes Leben, das nur zwischen Büro und Zuhause abläuft, seltsam anmutet. Er hat sich all die Jahre um nichts anderes als die Reederei gekümmert. Leider auch nicht um seine Kinder und mich. Mit seinen wilden Geschichten von früher wollte er mir imponieren und weismachen, dass er auch mal ganz anders gewesen ist.«

»Und das glauben Sie ihm nicht?«

Camilla hob die Schultern.

»Warum sind Sie trotzdem damals mit ihm zusammengekommen?«, fragte Emma so streng, dass Niklas einen Augenblick lang gespannt innehielt. Aber Camilla schien die privaten Fragen dank des Cognacs über sich ergehen zu lassen.

»Die Umstände, wie wir uns kennengelernt haben, waren aufregender als die ganzen Jahre danach zusammen.« Camilla lächelte bitter. »Vielleicht habe ich mich davon blenden lassen.«

Aus dem Augenwinkel erkannte Niklas, dass auch Emma zu überlegen schien, noch weiterzubohren. Aber letztlich interessierte ihn etwas anderes.

»Was kann der Auslöser dafür gewesen sein, dass sich Lennart verändert hat und er introvertierter geworden ist?«, fragte er. »Irgendetwas, das damals passiert ist? Bevor er Sie kennengelernt hat.«

»Hans ist damals weggegangen. Ich gehe davon aus, dass das Lennart verändert hat. Aber er hat sich nie groß dazu geäußert.«

»Wissen Sie, warum Hans Malmö verlassen hat?«

»Sie hatten ein Unternehmen gegründet, das durch die Decke schoss. Es war wohl schwierig für sie, sich auf eine gemeinsame Strategie zu einigen. Ich weiß nicht, was genau zwischen den beiden vorgefallen ist, aber es gab wohl grundsätzliche Meinungsverschiedenheiten über die zukünftige Ausrichtung der Reederei, die nicht aus dem Weg zu räumen waren. So hat er es immer gesagt.«

Niklas nickte. Sie wusste also nichts von der Beziehung zwischen Hans und Inger Sundhage und Lennarts Intervention. Oder sie wollte es ihnen nicht sagen.

Er spürte, dass sie nicht weiterkamen. Mühsam hatten sie Camilla und Olof ein paar weitere Details über Lennart Fogelklou und die Familienverhältnisse entlocken können, doch dieser so bekannte Mann blieb auf gewisse Weise beinahe mysteriös.

»Danke, dass Sie uns helfen zu verstehen, was passiert ist«, sagte er dennoch. »Wir werden alles versuchen, Ihren Mann zu finden. Eine letzte Frage habe ich noch: Haben Sie jemals den Namen ›gruppe89‹ gehört?«

Es war nur der Bruchteil einer Sekunde, in dem sich ihre Mimik minimal veränderte. Ein kurzes Zucken. Und vielleicht bildete sich Niklas das Ganze auch nur ein. Aber er war sich sicher, dass Camilla nicht zum ersten Mal von dieser Gruppierung hörte.

»Nein, was soll das sein?«, fragte sie höflich, während sie sich einen weiteren Cognac eingoss.

Skåne Lines

Lennart hatte noch eine Weile damit verbracht zu begreifen, wer da plötzlich über ihm gestanden hatte. Wie hatte es so weit kommen können, dass dieser Mann, der ihm so nah und doch auch merkwürdig fremd war, ihn hatte entführen lassen? Aber im Grunde war er bei dem Versuch komplett gescheitert. Nichts ergab einen Sinn. Er hatte mit vielen anderen gerechnet, aber nicht mit ihm. Als er seine Stimme erkannt und ihm Sekunden später in die Augen gesehen hatte, war er für einen kurzen Moment regelrecht geschockt gewesen. Zum ersten Mal seit vielen Jahren hatte er die Kontrolle über sein Leben verloren. Er hatte sofort gespürt, dass er nicht mehr darüber entscheiden konnte, was mit ihm geschah.

Lennart war ihm ausgeliefert. Und nur darum ging es. Ihn spüren zu lassen, derart machtlos zu sein. Sein Schicksal nicht mehr in den eigenen Händen halten zu können und mitansehen zu müssen, wie über ihn entschieden wurde.

Gefühlt stundenlang hatte er Lennart schweigend angesehen. Dann war er um ihn herumgeschlichen wie ein Raubtier, das sich seine Beute zurechtlegt und dabei zeigt, wie überlegen es seinem Gegenüber ist. Erst nach einer ganzen Weile hielt er schließlich inne und setzte sich in einem Abstand von zwei Körperlängen im Schneidersitz vor ihn.

»Hallo, Lennart«, sagte er mit ruhiger Stimme. »Freust du dich genauso wie ich, dass wir uns hier endlich mal wiedersehen?«

Lennart lächelte. Obwohl ihm eigentlich ganz anders zumute war, hatte er nicht vor, sich einschüchtern zu lassen.

»Stimmt aber nicht so ganz.« Sein Gegenüber klang überraschend freundlich. »Ich habe dich nämlich die ganze Zeit über gesehen, falls du verstehst, was ich meine.«

Diesmal reagierte Lennart nicht.

»Etwa nicht?«, fragte der Mann. »Du bist eine bekannte

Person. Eine der bekanntesten in Malmö und in ganz Schweden. Man sieht dich, auch wenn du es vorgezogen hast, die Öffentlichkeit zu meiden. Das war früher ganz anders. Erinnerst du dich?«

»Mir ging es niemals darum, in der Öffentlichkeit zu stehen. Mich hat immer nur die Reederei interessiert.«

»Aber damals hast du jede Party mitgenommen, hast du das etwa vergessen? Du hast dein Leben in vollen Zügen genossen. Du und Hans.«

»Es war eine aufregende Phase. Aber alles hat seine Zeit.«

»Natürlich, jeder von uns hat sein eigenes Leben geführt. Der eine erfolgreicher, der andere weniger. Bei dir ist es natürlich besonders gut gelaufen.«

»Hans hat auch Erfolg«, sagte Lennart. »Seine Immobilienfirma in Berlin wächst jedes Jahr.«

»Ich gehe davon aus, dass er gute Voraussetzungen hatte.«

»Warum interessiert dich das, was vor fünfzehn Jahren passiert ist?«

»Eine Milliarde Kronen«, antwortete sein Entführer ausweichend. »Hat Hans mir selbst gesagt. Du hast ihm seinen Ausstieg damals mit einer Milliarde Kronen versüßt.«

»Du hast mit Hans gesprochen?«

»Ja, vor ein paar Tagen. Er war gerade erst mit der Fähre in Schweden angekommen. Wusstest du das etwa nicht?«

Lennart blickte sein Gegenüber wie versteinert an. Er hatte keine Ahnung davon gehabt, dass Hans nach Malmö kommen wollte. Zum ersten Mal, seitdem er die Stadt vor zehn Jahren verlassen hatte.

»Ich glaube, er wollte dich überraschen. Meine Leute haben ihn direkt vor deinem Bürogebäude abgefangen. Sie wussten allerdings nicht, dass es sich um Hans handelt. Sie dachten, sie hätten dich geschnappt.« Er zuckte mit den Schultern und lächelte dabei wieder. Diesmal empfand Lennart die Mimik jedoch nicht mehr als freundlich, sondern als verstörend.

»Was hast du mit ihm gemacht?«, fragte er leise.

»Es blieb mir keine Wahl«, antwortete er.

Lennart spürte einen Kloß im Hals. Meinte er das wirklich ernst? Hatte er Hans etwa umgebracht? »Ist er tot?«

»Tut mir leid, ich konnte ihn wirklich nicht laufen lassen. Es ist ein wenig unglücklich für ihn gelaufen. Er war einfach zur falschen Zeit am falschen Ort.«

Lennart schluckte schwer. Wie hatte er das nur tun können? Es fiel ihm schwer, nicht loszuschreien oder in Tränen auszubrechen. Sein Verhältnis zu Hans war nach der Sache von damals nie wieder so eng wie früher gewesen, aber sie waren schließlich Brüder – Zwillingsbrüder.

»Vielleicht ist es ein Trost für dich, wenn ich dir sage, dass ich mir Hans früher oder später ohnehin vorgeknöpft hätte. Ist ja nicht so, als hättest du damals alleine diese Entscheidung getroffen.«

»Wovon sprichst du?«

»Hast du es wirklich noch nicht verstanden?«, fragte er. »Weißt du etwa nicht, wem du deinen Reichtum zu verdanken hast? Von wem du Skåne Lines übernommen hast?«

»Ich verstehe kein Wort.«

»Doch, das tust du«, sagte er hart. »Denk nach!«

»Aber das ist doch völlig unmöglich.«

»Nein, ist es nicht. Ich bin der Mann, ohne den du gar nichts wärst.«

»Mikael Erlander?«, fragte Lennart vorsichtig.

»Ganz genau.«

»Ich kann das gar nicht glauben«, stammelte Lennart. »Dass ausgerechnet du –«

»Weil dich noch nie interessiert hat, was du den Menschen antust«, unterbrach Erlander ihn rüde. »Andere sind dir schlichtweg egal. Darum hast du auch nie etwas gemerkt. Weißt du, ich war nämlich vor ein paar Jahren komplett am Ende. Ein Wrack, bereit, mich von der Brücke zu stürzen. Ohne Geld, ohne soziale Kontakte, süchtig nach allem, was mir nicht gutgetan hat, und ohne irgendeinen Sinn in meinem Leben.«

»Aber du musstest Skåne Lines doch damals aufgeben«, sagte Lennart mit bebender Stimme. »Die Reederei stand kurz vor der Pleite, sie wurde uns über unsere Bank angeboten. Hans und ich haben nicht lange gezögert, ein ganz normaler Vorgang. Dass FoCo eines Tages so groß wird, hätte ich mir selbst doch nie zu erträumen gewagt.«

»Fünfhunderttausend Kronen habe ich von euch bekommen. Klingt das für dich aus heutiger Sicht angemessen?«

»Geht es dir etwa nur ums Geld? Deshalb bringst du Hans um und lässt mir den Ringfinger abhacken? Was zum Teufel ist denn bloß in dich gefahren? Du bist doch vollkommen wahnsinnig geworden.«

»Ich habe immer vermutet, dass du das, was damals passiert ist, einfach verdrängt hast. Weil ich mir auch niemals hätte vorstellen können, dass man damit leben kann, die eigene Karriere auf dem Rücken der Existenz von jemand anders aufzubauen, wie ihr es damals getan habt. Aber wenn ich dich jetzt hier vor mir sitzen sehe, wird mir klar, dass du auch heute nicht verstehst, was du mir angetan hast.«

»Was habe ich dir denn angetan?«, fragte Lennart und lachte für einen kurzen Moment hysterisch auf. »Hans und ich haben dir die Reederei abgekauft, bevor du in die Insolvenz gegangen wärst. Wir haben dir Geld gezahlt, was wir gar nicht gemusst hätten, wenn wir noch ein halbes Jahr gewartet hätten.«

»Die Reederei war meine Idee, die ihr mir aus den Händen gerissen habt«, entgegnete Erlander vehement. Er redete sich in Rage. »Ich bin ins Risiko gegangen und habe die ersten Schiffe gechartert. Ich habe die Kontakte nach Asien und Südamerika aufgebaut. Ohne mich und meine Geschäftsbeziehungen hättet ihr FoCo gar nicht weiterführen können. Deinen ganzen Erfolg und das ganze Geld hast du einzig und allein mir zu verdanken.«

»Skåne Lines war doch am Ende«, antwortete Lennart unmissverständlich. »Hans und ich haben bei null angefangen und uns alles selbst erarbeitet.«

»Schwachsinn! Ihr seid noch zwei Jahre lang mit den Schiffen herumgefahren, für die ich die günstigen Charterverträge ausgehandelt habe. Ihr seid dieselben Routen gefahren, mit

Containern von meinen Kunden. Und das, nachdem ihr mich mit läppischen fünfhunderttausend Kronen abgespeist habt. Ein Wunder, dass ihr überhaupt noch den Namen und das Logo der Reederei geändert habt.«

»Ich habe keine Lust, mir diese Unwahrheiten noch länger anzuhören«, entgegnete Lennart. »Ich habe FoCo von einer kleinen, bedeutungslosen Reederei zu einem Weltkonzern gemacht. Nur durch mich ist FoCo da, wo sie heute steht. Du hattest damit nichts zu tun.«

»Wo steht sie denn? Wie ich hörte, laufen die Geschäfte in letzter Zeit alles andere als gut. Dir steht das Wasser bis zum Hals, habe ich recht? Du hast zwar mehr Geld, als du jemals ausgeben kannst, aber dennoch stehst du vor den Scherben deiner Karriere und musst dich vor windigen asiatischen Geschäftspartnern fürchten. Und nun auch noch vor mir, der sich zurückholen wird, was ihm zusteht, und dein Leben in eine einzige Hölle verwandeln wird, aus der du nicht entkommst.«

»Was zum Teufel willst du von mir?«, fragte Lennart aufgebracht. »Etwa dasselbe, was Hans bekommen hat?« Er atmete schwer. Noch immer konnte er nicht glauben, dass sein Bruder tot war. Und dass dieser Mann, der vor ihm hockte, offenbar komplett den Verstand verloren hatte. Und nicht der war, für den Lennart ihn gehalten hatte.

»Mir ist natürlich klar, dass du das Geld in der Kürze der Zeit nicht auftreiben kannst. Deshalb habe ich etwas ganz anderes vor.« Erlander lächelte schräg. »Zum Glück gibt es einige Menschen, die mir sehr geholfen haben, alles, was ich über dich wissen muss, in Erfahrung zu bringen. Wir beide werden jetzt von hier verschwinden und nach Svedala fahren. Und dort werde ich mir holen, was mir zusteht.«

»Was ist mit den Drohbriefen?«, fragte Lennart. »Steckst du hinter dieser ›gruppe89‹?«

Erlander hielt für einen kurzen Augenblick inne, als denke er über eine Antwort nach. Schließlich winkte er ab und lächelte weiter. Dann erhob er sich aus seinem Schneidersitz und begann erneut, um Lennart herumzulaufen. Bis er nach einer

Weile direkt vor ihm stehen blieb. Im nächsten Moment zog er eine Pistole aus seinem Hosenbund und richtete sie auf ihn. Die Panik, die Lennart innerhalb von Bruchteilen einer Sekunde verspürte, lähmte ihn. Er hatte mit dem Tod gerechnet, seitdem sie ihn verstümmelt hatten. Aber in diesem Augenblick hatte er ihn nicht voraussehen können. Er schloss die Augen und wartete zitternd darauf, dass Erlander abdrückte.

Endlose Sekunden der Stille.

Dann zwei ohrenbetäubende Schüsse, so laut, dass Lennart befürchtete, seine Trommelfelle würden platzen. Gefolgt von einem dumpfen Geräusch.

Dann noch einmal Schüsse. Zwei. Und noch einmal zwei.

Weitere Sekunden vergingen. Lennart wartete darauf, Schmerzen zu verspüren oder bereits gleißendes Licht am Ende des Tunnels zu sehen.

Aber nichts davon war der Fall. Er lebte. Die Schüsse hatten offenbar nicht ihm, sondern den beiden Männern gegolten, die ihn aus der Tiefgarage verschleppt hatten.

Lennart presste die Lider fester zusammen. Er wollte ihn nicht sehen. Und die toten Männer, die irgendwo hinter ihm in der Halle liegen mussten, schon gar nicht. Aber er wusste, dass der Höllentrip der vergangenen Tage in den kommenden Stunden erst seinen Höhepunkt erreichen würde. Ob er ihn überhaupt überlebte, bezweifelte er. Die Chancen standen wohl schlecht.

Am schlimmsten aber war die Ungewissheit. Was hatte Erlander vor? Warum wollte er mit ihm nach Svedala fahren?

Lennart zuckte heftig zusammen, als er seine Augen wieder öffnete und der Kopf des Mannes nur noch wenige Zentimeter von seinem entfernt war.

»Steh jetzt auf!«, zischte er. »Wir müssen los.«

Misery

Sechsunddreißig Stunden waren vergangen, seitdem er sie zuletzt gesehen hatte. Sechsunddreißig Stunden, in denen verdammt viel passiert war. Aber allein die Tatsache, dass Pernille jetzt erneut auf der kleinen Rasenfläche vor seinem Haus stand und offenbar auf ihn wartete, setzte Niklas mehr als die aufreibenden Ermittlungen zu.

Es war wieder einer dieser Sommerabende, die er am Strand oder in einem Café in der Stadt verbringen wollte. Gemeinsam mit Emma, in gelöster Atmosphäre. Keine schwierigen Ermittlungen, die immer Fragen aufwarfen. Keine Ex-Freundin, die ihm das Leben zur Hölle machte.

Langsam näherte er sich ihr, darauf gefasst, dass sie ihn im nächsten Moment anschreien würde. Zum Beispiel, weshalb er gestern Abend nicht an sein Handy gegangen war. Aber dann erkannte er, dass sie sich heute in einem anderen Zustand als gestern befand. Es schien zumindest so, als habe sie einen klaren Kopf. Sie hatte sich ein frisches mintfarbenes Kleid übergeworfen und ihre blonden Haare zu einer hübschen Hochsteckfrisur geflochten.

»Hallo, Niklas«, sagte sie mit leiser Stimme. »Es tut mir leid, dass ich dich hier so überfalle. Aber ich warte schon seit Stunden auf dich, weil ich mit dir reden muss. Und bevor du dich aufregst: Ich bin nüchtern.«

»Vielleicht hast du mitbekommen, was passiert ist, wenn nicht, auch egal«, sagte Niklas. »Jedenfalls hatte ich ein ziemlich anstrengendes Wochenende –«

»Es dauert nur ein paar Minuten«, unterbrach sie ihn. »Wahrscheinlich interessiert es dich nicht, aber ich glaube, es ist dennoch wichtig, dass du hörst, wozu ich mich entschieden habe. Die vergangene Nacht in der Ausnüchterungszelle hat mir die Augen geöffnet. Darf ich also kurz reinkommen?«

Niklas seufzte und ging wortlos an ihr vorbei. Er war zu

erschöpft, um sich zu wehren. Wusste allerdings, dass es ein Fehler war, sie hereinzubitten. Er fragte sich, weshalb sie in der Ausnüchterungszelle gewesen war, wo er doch den Sozialpsychiatrischen Dienst angerufen hatte, in der Hoffnung, dass Pernille endlich in eine Fachklinik eingewiesen wurde. Aber er kannte sie gut genug, um zu wissen, dass sie mit Sicherheit alles versucht hatte, um eine Einweisung zu verhindern.

»War das ein Ja?«

»Fünf Minuten«, antwortete Niklas. »Und dann gehst du, und zwar ohne Diskussion.«

Pernille sagte nichts, folgte ihm aber.

Als Niklas den Schlüssel in die Haustür steckte, hielt er noch einmal inne. Er musste es ihr endlich sagen. Emma und er waren ein Paar. Er hatte keinen Zweifel mehr daran, dass sie es ernst meinte. Und ihn hatte es ohnehin voll erwischt. Es würde nicht mehr lange dauern, bis es auch die Kollegen mitbekommen würden. Und bevor Pernille es aus fremdem Mund erfuhr, wollte er es ihr lieber selbst sagen.

»Nun mach schon«, sagte sie ungeduldig. »Ich will nicht immer zwischen Tür und Angel mit dir reden.«

Niklas biss sich auf die Zunge. Er wollte das hier schon lange nicht mehr, und doch ließ er sich immer wieder von Pernille um den Finger wickeln. Es war schließlich nicht so, dass er ihr nicht schon mehrfach klipp und klar gesagt hätte, dass sie keine gemeinsame Zukunft mehr hatten. Und dass er sich wünschte, dass sie ihn endlich in Ruhe ließ.

Aber es schien, als würde sie ihm nur selektiv zuhören. Alles, was ihr nicht gefiel, konnte sie offenbar mühelos ignorieren. Ausschalten wie unangenehmes Rauschen bei Kopfhörern. Sie filterte nur das heraus, was zu ihren Vorstellungen passte. Und wenn auch das nicht half, bog sie sich die Wahrheit so hin, dass sich der Schmerz, den sie tief im Innern empfand, erträglich anfühlte.

Nachdem sie sein Haus betreten hatten, bedeutete Niklas ihr mit einer Handbewegung, sich an den Küchentisch zu setzen. Aus dem Kühlschrank nahm er eine Flasche Weißwein, merkte dann jedoch, wie unpassend das war. Also füllte er eine Karaffe mit Leitungswasser auf und stellte sie auf den Tisch. Dann setzte er sich ebenfalls.

»Die Zeit läuft«, sagte er so kühl, dass er sich fast selbst dafür schämte.

»Was gestern passiert ist, tut mir wirklich leid«, sagte sie und versuchte, Blickkontakt zu ihm aufzunehmen. Genau wie viele Male zuvor in den vergangenen Wochen und Monaten. »Ich war nicht mehr ich selbst. Das hast du sicherlich gemerkt.«

»Allerdings.«

»Du weißt, dass das mit uns immer genau das war, was ich mir erträumt hatte. Es war lange Zeit perfekt, bis dann die Nachricht kam, dass ich keine Kinder –«

»Pernille, bitte tu mir einen Gefallen und komm zur Sache«, unterbrach er sie. »Wir haben das Ganze schon oft genug diskutiert. Sogar, wenn du nüchtern warst.«

»In Ordnung, ich sage es, wie es ist«, sagte Pernille entschlossen. »Ich werde wieder bei dir einziehen. Wir vergessen einfach, was in den letzten Monaten passiert ist. Ziehen wir einfach einen Strich unter das Ganze und fangen von vorne an. Mir ist endgültig klar geworden, dass ich mich ändern muss. Und ich habe mich damit arrangiert, keine Kinder bekommen zu können.«

»Es gibt da eine neue Frau in meinem Leben«, sagte Niklas mit ruhiger Stimme. »Seit einigen Monaten treffen wir uns. Anfangs wusste ich noch nicht, wohin das führt, aber es ist etwas Ernstes.«

Jetzt war es Niklas, der versuchte, Pernille in die Augen zu sehen. Sie sah ihn an, doch gleichzeitig auch durch ihn hindurch. Wie in Zeitlupe entglitt ihr Gesichtsausdruck. Sekunden vergingen und kamen ihm vor wie Minuten. Er spürte, dass in diesem Moment der Mechanismus, den sie sich angeeignet hatte, nicht mehr funktionierte. Sie schaffte es diesmal nicht, seine Worte auszublenden. Die Welt, die sie sich zurechtgelegt hatte, zerbröselte wie Sand zwischen ihren Händen. All ihre Hoffnungen, die im Grunde absurd gewesen waren, weil Niklas ihr niemals das Gefühl gegeben hatte, dass es ein Zurück gäbe, hatte er mit wenigen Sätzen zerschmettert. Alles, woran sie sich geklammert hatte, brach zusammen.

Er hatte nicht darüber nachgedacht, was die Folgen sein könnten, wenn er es ihr sagte. Sein Antrieb war einzig und allein gewesen, es endlich loszuwerden. Reinen Tisch zu machen. Aber in diesem Augenblick merkte er, dass es vielleicht doch keine so gute Idee gewesen war.

Langsam erhob sie sich von ihrem Stuhl und ging um den Tisch herum, bis sie direkt neben ihm stehen blieb. Was er erwartet hatte, konnte er im Nachhinein gar nicht sagen. Dass sie jedoch ausholte und ihm mit voller Wucht eine Ohrfeige gab, kam so unvermittelt, dass er sie anschließend sekundenlang schockiert anstarrte.

Allerdings ließ sie nicht locker. Pernille wischte mit ihrem rechten Arm über den Tisch und räumte die Karaffe und die Gläser ab. Dann begann sie durch das Esszimmer zu gehen, während sie sich verzweifelt die Haare raufte. Sie murmelte einzelne Worte vor sich hin, die Niklas nicht verstand.

Er hatte gewusst, dass es ein Fehler war, sie hereinzulassen. Und das hatte nichts damit zu tun, ob sie betrunken oder nüchtern war. Pernille war längst nicht mehr sie selbst. Wer auch immer sie inzwischen überhaupt war, er wusste es nicht mehr. Jetzt erschien sie ihm nur noch als Gefahr. Wie sie gerade durch seine Wohnung schlich, mit einem hasserfüllten Blick und jeder Menge Unberechenbarkeit – sie brauchte nur an die Schublade mit seinen Küchenmessern zu gehen, und schon würde die Situation vollends eskalieren.

»Was hast du vor?«, fragte er vorsichtig. »Willst du hier alles zerstören? Glaubst du ernsthaft, dass du dadurch noch eine Chance bei mir bekommst? Akzeptiere doch bitte endlich, dass es mit uns beiden vorbei ist.«

»Nein!«, sagte sie. Ihre Stimme bebte. Einen Moment lang befürchtete er, sie würde direkt auf ihn zugelaufen kommen.

»Wir beide gehören zusammen. Und daran wirst du nichts ändern können. Und schon gar nicht irgendeine andere Frau.

Wenn du glaubst, du könntest dich einfach so von mir trennen, dann solltest du jetzt endgültig verstehen, dass das nicht funktioniert.«

»Und wie willst du das verhindern? Willst du mich an mein Bett fesseln? So wie Kathy Bates in ›Misery‹?« Niklas versuchte es mit Sarkasmus. Aber auch damit kam er jetzt nicht weiter.

»Warum läufst du vor mir weg, anstatt dich einfach zu deinen Gefühlen zu bekennen?«, schrie sie ihn an. »Ich weiß doch, dass du in Wahrheit mit mir zusammen sein möchtest. Einen besseren Moment kann es für uns beide nicht geben.«

»Meine Kollegen sind gleich da«, sagte Niklas. »Ich habe ihnen bereits Bescheid gegeben, als ich dich von Weitem gesehen habe. Deine Spielchen müssen ein Ende haben.«

»Spielchen?«, rief Pernille beinahe hysterisch. »Ich bin nicht hier wegen irgendwelcher Spielchen, sondern weil ich hoffe, dass wir beide uns zusammenraufen.«

»Du hast vollkommen recht«, sagte er. »Es sind keine Spielchen. Du hast einfach komplett den Verstand verloren.«

»Wie heißt sie?«, fragte sie, mit plötzlich ruhigerer Stimme.

»Emma.«

»Emma? Kenne ich sie?«

»Ja.«

Wieder vergingen Sekunden, in denen Niklas das Schlimmste befürchtete. Natürlich kannte Pernille Emma. Sie waren früher sogar des Öfteren gemeinsam ausgegangen. Vor allem in den ersten Jahren ihrer Beziehung, als Emma noch ganz frisch im Team der Mordkommission war. Hätte ihm damals jemand vorhergesagt, wie sein Leben heute aussah, hätte er denjenigen mit Sicherheit für verrückt erklärt.

»Weißt du was, Niklas?« Sie lächelte ihn an. Eine seltsame Mischung aus Milde und verstörendem Grinsen. »Ich habe es die ganze Zeit geahnt. Spätestens seitdem klar war, dass ich dir keine Kinder schenken kann. Sie ist hübsch und nett. Und ich habe gesehen, wie gut ihr euch versteht.«

»Das ist Quatsch«, entgegnete Niklas barsch. »Emma war immer eine Kollegin wie alle anderen. Es gab niemals auch nur ansatzweise irgendetwas zwischen uns. Und sie war bestimmt nicht der Grund, warum ich mich von dir getrennt habe.«

»Erklär mir bitte nicht, wie das mit euch gelaufen ist. Ich will das nicht hören.«

»Du hast doch damit angefangen, dass ich –«

»Schluss jetzt!«, fuhr sie dazwischen. Ihre Stimme klang so scharf, dass Niklas zusammenzuckte. »Wenn du glaubst, dass du damit durchkommst, irrst du gewaltig. Ich werde es nicht zulassen, dass sich dieses Miststück zwischen uns drängt.«

»Was hast du vor?«

»Wenn es sein muss, mache ich euch das Leben zur Hölle.«

»Das tust du bereits.«

Blitzschnell wich Niklas der ihm entgegenschnellenden Hand aus. Pernille verlor im nächsten Moment ihr Gleichgewicht und stolperte direkt in seine Arme. Reflexartig stieß er sie von sich. Für einen kurzen Augenblick starrten sich die beiden einfach nur an, vollkommen überrumpelt von der Situation. Dann machte sie auf dem Absatz kehrt und rannte aus dem Haus.

Als Niklas gerade erleichtert durchatmen wollte, hörte er einen lang gezogenen Schrei, der ihm bis ins Mark fuhr. Ein Schrei so voller Wut und Hass auf ihn, dass er ihm regelrecht Angst einjagte.

Sie würde ihnen das Leben zur Hölle machen, hatte sie gesagt. Und spätestens jetzt hatte Niklas keinen Zweifel mehr daran, dass sie diese Drohung auch in die Tat umsetzen würde.

Spur übers Meer

Die Sonne glitzerte auf der ruhig daliegenden Wasseroberfläche des Öresunds. Die Gewitterfront hing zwar auch heute noch über Dänemark, aber sie schien etwas weiter nach Norden gezogen zu sein. Für die nächsten Tage war weiterhin unbeständiges Wetter vorhergesagt. Sonne und gewittrige Schauer würden sich immer wieder mal abwechseln, hatte der Mann im Radio gesagt. Von Regen war aktuell allerdings nicht viel zu sehen. Der Anblick der tiefblauen Ostsee und der Sonne im Rückspiegel ließ Niklas für einige Augenblicke sogar von Urlaub träumen. Vom Segeln in den Schären vor Göteborg oder unvergessenen langen Sommernächten auf Gotland.

Während Niklas und Emma an diesem Montagmorgen auf die Rampe der Öresundbrücke zusteuerten, tönte über die Freisprechanlage jede Sekunde ein Rufzeichen. Genau fünfmal, bis sich schließlich Tommy meldete.

»Hey, Tommy, guten Morgen. Hast du meine SMS gelesen?«

»Welche meinst du? Die wegen Pernille gestern Abend oder die von heute Morgen?

»Die von heute Morgen«, antwortete Niklas. »Emma und ich sind bereits auf dem Weg nach Kopenhagen. Wir müssen aber dringend vorher über ein paar Dinge sprechen. Kannst du Reza dazuholen?«

»Sitzt bereits neben mir. Wir haben nämlich auch ein paar Neuigkeiten.«

»Eigentlich hätte ich gesagt, ihr fangt an zu berichten, aber wir haben am Wochenende so viele Informationen gesammelt, dass wir euch erst mal auf den aktuellen Stand der Dinge bringen müssen.«

»Ihr?«, fragte Reza überrascht.

»Emma und ich hatten die Möglichkeit, mit Inger Sundhage, der rechten Hand von Lennart Fogelklou, zu sprechen«, erklärte Niklas, ohne auf die Hintergründe näher einzugehen. »Sie ist seit einigen Wochen krankgeschrieben und befindet sich aktuell in der Psychiatrie. Was zum Glück kein Hindernis war, uns so einiges über Lennart und die Reederei zu erzählen. Er wurde nämlich in den letzten Monaten mehrfach bedroht. Dahinter steht möglicherweise eine linksaktionistische Gruppierung, die sich ›gruppe89‹ nennt.« Niklas berichtete in aller Kürze von den Briefen, aber auch von dem Zerwürfnis der beiden Fogelklou-Brüder.

»Ehrlich gesagt hört sich das alles ziemlich diffus an«, sagte Reza. »Und dazu noch diese absurd hohe Lösegeldforderung, von der Fogelklou sprach. Klingt für mich irgendwie nicht nach einer gut durchdachten und organisierten Entführung.«

»Was und wer auch immer dahintersteckt, wir haben momentan keinen Grund, dieser Frau nicht zu glauben«, entgegnete Niklas. »Es erscheint mir auch nicht abwegig, dass es schon seit Wochen Drohungen gab. So etwas wie der Mord an Hans Fogelklou und die Entführung von Lennart können sich durchaus schon länger angekündigt haben, ohne dass es ernst genommen wurde. Davon abgesehen ist es bislang unsere einzige Spur. Unser Verdacht ist, dass es sich um eine dänische Gruppierung handelt. Deshalb wollen wir gleich mit den Kollegen in Kopenhagen reden, um in Erfahrung zu bringen, ob die ›gruppe89‹ dort ein Begriff ist.«

»Unsere Informationen sind vielleicht nicht ganz so bedeutsam«, sagte Tommy, »aber immerhin sind von den Kollegen in der Datenauswertung einige Sachen überprüft worden, auf die wir dringend eine Antwort gebraucht haben. Das Tracking seiner Handynummer hat uns zwar bislang nicht weitergebracht, allerdings wurden die Videos aus der Tiefgarage des Reedereigebäudes ausgewertet. Der Moment, in dem Fogelklou entführt wurde, ist leider nicht zu erkennen, aber es wurde eine ältere schwarze Limousine, ein Mercedes mit dänischem Kennzeichen, identifiziert, die in Frage kommt. Weshalb ausgerechnet der Parkplatz von Fogelklou nicht videoüberwacht wurde, ist allerdings unklar. Außerdem wurde auf mehreren Kameras der

Öresundbrücke ein VW-Transporter mit dänischem Kennzeichen aufgezeichnet, welcher der Beschreibung nach und auch vom Zeitpunkt her passend derjenige sein kann, mit dem das Paket nach Svedala zu den Fogelklous gebracht wurde. Und dann haben die Kollegen von der IT sich auch noch das Video mit Fogelklou vorgenommen und in den Uploaddetails einen Hinweis darauf gefunden, dass es von Dänemark aus ins Netz hochgeladen wurde.«

»Was unsere These unterstützen würde«, sagte Niklas. »Das ist mehr, als ich mir erhofft hatte. Könnt ihr die Erkenntnisse bitte direkt an Line Jensen von der Kripo Kopenhagen mailen? Sie weiß Bescheid, und je mehr Argumente wir haben, dass die Spuren der Entführung nach Dänemark führen, desto einfacher wird sie davon zu überzeugen sein, uns zu helfen. Und sie soll sofort die Kennzeichen überprüfen lassen.«

»Ich wäre da erst einmal noch vorsichtig«, sagte Reza. »Die Kollegen und Kolleginnen auf der anderen Seite sind in der Vergangenheit nicht unbedingt durch ein gesteigertes Interesse an einer Zusammenarbeit mit uns aufgefallen.«

»Ich bin mir sicher, das sehen die Kopenhagener ganz genauso, nur andersherum«, entgegnete Niklas. »Die Hinweise von Lennarts Sekretärin sind die konkretesten, die wir bislang vorliegen haben. Und das, was Tommy eben berichtet hat, geht genau in dieselbe Richtung. Wir müssen wissen, um wen es sich bei der ›gruppe89‹ handelt. Möglich, dass die ganze Sache einen politischen Hintergrund hat. Eine Art Motiv-Mischmasch aus linker Ideologie und antikapitalistischen Zielen einerseits und klimapolitischen Protesten andererseits. Aus dem, was Inger Sundhage gesagt hat, lässt sich zwar noch kein klares Profil ableiten, aber es scheint in diese Richtung zu gehen. Weiß jemand von euch, ob wir in Schonen oder auch im ganzen Land in letzter Zeit eine Bedrohungslage von links hatten?«

»Oder in Dänemark?«, warf Emma ein.

»Es gibt immer mal wieder linke Organisationen, die als grundsätzlich gewaltbereit eingestuft werden«, antwortete Reza nach einigen Sekunden des Schweigens. »Aber in den vergangenen Jahren gab es auf schwedischer Seite keine nennenswerten Vorfälle, die darauf schließen lassen könnten, dass in Malmö eine konkrete Gefahr von Linksterrorismus besteht. In Dänemark sieht das natürlich etwas anders aus, dort ist die linke Szene vor allem in Kopenhagen schon lange verwurzelt. Denkt nur mal an die Ausschreitungen in Nørrebro 2006. Und vor allem an die Untergrundorganisation Blekingegadebanden, die Dänemark in den siebziger und achtziger Jahren terrorisiert hat.«

»Ich war zwar noch ein kleines Kind, aber daran erinnere ich mich auch noch gut«, sagte Tommy. »Übrigens fällt mir gerade ein, dass die Blekingegadebanden 1989 hochgenommen wurde. Könnte ja theoretisch ein Hinweis auf den Namen der ›gruppe89‹ sein. Was aktuell da drüben bei unseren Nachbarn im linken Spektrum abgeht, weiß ich allerdings auch nicht so genau.«

»Schlimm genug, dass wir so wenig über sie wissen«, sagte Niklas. »Aber deshalb statten wir den Dänen jetzt gleich auch diesen Besuch ab. Wir müssen uns mit Line Jensen und ihrem Team austauschen. Und anschließend fahren wir in den Nordhavn zu ›FoCo Cruise‹, um mit Siv Fogelklou zu sprechen. Würde bitte jemand von euch uns bei ihr ankündigen? Ich denke, wir werden kurz nach Mittag bei ihr aufkreuzen.«

»Kann ich übernehmen«, sagte Tommy. »Eine Sache solltet ihr aber noch wissen. Die Kollegen von der Reichsmordkommission haben heute Morgen angerufen und sich erkundigt, was hier bei uns los ist. Petter hat versucht, sie zu beruhigen, aber sie haben ihm mitgeteilt, dass sie gegen Mitte der Woche mit einem Team hier aufkreuzen wollen, sofern wir bis morgen Abend bei unseren Ermittlungen nicht weitergekommen sind.«

»Dann sollten wir uns besser beeilen, Lennart Fogelklou zu finden«, sagte Niklas. »Bevor die Kollegen aus Stockholm hier tatsächlich auftauchen. Ich denke, darauf können wir gut und gerne verzichten.«

»Sollen wir heute Morgen noch einmal nach Svedala fahren

und Camilla Fogelklou ein wenig auf den Zahn fühlen?«, fragte Reza.

»Das haben Emma und ich gestern auch noch erledigt. Olof Fogelklou war auch da. Wir haben einige interessante Details über Lennart und sein Verhältnis zu seinen Geschwistern in Erfahrung bringen können. Wenn wir zurück in Malmö sind, berichten wir davon ausführlich. Vielleicht könntet ihr in der Zwischenzeit so viel wie möglich über die Fogelklou-Geschwister zusammentragen, vor allem über Hans, Olof und Siv. Über ihre Jobs, aber auch über ihr Privatleben, einfach alles, was ihr findet. Die Freundin von Olof heißt Maja und lebt angeblich mit ihm in seiner Kopenhagener Wohnung zusammen. Wenn ihr etwas Wichtiges findet, weshalb wir uns auch mit ihr unterhalten sollten, dann ruft einfach kurz durch.«

Niklas' Blick fiel aus dem Seitenfenster. Rechts von ihnen war Saltholm zu sehen, die kleine Insel vor Kopenhagen, die vor allem als Vogelschutzgebiet bekannt war. »Wir müssen Schluss machen«, sagte er. »Wir fahren jetzt gleich in den Tunnel.«

»In Ordnung, wir schicken dann den Kollegen in Kopenhagen alles, was wir bereits herausgefunden haben.«

»Danke.« Niklas legte auf, während Emma ihren Fiat die Rampe hinunter in den Tunnel steuerte und Saltholm langsam aus seinem Augenwinkel verschwand.

Irgendetwas an der ganzen Sache war einfach seltsam. Er verstand zu viele Dinge noch nicht, angefangen beim Motiv bis hin zu der Art und Weise, wie die Täter vorgingen. Sie hatten den bekanntesten Unternehmer Malmös entführt und ihn offenbar in den Wochen zuvor in mehreren Briefen bedroht. Aber die Beweggründe lagen im Dunkeln. Ob politische oder doch persönliche Motive dahintersteckten – beides erschien möglich. Nicht zuletzt, weil Lennart Fogelklou sich in dem Video möglicherweise geweigert hatte zu sagen, was er sagen sollte. Wahrscheinlich war er zu stolz gewesen.

Aber warum gab es kein eindeutiges Bekennerschreiben? Mit einer Erklärung zu den möglicherweise politischen Motiven. Oder einer realistischen Lösegeldforderung mit der Angabe eines Übergabeorts. Je länger Niklas darüber nachdachte, desto mehr kam er zu der Überzeugung, dass diese Gruppierung alles andere als professionell und durchorganisiert vorging.

»Woran denkst du?«, fragte Emma, als sie bereits in den Tunnel gefahren waren. Auf den letzten Kilometern, bevor sie dänisches Festland erreichten.

»Ich denke darüber nach, womit wir es tatsächlich zu tun haben. Mir kommt es so vor, als wäre jede Person, mit der wir uns unterhalten, einerseits verdächtig, etwas mit der ganzen Sache zu tun zu haben, und andererseits wiederum überhaupt nicht. Verstehst du, was ich meine?«

»Denkst du an Olof und Camilla?«

»Zum Beispiel, aber genauso auch an die Mitarbeiter von FoCo. Sjögren und Källman kamen mir irgendwie suspekt vor. Aber bei all diesen Personen fehlt mir ein Motiv. Und vor allem das Motiv, Hans Fogelklou umzubringen.«

»Ja, das stimmt. Allerdings würde ich Lennart nach allem, was wir bislang gehört haben, auch als äußerst schwierigen Menschen bezeichnen.«

»Denkst du etwa, jemand hat es auf ihn abgesehen, weil er zwischenmenschliche Defizite hat?«

»Wäre zumindest ein weiterer Ansatz«, antwortete Emma. »Das wiederum könnte einen privaten, aber genauso gut einen geschäftlichen Hintergrund haben. Vielleicht hat er jemanden derart vor den Kopf gestoßen, dass man sich an ihm rächen will. Oder es hat doch etwas mit der Reederei Anker aus Kopenhagen zu tun, von der Källman sprach. Vielleicht ist er im Wettbewerb mit ihnen etwas über das Ziel hinausgeschossen.«

»Erklärt aber nicht den Mord an Hans Fogelklou«, sagte Niklas. »Mit der Aussage von Inger Sundhage und den angeblichen Drohbriefen der ›gruppe89‹ haben wir wenigstens eine echte Spur, der wir nachgehen können. Alles andere sollten wir nicht außer Acht lassen, aber kümmern wir uns erst mal um den konkretesten Ansatz.«

»Kann es eigentlich sein, dass alle Spuren irgendwie nach Kopenhagen führen?«, fragte Emma plötzlich.

»Und das auf unterschiedlichste Weise«, ergänzte Niklas. »Ich bin sehr gespannt, was uns Line Jensen berichten wird.«

»Wie meinst du das?«

»Ich hoffe, sie wird uns helfen, aber es kann sein, dass sie mich nicht mag. Eigentlich bin ich mir sogar sicher, dass sie überhaupt keine Schweden mag. Aber diesmal habe ich mir etwas ganz Besonderes überlegt, weshalb sie uns einfach unterstützen muss.«

»Was hast du vor?« Emma warf ihm einen kurzen fragenden Blick zu.

»Abwarten.« Niklas grinste, während sich im nächsten Moment die Umgebung wieder erhellte. Sie hatten dänischen Boden erreicht.

Europa League

Das Polizeipräsidium, in dem sich auch die Mordkommission der Kripo Kopenhagen befand, lag im Südwesten der Stadt, in unmittelbarer Nähe zum Tivoli. Das markante Gebäude mit dem trapezförmigen Grundriss kannte Niklas von diversen Besuchen in den vergangenen Jahren. Vor einiger Zeit hatte er sogar einmal eine Führung durch die endlosen Gänge und Flure des Komplexes bekommen. Umso überraschter war er, dass Emma noch nie hier gewesen war. Sie kannte auch die Leiterin der Mordkommission, Line Jensen, nicht persönlich.

Emma parkte ihren Fiat direkt vor dem Präsidium und sah sich, nachdem sie ausgestiegen waren, eine Weile beeindruckt um. »Etwas ansprechender als unsere in die Jahre gekommene Baracke«, frotzelte sie.

»Und drinnen erst.« Niklas zwinkerte ihr zu. »Aber wie immer im Leben kommt es auf die inneren Werte an. Wegen dänischem Design wurde jedenfalls noch keine Ermittlung erfolgreich abgeschlossen.«

»Manchmal könnte man meinen, du hättest etwas gegen unsere netten Nachbarn.«

»Da liegst du völlig falsch. Ich war fast zehn Jahre mit einer Dänin zusammen. Manchmal habe ich das Gefühl, das dänische Lebensgefühl besser zu kennen als das schwedische. Deshalb darf ich so etwas sagen.«

»Okay.« Emma hob entschuldigend die Hände und wartete, bis er vorging. Dann folgte sie ihm mit einigen Metern Abstand.

Niklas spürte, dass sie gerade eine andere Seite von ihm kennengelernt hatte. Die Tatsache, dass Pernille Dänin war und er glaubte, ihre Nachbarn deshalb bestens zu kennen, war allerdings keine Entschuldigung dafür, so überheblich daherzureden. Er merkte, dass das ganze Theater mit ihr nicht spurlos an ihm vorbeiging.

Niklas kannte den Weg zur Mordkommission, dennoch ließen sie sich am Empfang ausführlich erklären, dass sie die Treppe in den zweiten Stock nehmen und anschließend einen langen Flur auf der linken Seite des Gebäudes entlanggehen mussten, bis sie zu einem hinter Glasscheiben abgetrennten Bereich kamen. Dort angekommen, öffnete ihnen nach wenigen Sekunden ein junger Mann die Tür und ließ sie in die Räumlichkeiten der dänischen Kollegen eintreten.

»Ich bringe Sie zu Line Jensen«, sagte er. »Kommen Sie bitte mit mir mit.«

Sie folgten ihm entlang eines langen Flurs von bestimmt fünfzig Metern. Niklas wusste, dass das Büro der Leiterin der Mordkommission ganz am Ende lag. Die großen Glasfronten wirkten einladend und modern.

»Ich bin gespannt, wie du Line überraschen willst«, sagte Emma leise. »Aber Hauptsache, du hältst mich da raus, wenn es eine unsaubere Sache ist.«

»Keine Sorge, es ist harmlos.«

Line Jensen war eine resolute Frau um die fünfzig mit einem blonden Kurzhaarschnitt und auffallend stark geschminkten roten Lippen. Ihre tiefe Stimme, die sie dem jahrelangen Zigarettenkonsum zu verdanken hatte, hallte durch ihr großes Büro, als Niklas und Emma auf sie zutraten.

»Willkommen in der Hauptstadt der Öresundregion«, sagte sie laut lachend und reichte ihnen die Hand. Ein kräftiger Griff, den Niklas erwiderte. Kurz darauf schüttelte Emma überrumpelt ihre schmerzende Hand aus.

»Schön, dass wir uns endlich kennenlernen«, sagte Line. »Niklas hat mir schon viel über dich erzählt.«

»Er mir auch über dich«, konterte Emma und verzog dabei keine Miene.

»Das kann ich mir vorstellen.« Sie lachte wieder. Das Rasseln in ihrer Kehle hörte sich jedoch alles andere als gesund an. Überhaupt hatte sie sich rein äußerlich seit seinem letzten Besuch vor etwas mehr als einem Jahr verändert. Ihn beschlich ein ungutes Gefühl.

»Setzt euch, ich bin gespannt, was ihr zu erzählen habt.«

»Du hast mit Sicherheit bereits davon gehört, dass Lennart Fogelklou entführt und sein Bruder Hans tot aufgefunden wurde.«

Line Jensen nickte.

»Emma und ich, aber auch der Rest unseres Teams, haben dieses Wochenende mehr oder weniger durchgearbeitet und einige Dinge herausgefunden, die uns zu dir nach Kopenhagen führen.«

»Du spannst mich aber auf die Folter.«

»Wir haben Hinweise darauf, dass hinter der Entführung von Fogelklou eine Gruppierung stecken könnte, die politische Ziele verfolgt. Sie nennt sich ›gruppe89‹, und unseren Erkenntnissen nach dürfte sie dänischen Ursprungs sein. Wir haben zudem zwei Fahrzeuge mit dänischen Kennzeichen identifiziert, die wir dringend suchen. Sie wurden in der Tiefgarage des FoCo-Gebäudes und auf der Brücke gefilmt, und wir sind uns sicher, dass sie etwas mit dem Fall zu tun haben. Unsere Kollegen haben euch das Material vorhin bereits rübergeschickt. Die Auswertung der Kennzeichen muss so schnell wie möglich erfolgen.«

»›gruppe89‹?«

»Ja, sagt dir der Name etwas?«

»Selbstverständlich. Wir haben die ›gruppe89‹ seit etwa einem halben Jahr auf dem Schirm«, antwortete Line Jensen. »Es fing mit ersten ziemlich unspezifischen und anonymen Drohungen gegen einige Unternehmen in Kopenhagen an, bis schließlich eine Autobombe vor einem Autohaus für Luxuswagen in einem Gewerbegebiet hochging. Damals gab es noch keine klaren Anzeichen, womit wir es überhaupt zu tun haben. Das änderte sich dann im Mai, als es eine weitere Detonation gab. Diesmal in der Innenstadt vor einem teuren Designermodegeschäft. Mehrere Menschen wurden verletzt, zum Glück niemand sehr schwer.«

Niklas beobachtete Line, während er ihre Informationen abspeicherte. Sie sah krank aus, und das starke Make-up schien ihm ein verzweifelter Versuch, etwas zu überschminken, was nicht zu verbergen war.

»Ein paar Tage später«, fuhr sie fort, »erreichte uns dann ein Bekennerschreiben von einer Gruppierung, die sich ›gruppe89‹ nannte und ankündigte, im Namen des Antiimperialismus dem kapitalistischen System ein Ende zu setzen und gleichzeitig alles dafür zu tun, die anstehende Klimakatastrophe zu verhindern. Es folgten in den Wochen danach zwei weitere Anschläge. Einmal vor einem Supermarkt und das andere Mal vor einer deutschen Bank. In beiden Fällen kam niemand zu Schaden, allerdings gab es zum Teil erheblichen Sachschaden. Dass Menschen nicht verletzt oder getötet wurden, war entweder ein unglaublicher Glücksfall, oder aber die Täter haben es, weshalb auch immer, genau so gewollt.«

»An die Sache in der Innenstadt erinnere ich mich«, sagte Niklas. »Die anderen Anschläge waren offenbar nicht so groß, dass sie es bis über den Öresund geschafft haben. Mir war der Name ›gruppe89‹ jedenfalls vor diesem Wochenende kein Begriff.«

»Wir haben uns dazu entschieden, die Sache nicht unnötig aufzubauschen, weil wir geglaubt haben, dass weitere Anschläge vor allem dann folgen würden, wenn die Täter mediale Aufmerksamkeit bekommen.«

»Vielleicht waren die Anschläge lediglich erste Versuche, bevor sich die Täter eine größere Nummer zugetraut haben«, überlegte Niklas. »Habt ihr denn irgendeinen Hinweis darauf, wer hinter der Gruppierung stecken könnte?«

»Wir haben vor einigen Wochen ein eigenes Team darauf angesetzt, sind aber in dieser Zeit noch keinen Schritt weitergekommen. Die ›gruppe89‹ ist für uns ein absolutes Mysterium. Sie geben uns so gut wie nichts, worauf wir reagieren können. Es existieren keine Forderungen oder Ähnliches. Lediglich diese Anschläge und die zwei Schreiben, die uns vorliegen. Aber auch in denen verraten sie nur wenig mehr über ihre Motive als das, was ich eben erwähnt habe.«

»Das kommt uns sehr bekannt vor«, sagte Niklas. »Wir haben auch nicht mehr als ein Video, in dem Lennart Fogelklou zu sehen ist und davon spricht, entführt worden zu sein, ohne die Hintergründe zu nennen. In dem Video nennt er eine Lösegeldforderung, die vollkommen absurd erscheint. Es geht um eine Milliarde schwedische Kronen. Dass wir es zweifelsohne mit skrupellosen Tätern zu tun haben, mussten wir mit Erschrecken feststellen, als Fogelklous Frau ein Paket erhalten hat, in dem sein abgetrennter Ringfinger lag.«

»Das klingt nicht schön.« Line verzog den Mund. »Aber genau das macht es so schwer. Einerseits haben wir es mit extrem brutalen und durchaus professionellen Machenschaften zu tun. Anders lassen sich die Bombenanschläge und die Entführung nicht erklären. Aber andererseits verläuft die Kommunikation dieser Gruppierung alles andere als nachvollziehbar. Es gibt keine klare Linie. Wir glauben grundsätzlich, dass wir es mit einer linksterroristischen Organisation zu tun haben, aber uns fehlen nach wie vor die eindeutigen politischen Erklärungen und Forderungen, die wir von vergleichbaren Gruppierungen kennen. Deshalb fällt es uns so schwer, das Ganze einzuschätzen. Und besonders frustrierend ist, dass wir nicht den Hauch einer Ahnung haben, wer dahintersteht.«

»Aber ihr habt bestimmt eine Vermutung oder zumindest bereits ein Täterprofil erstellt?«

»Sicher, darüber können dir Brian und Anders mehr sagen.«

»Das heißt aber, ihr seid euch sicher, dass das Ganze einen politischen Hintergrund hat?«

»Alles deutet darauf hin. Weshalb fragst du?«

»Wir untersuchen unter anderem auch die Möglichkeit, ob es sich um ein privates Motiv handeln kann. Vielleicht jemand, der es auf die Familie Fogelklou abgesehen hat.«

»Aber wenn Fogelklou, wie du sagst, von der ›gruppe89‹ entführt wurde, passen die Anschläge in Kopenhagen nicht in dieses Bild. Zumindest halte ich es für unwahrscheinlich, dass in diesem Fall das eine mit dem anderen etwas zu tun hätte.«

Niklas nickte. Die Aussage von Inger Sundhage hatte tatsächlich etwas verändert. Mit ihrem Hinweis auf die ›gruppe89‹

mussten sie nun davon ausgehen, dass es nicht ausschließlich um die Fogelklous oder die Reederei ging. Die ganze Sache hatte offenbar eine größere Dimension.

»Die Anschläge hier bei uns in Kopenhagen waren schon äußerst beunruhigend«, fuhr Line fort. »Wenn es aber so sein sollte, dass diese Gruppierung nun einen Menschen auf dem Gewissen und einen weiteren in ihre Gewalt gebracht hat, müssen wir uns darüber Gedanken machen, eine größere Ermittlungseinheit als bislang bereitzustellen.«

»Vor allem hätten wir es dann auch mit einem grenzüberschreitenden Fall zu tun«, sagte Niklas.

»Wäre nicht das erste Mal«, entgegnete Line zögerlich lächelnd. »Allerdings erinnere ich mich auch an ziemlich viel Gerangel um Kompetenzen und Befugnisse in der Vergangenheit.«

»Mag sein, aber das interessiert mich nicht«, sagte Niklas. »Ich sehe das pragmatisch, mich interessiert nur das Ergebnis.«

»Worauf willst du hinaus?«, fragte Line plötzlich argwöhnisch. »Ihr seid nicht einfach nur hier, um mit mir über die Entführung von Lennart Fogelklou und die ›gruppe89‹ zu sprechen, richtig?«

»Du hast uns jetzt bereits sehr geholfen«, antwortete Niklas. »Dass ihr die Gruppierung kennt, ist für uns eine wichtige Erkenntnis. Dadurch können wir auch sicher sein, dass unsere Informantin die Wahrheit sagt. Aber tatsächlich sind wir nicht nur hier, um dir ein paar Fragen zu stellen und unsere Gedanken zu teilen. Wir möchten nämlich unsere Ermittlungen auf die dänische Seite ausweiten. Siv Fogelklou, die jüngere Schwester von Lennart und Hans, leitet von hier aus die Kreuzfahrtsparte der Reederei FoCo. Sie lebt auch hier in Kopenhagen. Wir haben einige Fragen an sie und müssen dringend mit ihr reden. Und das am besten heute noch.«

Line Jensen nickte, sagte jedoch nichts.

»Ein zweites Gespräch planen wir mit einer Frau namens Maja Iversen. Sie ist die Freundin von Olof Fogelklou, dem jüngeren Bruder der Zwillinge Lennart und Hans, und lebt ebenfalls in Kopenhagen. Und dann ist da auch noch die Reederei Anker, der härteste Konkurrent von FoCo. Wir wissen, dass zwischen beiden in der Vergangenheit nicht immer mit ganz fairen Mitteln gekämpft wurde. Mitarbeiter von FoCo verdächtigen sogar die Anker-Reederei, hinter Lennart Fogelklous Entführung zu stecken. Obwohl wir das nun wirklich für äußerst unwahrscheinlich halten.«

Noch immer sah Line Niklas schweigend an. Dann lächelte sie mit einem Mal und schüttelte den Kopf. Offenbar ungläubig über das, worum er gerade gebeten hatte. »Vergiss es«, sagte sie schließlich. »Ich kann euch nicht erlauben, diese Gespräche auf dänischem Boden zu führen. Das ist vollkommen unmöglich.«

»Weil es also um Befugnisse geht?«

»Natürlich«, gab sie unumwunden zu. »Die ›gruppe89‹ ist unsere Angelegenheit, wir sind bereits seit Monaten an der Sache dran. Und das, was nun bei euch in Malmö passiert ist, wird den Druck auf uns nur noch erhöhen. Wir haben es mit einer dänischen Gruppierung zu tun, somit liegt die Hoheit über die Ermittlungen logischerweise erst einmal bei uns.«

»Vielleicht können wir das umgehen«, sagte Niklas betont freundlich. »Es geht um das Leben von Fogelklou, uns bleibt wenig Zeit. Deine Leute könnten bei unseren Gesprächen ja dabei sein. Aber bevor wir darüber sprechen, wie sich das organisatorisch machen ließe, würde ich erst einmal gern von dir wissen, ob dir einer dieser Namen irgendetwas sagt.«

»Maja Iversen ist mir natürlich ein Begriff«, sagte Line.

»Tatsächlich?« Niklas war ehrlich verwundert.

»Sie ist keine Unbekannte in Kopenhagen«, antwortete Line. »Eine erstaunliche Frau, die ziemlich gewieft darin ist, sich mit den richtigen Leuten zu verbünden und Netzwerke zu spinnen. Das meine ich in diesem Fall allerdings nicht anerkennend. Sie hat es auf diese Weise aber geschafft, mit Mitte zwanzig als Abgeordnete ins ›Folketing‹, unser Parlament, einzuziehen. Sie hat sich schon in frühen Jahren immer wieder durch extreme Meinungen hervorgetan. Im letzten Jahr ist es ruhiger um sie geworden. Wie ich gehört habe, scheint sie es wohl etwas übertrieben zu haben. Sie wollte zu schnell zu viel, und das auch noch mit immer radikaleren Ansichten.«

»Das heißt konkret?«

»Sie ist Mitglied der ›Enhedslisten‹, einer sehr linken Partei mit sozialistischen Zielen, und vertritt bisweilen sehr extreme Werte. Im Grunde steht sie für das, was die ›gruppe89‹ fordert. Als Kritikerin der kapitalistischen Konsumgesellschaft und der bisherigen Klimapolitik. Und das auf besonders laute und oftmals auch auffällige Weise.«

»Wie müssen wir uns das vorstellen?«

»Sie hat zum Beispiel Demonstrationen in Nørrebro mit wirklichen Chaoten initiiert. Und manchmal hat sie Proteste auch als kunstvolle Aktionen verstanden, die meistens jedoch wegen Erregung öffentlichen Ärgernisses gestoppt werden mussten. Es gab auch einige Fernsehauftritte von ihr, die mehr als fragwürdig waren. Eine äußerst streitbare Person.«

»Die wie erwähnt mit Olof Fogelklou liiert ist«, sagte Emma. »Hier besteht also eine Verbindung.«

»Ehrlich gesagt, scheint mir das dennoch einfach ein Zufall zu sein«, sagte Line. »Auch wenn wir eigentlich nicht an Zufälle glauben.«

»Was ist mit Siv Fogelklou?« Niklas wechselte das Thema.

»Zu ihr kann ich nichts sagen. Ich habe allerdings wahrgenommen, dass das Kreuzfahrtgeschäft der Reederei in den letzten Jahren stark gewachsen ist. Das lässt sich auch hier in Kopenhagen eindrucksvoll bestaunen. Aber ich bin dieser Frau noch nie begegnet, gab ja auch bislang keinen Grund.«

Line Jensen lachte kurz auf, ehe sie weiterredete. »Immerhin kann ich euch ein bisschen was über die Reederei Anker erzählen, wenn euch das interessiert.«

»Wenn es etwas mit den Fogelklous zu tun hat, dann sehr gerne.«

»Nun, es hat vor allem etwas mit dem Geschäftsgebaren dieser Reederei an sich zu tun«, erklärte sie. »Das, was du vorhin angedeutet hast, können wir bestätigen. Jonas Anker, der Eigentümer, fährt einen knallharten Kurs, um das Unternehmen zur weltweit größten Reederei zu entwickeln. Dabei sind ihm offenbar alle Mittel recht. Wir ermitteln in gleich mehreren Angelegenheiten gegen ihn und einige seiner Manager. Es geht um Steuerhinterziehung, Insiderhandel beim Kauf und Verkauf eigener Aktien, Rufschädigung und Anstiftung zu körperlicher Gewalt. Leider ist es uns bis heute nicht gelungen, stichhaltige Beweise dafür zu finden. Was auch damit zusammenhängt, dass Anker über Verbindungen nach ganz oben verfügt.«

»Anstiftung zu körperlicher Gewalt?«, fragte Niklas erstaunt nach.

»Es gab hier in Kopenhagen vor zwei Jahren einen Fall, wo ein Mitarbeiter der Hafenverwaltung von Unbekannten brutal zusammengeschlagen wurde. Die Ermittlungen haben ergeben, dass er der verantwortliche Mitarbeiter bei einem Ausschreibungsverfahren für eine wichtige Terminalfläche im Hafen war. Wir gehen mittlerweile davon aus, dass er auf diese Weise eingeschüchtert werden sollte, damit die Reederei Anker bei der Vergabe zur Pacht der Fläche bevorzugt behandelt wird. Das Opfer hat umfangreiche Aussagen gemacht, letztlich fehlte aber der Beweis.«

»Kannst du etwas zu der Rivalität zwischen der Reederei Anker und FoCo sagen?«

»Nein, tut mir leid, so tief stecke ich nicht in dem Thema drin. Aber da die beiden Reedereien bekanntermaßen große Konkurrenten sind, würde es mich zumindest nicht wundern, wenn es in der Vergangenheit auch zu der einen oder anderen grenzwertigen Aktion gekommen ist.«

»Die Entführung von Lennart Fogelklou ist wohl etwas mehr als grenzwertig«, sagte Niklas und lächelte bemüht.

»Tja, sieht so aus, als gäbe es neben der ›gruppe89‹ vielleicht tatsächlich noch andere Verdächtige, die überprüft werden müssen.«

»Und genau deshalb sind wir hier«, sagte Emma. Sie klang ungeduldig und hatte in ihren Dringlichkeitsmodus umgeschaltet. Niklas wusste, dass sie in solchen Momenten nicht mehr zu Scherzen oder Small Talk aufgelegt war.

»Wir wären dir wirklich dankbar«, fuhr sie fort, »wenn du uns die Erlaubnis erteilst, hier einige Gespräche zu führen, damit wir verstehen, was mit Lennart Fogelklou geschehen ist. Selbstverständlich würden wir offen kommunizieren, dass die Befragung in enger Abstimmung mit der Kripo Kopenhagen erfolgt.«

»Tut mir leid, ich kann das nicht einfach durchwinken«, sagte Line und zuckte mit den Schultern. »Selbst wenn ich es wollte – meine Vorgesetzten würden mir die Hölle heißmachen, wenn sie rausbekämen, dass ich das erlaubt habe. Ich schätze, das wäre andersherum auch unmöglich. Oder denkt ihr etwa, Petter würde erlauben, dass meine Leute bei euch in Malmö auf eigene Faust ermitteln?«

Emma sah Niklas aus den Augenwinkeln an. Offenbar wartete sie darauf, dass er mit seiner kleinen Überraschung um die Ecke kam, die er auf dem Weg hierher angekündigt hatte. Und da Line wie zu erwarten noch immer ablehnend auf ihre Bitte reagierte, war jetzt wohl die Zeit gekommen.

Er griff in seine Hosentasche hinten rechts, zog zwei Karten hervor und hielt sie Line vor die Nase.

»Was ist das?«

»Ich denke mal, du weißt genau, was das ist«, sagte er zwinkernd. »Karten für das Rückspiel in der Europa-League-Qualifikation: Brøndby IF bei den Himmelblauen. Als aufmerksamer Ermittler ist mir deine Leidenschaft für Brøndby natürlich schon bei meinem allerersten Besuch hier nicht entgangen.«

Niklas machte eine Kopfbewegung in Richtung der Wand hinter ihrem Schreibtisch, an der mehrere Wimpel des Traditionsvereins aus Kopenhagen hingen und ein großes Foto, auf dem Line gemeinsam mit einem Mann stand, von dem er sich sicher war, dass es sich um Vereinslegende Kim Vilfort handelte.

»Das Spiel war bereits eine Stunde nach Öffnung des Ticketshops ausverkauft. Ich schenk dir aber die beiden Karten, auch wenn du dann im Heimblock von Malmö sitzen musst.«

»Du bestichst mich ernsthaft mit Fußballtickets? Soll das ein Witz sein?«

»Mit so etwas würde ich niemals Scherze machen. Ich wäre liebend gerne selbst hingegangen, aber mir ist etwas Wichtiges dazwischengekommen. Also greif einfach zu.«

»Und dafür soll ich erlauben, dass ihr unbehelligt hier Gespräche führen könnt?«

»Siv Fogelklou könnten wir selbstverständlich auch einfach anrufen und bitten, nach Malmö zu kommen. Aber besser wäre es, wenn wir uns noch heute Vormittag ein wenig hier vor Ort umhören dürften.«

»Fußballtickets«, murmelte Line und schüttelte den Kopf.

»Malmö FF gegen Brøndby IF«, insistierte Niklas.

Sie griff nach den Karten und drehte sie einige Sekunden lang in ihren Händen. »Also gut«, sagte sie schließlich. »Ich nehme die Tickets. Ihr habt bis heute Nachmittag Zeit. Anschließend unternehmt ihr in dieser Sache nichts mehr auf dänischem Boden ohne meine Zustimmung. Und verhaltet euch bei euren Gesprächen bitte so, dass niemand anschließend unangenehme Fragen stellt.«

»Wir sind im Grunde gar nicht hier gewesen.« Niklas lächelte und streckte Line die Hand entgegen. »Danke.«

»Ich habe für die Tickets zu danken. Das kann ich mir nicht entgehen lassen.«

Emma stand wie angewurzelt neben den beiden. Sie schien vollkommen perplex darüber zu sein, was sie gerade mitangehört hatte. Erst als Niklas einige Momente später bereits in der Tür stand und sie ansprach, reagierte sie und stürmte an ihrem Kollegen vorbei aus dem Büro, ohne sich von Line zu verabschieden.

Bellissima

Seit mehr als zwanzig Minuten saßen Niklas und Emma nun schon in dem Besprechungszimmer im vierten Stockwerk des Bürogebäudes mitten auf dem Terminalgelände im Nordhavn. Schweigend und an ihrer mittlerweile zweiten Tasse Kaffee nippend.

Sie hatten kaum ein Wort miteinander gesprochen, nachdem sie in Emmas Wagen gestiegen und quer durch Kopenhagen bis in den Kreuzfahrthafen gefahren waren. Emma war stocksauer auf ihn wegen seiner kleinen Bestechungsnummer mit Line, und Niklas wiederum war das Ganze einfach unendlich unangenehm.

Es war überhaupt nicht seine Art, auf derartige Tricks zu bauen. Aber die Idee, irgendwann einmal, wenn es ihm nützlich sein konnte, Line Jensen mit Karten für ein Spiel zwischen Malmö und Brøndby IF zu überraschen, trug er schon seit einiger Zeit mit sich herum. So kompliziert Line in der Vergangenheit auch manchmal gewesen sein mochte, allein für ihre Fußballleidenschaft hatte er sie schon ins Herz geschlossen. Auch wenn seines natürlich für die Himmelblauen schlug.

Bislang hatte es keinen Anlass gegeben. Aber das war heute anders, er hatte die Gunst der Stunde genutzt. Und erst Minuten später verstanden, was für einen Fehler er begangen hatte. Weil Emma es ihm mit ihrer Reaktion deutlich vor Augen geführt hatte.

Siv Fogelklou ließ noch immer auf sich warten. Obwohl Reza sie beide angekündigt hatte, war die Geschäftsführerin von »FoCo Cruise« bei ihrer Ankunft von ihrer Sekretärin entschuldigt worden. Sie befand sich noch in einem Gespräch mit dem Kapitän des Schiffes, das unmittelbar vor dem Gebäude am Kai festgemacht hatte.

Ein, wie Niklas fand, beeindruckend großes Schiff, das von Kopenhagen noch heute Abend zu einer der regelmäßigen Ostseekreuzfahrten aufbrechen würde. Am Ende der Pier lag noch ein weiteres, ähnlich großes FoCo-Schiff. Ein florierendes Geschäft. Weit mehr als nur ein Nischensegment der Reederei, die mit dem Transport von Containern groß geworden war.

»Wie lange wollen wir noch warten?«, fragte Emma ungeduldig. »Ich würde gerne wieder zurück nach Malmö.«

»Es tut mir wirklich leid«, sagte Niklas. »Ich habe über diese Sache mit Line gar nicht nachgedacht. Das hätte mir einfach nicht passieren dürfen.«

»Aber du hast es getan, in vollem Bewusstsein. Das verstößt gegen alle Compliance-Regeln.«

»Ich wollte ihr nur eine Freude machen.«

»Du wolltest, dass wir diese Gespräche führen. Und dazu war dir jedes Mittel recht.«

»Bestimmt nicht jedes Mittel, das weißt du genau«, entgegnete Niklas. »Ich kenne Line, ohne die Karten hätten wir unverrichteter Dinge wieder zurück nach Malmö fahren können.«

»Diese Art von dir ist jedenfalls neu für mich.«

»Das ist keine Art von mir, es war einfach unbedarft und dumm.«

Emma verzog den Mund zu einer Grimasse, verzichtete aber darauf, die Diskussion fortzusetzen. Stattdessen schüttete sie sich noch ein weiteres Mal Kaffee nach.

»Was sagt uns das, wenn sie uns so lange warten lässt?«, fragte sie nach einer Weile. »Sie ist am Wochenende schließlich auch nicht zum Rest der Familie nach Svedala gekommen.«

»Erinnerst du dich daran, was Tommy über sein Klassentreffen in Svedala erzählt hat?«, fragte Niklas. »Siv Fogelklou scheint ganz anders als Lennart zu sein. Und das Verhältnis der beiden nicht gerade das beste.«

»So abgekühlt, dass ihr sogar egal ist, dass Lennart entführt würde?«

»In dieser Familie scheint so manches nicht normal zu sein.«

»Vielleicht sollten wir der Sekretärin noch einmal Bescheid

geben und ihr die Dringlichkeit unseres Besuchs erklären«, drängte Emma.

Bevor Niklas etwas erwidern konnte, bemerkte er das Vibrieren seines Handys, das auf dem Tisch lag. Es war Reza.

»Was gibt's?«, meldete er sich kurz angebunden.

»Es ist wichtig, kannst du sprechen?«

»Wir sitzen gerade im Büro von ›FoCo Cruise‹ im Nordhavn und warten auf Siv –«

»Wir haben ein weiteres Video erhalten«, redete Reza einfach weiter. »Es scheint diesmal nur an uns gegangen zu sein.«

»Wieder Lennart?«, fragte Niklas vorsichtig. Er stand auf und trat an das große Fenster, das freie Sicht auf die gesamte Pier gab, an der die Kreuzfahrtriesen lagen.

»Nein, diesmal ist er weder zu sehen noch zu hören. Genauer gesagt ist niemand zu sehen oder zu hören. Denn es wurde lediglich ein Blatt Papier mit einem ausgedruckten Text gefilmt und uns per E-Mail geschickt. Der Betreff der Nachricht lautet ›gruppe89‹.«

»Was wollen sie?«

»Es geht um das Lösegeld für Fogelklou«, antwortete Reza. »Sie wollen tatsächlich eine Milliarde schwedische Kronen, in Scheinen. Sie haben auch einen Übergabeort und eine Zeit angegeben. Es soll noch heute über die Bühne gehen, um dreizehn Uhr.«

»Das sind nicht mal mehr zweieinhalb Stunden«, sagte Niklas. »Wo soll es denn stattfinden?«

»In dem Schreiben stehen Koordinaten. Sie führen zu einem einsamen Hof an der Südküste etwas westlich von Trelleborg.«

»Was ist mit Fogelklou? Garantieren sie, dass er anschließend freigelassen wird?«

»Sie erwähnen ihn mit keinem Wort.«

»Scheiße«, fluchte Niklas leise. »Weder kann so kurzfristig das Geld besorgt werden, noch können wir uns sicher sein, dass sie uns Lennart lebend übergeben.«

»Petter ist der Meinung, dass wir mit vollem Aufgebot dort hinfahren sollen.«

»Ich weiß nicht«, sagte Niklas. »Hoffentlich ist das keine Falle.«

»Ihr sollt auch so schnell wie möglich kommen«, fuhr Reza fort. »Es sollen alle verfügbaren Leute zusammengezogen werden. Wir haben vorhin mehr als fünfzig Streifenwagen angefordert, die Straßenkontrollen und falls nötig Sperrungen entlang der E 6 zwischen Malmö und Trelleborg einrichten sollen. Außerdem haben wir einen Hubschrauber im Einsatz.«

»Es fällt mir schwer zu glauben, dass diese Leute so unvorsichtig sind, sich uns im Prinzip einfach so auszuliefern. Sie müssen wissen, welche Hebel wir in Bewegung setzen, um einen Mann wie Lennart Fogelklou zu befreien. Noch dazu haben wir kein Lösegeld. Wie stellt sich Petter das denn vor?«

»Das habe ich ihn auch gefragt.«

»Und?«

»Er meint, ihm bliebe nichts anderes übrig. Das wäre unsere einzige Chance. Stine Borg will um jeden Preis verhindern, dass sich die Reichsmordkommission einmischt, weil es ein schlechtes Licht auf uns werfen würde.«

»Na schön.« Niklas verabschiedete sich und ließ das Handy in seine Hosentasche gleiten. Wenigstens in dieser einen Sache war er derselben Meinung wie die Polizeipräsidentin. Auf die Kollegen aus Stockholm konnte er verzichten.

»Was ist passiert?«, fragte Emma.

Niklas erklärte ihr in wenigen Sätzen, was Reza ihm berichtet hatte. Er endete mit einem lauten Seufzer.

»Dann sollten wir am besten keine Zeit mehr verlieren. Hast du die beiden Tickets wohl ganz umsonst verschenkt.« Emma konnte sich ein Grinsen nicht verkneifen.

Niklas hörte gar nicht mehr richtig hin, er war abgelenkt von dem Geschehen an der Pier. Gerade eben war eine Frau, von der er sich sicher war, dass es sich um Siv Fogelklou handelte, in Begleitung zweier Männer die Gangway von der »MS Bellissima« hinunter an Land gegangen. Keine zweihundert Meter entfernt stiegen die drei in einen schwarzen SUV, der direkt vor dem Schiff parkte.

»Vielleicht sollten wir doch noch warten«, sagte er. »Siv Fogelklou ist im Anflug.«

»Weshalb müssen wir uns mit ihr unterhalten, wenn wir womöglich die Chance haben, die Täter zu stellen?«

»Weil ich noch nicht davon überzeugt bin, dass es so kommen wird.«

Noch immer starrte er auf die Pier und die »MS Bellissima« direkt vor ihm. Der schwarze Wagen fuhr langsam los und näherte sich dem Gebäude, in dem Emma und er auf Siv warteten. Ein weißes Terminalfahrzeug kam dem SUV, in dem sie saß, aus der anderen Richtung entgegen.

Was haben die Entführer bloß vor?, dachte er angestrengt nach. Weshalb eine Lösegeldübergabe, zu der es ohnehin nicht kommen würde? Und das in der Nähe von Trelleborg. Wieso so kurzfristig? Und warum kein Wort über Lennart Fogelklou?

»Worüber denkst du nach?«

»Irgendetwas stimmt nicht, sagt mir mein Gefühl. Aber ich weiß noch nicht –«

Niklas kam nicht mehr dazu, seinen Gedanken zu vollenden. Im nächsten Augenblick erschütterte ein lauter Knall das Gebäude und die gesamte Pier. Die Scheiben des Bürogebäudes vibrierten. Das gleißende Licht einer Explosion war zu sehen. Gefolgt von einer Rauchwolke, die an der Hausfassade emporstieg.

Es vergingen einige Sekunden, bis Niklas verstand, was gerade geschehen war. Als er vier Stockwerke unter sich das brennende Terminalfahrzeug und den auf der Seite liegenden schwarzen SUV erkannte, ahnte er jedoch, dass seine Befürchtungen wahr geworden waren. Die Entführer von Lennart Fogelklou hatten sie ganz offenbar auf eine falsche Fährte führen wollen, um stattdessen hier in Kopenhagen einen Anschlag auf das Leben seiner Schwester Siv zu verüben.

Trümmerfeld

Auf dem Terminalgelände war innerhalb kürzester Zeit das totale Chaos ausgebrochen. Als Niklas und Emma die Treppen hinuntergestürmt und durch das Foyer gerannt waren, erkannten sie bereits das gesamte Ausmaß der Detonation. Das gläserne Eingangsportal war komplett zerstört. Überall lagen Splitter und Metallteile. Menschen irrten im und vor dem Gebäude herum. Von überall waren laute Schreie zu hören. Aus dem auf der Seite liegenden Auto versuchten Ersthelfer, Insassen zu befreien, andere setzten Feuerlöscher ein, um ein Überspringen der Flammen aus dem brennenden Terminalfahrzeug zu verhindern. Niklas haderte mit sich, wollte selbst mit anfassen, aber es waren bereits genügend helfende Hände da.

Dann erkannte er Siv Fogelklou. Ihr war es gerade gelungen, aus dem Wagen zu klettern. Sie hielt sich den linken Arm, schien ansonsten aber unverletzt zu sein. Weniger gut hatte es einen der Männer getroffen, mit denen sie die »MS Bellissima« verlassen hatte und ins Auto gestiegen war. Er war auf der Hinterbank eingeklemmt und blutete stark aus einer Wunde am Kopf.

Am schlimmsten stand es allerdings um den Fahrer des weißen Terminalfahrzeugs, das noch immer lichterloh brannte. Ein kurzer Blick hatte genügt. Niklas war sich sicher, dass er es nicht schaffen würde.

Heulende Sirenen waren aus allen Richtungen zu hören. Feuerwehrwagen und Rettungsfahrzeuge näherten sich mit hoher Geschwindigkeit. Die ganze Situation war vollkommen unwirklich, so plötzlich, wie sie eingetreten war, und erinnerte Niklas an einen Actionfilm aus Hollywood, bei dem der Regisseur zu viele Fahrzeuge in die Luft fliegen ließ.

Einen Moment lang zog er in Erwägung, einfach auf Siv Fogelklou zuzugehen und sie anzusprechen. Sie wusste schließlich, dass sie hier waren. Und sie wusste auch, weshalb sie mit ihr sprechen wollten. Natürlich konnte sie eins und eins zusammenzählen und sich denken, dass dieser Anschlag ihr gegolten hatte. Sie musste also dringend in Sicherheit gebracht werden.

»Ich weiß, was du denkst«, sagte Emma plötzlich. »Aber es wäre besser, so schnell wie möglich von hier zu verschwinden. Sobald die Kollegen von der Kopenhagener Polizei auftauchen, sollten wir weg sein. Erinnere dich daran, was du mit Line besprochen hast. Wir dürfen eigentlich gar nicht hier sein. Also fahren wir lieber zurück.«

»Ja, besser wäre das wohl«, sagte Niklas nachdenklich. »Aber ich werde jetzt erst recht das Gefühl nicht los, dass diese Videonachricht mit der Lösegeldforderung und dem angeblichen Übergabeort nahe Trelleborg nur eine Falle ist.«

»Du meinst, die Täter wollten uns ablenken, um hier in Kopenhagen ungestört eine Autobombe zu zünden? Dafür hätten sie doch nicht die Malmöer Polizei und sämtliche Einsatzkräfte ganz in den Süden Schonens schicken müssen.«

»Richtig, das will mir auch noch nicht einleuchten«, sagte Niklas zweifelnd. »Aber irgendetwas ist faul. Und ich glaube, uns bleibt nicht mehr allzu viel Zeit herauszufinden, was es ist. Ich verstehe das Vorgehen der Täter nicht. Es geht ihnen offenbar um Geld. Aber warum bringen sie dann Hans Fogelklou um, wenn sie eigentlich Lennart entführen wollen? Wollten sie damit Härte und Skrupellosigkeit demonstrieren? Und wieso riskieren sie jetzt plötzlich sogar das Leben Unbeteiligter?«

»Erinnere dich daran, was Line gesagt hat. Die ›gruppe89‹ hat bereits in den letzten Monaten mehrere Bombenanschläge verübt, bei denen Menschen verletzt wurden.«

»Dennoch passt das alles irgendwie nicht zusammen. Die offenbar linksmotivierten Anschläge einerseits und dann diese zielgerichteten Aktionen gegen die Familie Fogelklou andererseits. Selbst wenn die ›gruppe89‹ die Reederei zu ihrem größten Feind auserkoren hat, den sie bekämpfen will, kommt mir das Ganze einfach zu persönlich vor. Die Taten gehen eindeutig gegen die Fogelklous. Gegen einen nach dem anderen.«

»Dann dürfte wohl auch Olof in Gefahr sein.«

»So ist es, wir müssen ihm Bescheid geben«, sagte Niklas.

»Du hast recht, hier kommen wir gerade tatsächlich nicht weiter. Lass uns verschwinden. Die dänischen Kollegen sind gleich da.« Er nickte in die Richtung, aus der sich die Einsatzfahrzeuge näherten.

Die beiden warfen einen letzten Blick auf das Trümmerfeld hinter ihnen, dann gingen sie um das Gebäude herum, wo Emmas Fiat geparkt war.

Sie fuhren über das weitläufige Gelände, vorbei an großen Lagerhäusern und unzähligen Reihen gestapelter Container. Eine ganz eigene Welt und noch mal um einiges größer als Malmös Hafen, durchfuhr es Niklas. Doch seine Gedanken wurden im nächsten Moment unterbrochen, als ihnen mindestens ein Dutzend weiterer Rettungsfahrzeuge und Polizeiwagen entgegenkam.

Ein paar Minuten später verließen die beiden schließlich das Terminalgelände. Und kurz darauf auch Kopenhagen.

Kanonen auf Spatzen

Die Kontrollpunkte entlang der E 6 waren so auffällig, dass Niklas sich kaum vorstellen konnte, Lennarts Entführer hätten auch nur irgendeine Chance gehabt, sich dem verfallenen Hof in der Nähe der kleinen Ortschaft Västra Tommarp, die nur wenige Kilometer westlich von Trelleborg gelegen war, unbemerkt zu nähern.

Das Aufgebot an Polizisten und Männern der Spezialeinheit war viel zu groß, als dass es sich vor der Öffentlichkeit verbergen ließe, befürchtete er. In den Medien in ganz Schweden gab es mittlerweile kein anderes Thema mehr als die Suche nach den Entführern von Lennart Fogelklou.

Um kurz nach eins erreichten Niklas und Emma die Gegend um den verfallenen Bauernhof, der sich am Rand eines kleines Wäldchens befand. Sämtliche Einsatzkräfte hatten sich in einem Radius von etwa dreihundert Metern um das Haupthaus und die Scheune hinter Bäumen und Sträuchern positioniert. Petter hatte veranlasst, in der Kürze der Zeit eine Spezialeinheit zu mobilisieren.

Nichts deutete darauf hin, dass die Entführer bereits hier waren. Auf dem Hof war weit und breit kein Fahrzeug zu sehen. Abgesehen vom baulichen Zustand sah er wie einer dieser typischen schonischen Höfe aus. Ein großzügig angelegtes Anwesen mit einem Haupthaus und mehreren Scheunen, umgeben von endlosen Getreidefeldern und dem Meer am Horizont. Niklas träumte manchmal davon, genau auf einem solchen Hof zu leben. Mit ein paar Tieren und einem kleinen Hofcafé. Und einer Rasselbande von Kindern.

Dieser Zug war wohl abgefahren. Einmal abgesehen vom Ende der Beziehung zu Pernille wusste er, dass er selbst niemals den Mut gehabt hätte, seinen Job und sein Leben in Malmö einfach so aufzugeben, um aufs Land zu ziehen.

Das leise Surren der Drohne mit der Wärmebildkamera war

das einzig wahrnehmbare Geräusch. Natürlich mit Ausnahme des schwachen Winds, der stetig über die Felder pfiff. Die Kamera schlug nicht an. Nirgends auf dem Gelände schien sich jemand aufzuhalten. So wie es Niklas vermutet hatte. Entweder war die Nachricht mit der Übergabe an diesem Ort also eine Falle gewesen, oder aber die Entführer hatten es sich anders überlegt, nachdem sie auf dem Weg hierher festgestellt hatten, mit welchem Aufgebot die Polizei die Straßen patrouillierte. Wobei sie genau das infolge des zweiten Videos hätten befürchten müssen, was wiederum aus seiner Sicht dafür sprach, dass sie bewusst diesen Ort genannt hatten, um die Polizei von etwas anderem abzulenken. Um die Explosion in Kopenhagen kümmerten sich aber ohnehin die dänischen Kollegen.

»Der Hof gehört einem Mikael Erlander.« Emma trat wieder neben ihn. Sie hatte eine ganze Weile mit Petter und den anderen gesprochen, während Niklas in seinen Gedanken gefangen gewesen war.

»Wissen wir schon irgendetwas über ihn?«

»Er ist dreiundvierzig Jahre alt, alleinstehend und hat den Hof vor achtzehn Jahren gekauft. Mehr Informationen liegen uns allerdings noch nicht vor. Die Kamerabilder der Drohne zeigen ein extrem verfallenes Haus. Es scheint fraglich, ob er hier derzeit noch lebt.«

»Die Entführer wissen mit Sicherheit, in welchem Zustand sich der Hof befindet«, sagte Niklas. »Vielleicht ist dieser Erlander einer der Männer, die wir suchen. Was hat Petter denn gesagt, wie wir vorgehen wollen? Einfach nur abwarten, bis etwas passiert? Ich befürchte, dann stehen wir morgen früh noch hier.«

»Wenn in fünf Minuten niemand aufgetaucht ist, soll das Einsatzkommando vordringen und die Gebäude stürmen. Das ist mit dem Leiter der Spezialeinheit so abgestimmt. Ich glaube, Petter hat mittlerweile auch verstanden, dass niemand kommen wird. Aber unsere Polizeipräsidentin macht ihm weiterhin ordentlich Druck. Er muss Ergebnisse liefern.«

»Was sagt er denn zu der Autobombe in Kopenhagen?«

»Er hat bereits mit Line telefoniert. Die Ansage ist, dass in dieser Sache vorerst ausschließlich von ihren Leuten ermittelt wird. Falls sich herausstellen sollte, dass der Anschlag tatsächlich gegen Siv Fogelklou gerichtet war und die ›gruppe89‹ dahintersteckt, werden wir intensiv und offiziell mit den Dänen zusammenarbeiten müssen. Wahrscheinlich wird eine länderübergreifende Sonderkommission eingerichtet, und die Reichskriminalpolizei wird auf unserer Seite die Ermittlungen übernehmen.«

Niklas ärgerte sich darüber, wie schnell ihm der Fall zu entgleiten drohte. Zwar waren sie innerhalb der letzten achtundvierzig Stunden schon weit gekommen und hatten die offenbar linke Aktivistengruppierung als mögliche Täter identifiziert, dennoch fehlte bislang jede Spur zu ihnen. Und die Tatsache, dass offenbar die ganze Familie Fogelklou im Visier dieser Leute stand, machte den Fall noch größer und komplizierter, als er ohnehin schon war.

Die Ermittlungen würden nun wohl auf jeden Fall grenzüberschreitend weitergeführt werden. Und dass sich die Stockholmer Kollegen in den nächsten Tagen einschalten würden, war eine logische Konsequenz.

Aus dem Augenwinkel erkannte Niklas plötzlich, dass der Leiter der Spezialeinheit, ein älterer Kollege, den er aus vielen früheren Einsätzen kannte, mit seinen Armen signalisierte, dass seine Leute sich in Bewegung setzen sollten. Im nächsten Augenblick strömten aus dem kleinen Wäldchen mehrere Dutzend schwer bewaffnete Polizisten. Sie bewegten sich in geduckter Haltung mit ihren Maschinenpistolen im Anschlag auf den einsamen Hof zu. Mit Kanonen auf Spatzen schießen, fuhr es Niklas durch den Kopf. Der Hof war verwaist, sie würden hier heute auf niemanden mehr treffen.

»Komm mit«, sagte er zu Emma. »Hier wird nichts Wichtiges passieren. Lass uns lieber nach Malmö zurückfahren. Ich würde gerne noch einmal zu FoCo und mit Sjögren und Källman reden. Wir müssen sie zu dem Anschlag in Kopenhagen befragen.«

»Außerdem sollten wir uns um Olof Fogelklou kümmern«, ergänzte Emma. »Falls er ebenfalls in Gefahr ist –«

Niklas zuckte zusammen. Da war es schon wieder. Zum zweiten Mal an diesem Tag. Das grauenhafte Geräusch einer Explosion. Nicht ganz so heftig wie in Kopenhagen, aber dennoch gewaltig genug, um ihm einen Schauer über den Rücken zu jagen. Dazu kamen noch die aufgeregten Schreie der Kollegen.

»Männer, sofort alle zurück!«, brüllte der Einsatzleiter. Niklas verstand nur Wortfetzen, war sich aber sicher, etwas von »Minen« herauszuhören.

Er atmete tief durch. Der angebliche Übergabeort für das Lösegeld war mehr als nur ein Ablenkungsmanöver gewesen. Die Entführer hatten alles bis ins kleinste Detail geplant und präpariert. Und sie waren mit Ansage in die Falle hineingetappt und hatten dabei das Leben ihrer eigenen Leute aufs Spiel gesetzt.

Wer die Täter allerdings waren und worauf sie tatsächlich abzielten, war noch immer nicht klar. In diesem Moment war sich Niklas aber sicher, dass der Name Mikael Erlander bei ihrer Suche von entscheidender Bedeutung sein konnte.

Siebter Stock

Auf der Fahrt zurück nach Malmö hatte Emma bei Camilla Fogelklou angerufen und in aller Kürze davon berichtet, was in Kopenhagen geschehen war. Auf das Video der Entführer und die gescheiterte Geldübergabe war sie dagegen nicht eingegangen. Nach Absprache mit Petter und den anderen waren sie und Niklas zu dem Schluss gekommen, dass es besser war, Lennarts Frau nicht noch weiter zu verunsichern. Auch wenn durchaus die Möglichkeit bestand, dass sie es längst wusste. Sie selbst hatte nichts davon erwähnt.

Auch nach Olof hatte Emma sich bei ihr erkundigt, aber der Jüngste der Fogelklou-Geschwister hatte das Anwesen in Svedala gestern Abend wieder verlassen. Ob er in seine Wohnung bei Landskrona oder nach Kopenhagen gefahren war, wusste Camilla nicht. Sie hatten sich Olofs Handynummer geben lassen, bislang aber vergeblich versucht, ihn zu erreichen.

Niklas hatte anschließend sofort Reza angerufen und ihn gebeten, zu Olofs Schutz im Großraum Malmö eine Fahndung nach ihm zu veranlassen. Sie mussten davon ausgehen, dass auch er sich in Gefahr befand.

Von Reza hatten sie erfahren, dass der Beamte von der Spezialeinheit bei der Explosion der Tretmine schwer verletzt worden, aber am Leben war. Alle Kräfte hatten sich sofort zurückgezogen. Sie mussten warten, bis die Kollegen von der Bombenentschärfung eintrafen, um den Weg dann Meter für Meter umzugraben. Es konnte Stunden, vielleicht sogar Tage dauern, bis sie zum Hof vordringen würden.

Was auch immer sie dann in den verfallenen Gebäuden erwarten würde – Niklas glaubte nicht daran, dass es sie entscheidend weiterbrachte. Außerdem konnten sie so lange ohnehin nicht warten.

Reza und Tommy waren mittlerweile ebenfalls auf dem Weg

zurück nach Malmö, um im Präsidium so viel wie möglich über Mikael Erlander herauszufinden. Außerdem sollten sie den Kontakt zu Line Jensen halten. Sobald die Kopenhagener neue Erkenntnisse zu den Hintergründen der Detonation der Autobombe hatten, würden sie es erfahren. Niklas war froh, Kollegen wie Reza und Tommy zu haben, die ohne große Worte wussten, was zu tun war.

Emma parkte wieder direkt vor dem großen Bürokomplex in Malmös Stadtviertel Västra Hamnen. Diesmal hatten sie sich nicht bei FoCo angekündigt. Eine bewusste Entscheidung, um zu vermeiden, dass Johan Sjögren und vor allem Björn Källman ausreichend Zeit hatten, sich ihre Worte zurechtzulegen.

Am Empfang im Foyer meldeten Niklas und Emma sich an und warteten darauf, abgeholt zu werden. Als sich die Aufzugtür wenige Minuten später öffnete, trat ihnen Nina Hellström entgegen, die Vertretung von Inger Sundhage als Lennart Fogelklous Sekretärin.

»Gibt es schon Neuigkeiten aus Kopenhagen?«, fragte sie mit besorgter Miene, als sie ihnen die Hand schüttelte.

»Darüber würden wir uns gerne in Ruhe mit den beiden Geschäftsführern unterhalten.«

»Das ist im Augenblick schwierig. Wie Sie sich sicher vorstellen können, verlangen uns die aktuellen Ereignisse alles ab. Unsere CEOs müssen zahlreiche Anfragen verunsicherter Geschäftspartner bearbeiten und außerdem der Presse Rede und Antwort stehen. Vor allem die Angelegenheiten mit unseren Großkunden hat normalerweise immer Lennart Fogelklou übernommen.«

»Wir haben in der Tat Neuigkeiten«, sagte Niklas unbeeindruckt und fuhr sich über seinen kahl geschorenen Kopf. »Lennart befindet sich aktuell in großer Gefahr. Wir müssen zudem davon ausgehen, dass sich die gesamte Reederei im Fadenkreuz der Täter befindet. Es ist also von absoluter Dringlichkeit, dass wir unverzüglich mit Johan Sjögren und Björn Källman sprechen.«

»Ich werde mit ihnen reden und fragen, ob sie es einrichten können. Wenn Sie bitte so lange hier –«

»Nein, wir kommen gleich mit Ihnen mit«, ging Niklas dazwischen.

»Aber –«

Mit einer kurzen Handbewegung machte er Nina unmissverständlich klar, dass jedweder Protest zwecklos war.

Sie betraten gemeinsam den Aufzug und fuhren hoch in die siebte Etage, ohne ein Wort miteinander zu wechseln. Nina schien angespannter als bei ihrem ersten Besuch vor zwei Tagen. Von ihrer offenen Art war nicht mehr viel übrig. Wahrscheinlich setzte ihr die Situation, in die Niklas sie gebracht hatte, ziemlich zu. Dass Sjögren und Källman bestimmt alles andere als angenehme Chefs waren, hatten sie bereits beim letzten Mal eindrucksvoll unter Beweis gestellt.

Oben angekommen begleiteten sie Nina bis ganz ans Ende eines langen Gangs. Hier hatten beide Geschäftsführer ihre Büros, die links und rechts abzweigten. Nina bog in das Vorzimmer von Björn Källman ab, dem Geschäftsführer für Unternehmensentwicklung und Strategie, wie es auch auf dem Schild neben der Tür stand. Die Sekretärin von Källman blickte ihnen überrascht entgegen und stand abrupt auf.

»Die Kripo möchte mit Björn und Johan sprechen«, erklärte Nina. »Sie waren bereits am Samstag hier.«

»Ich fürchte, das geht jetzt nicht. Die beiden sitzen gerade zusammen und telefonieren mit Siv.«

»Umso besser«, sagte Niklas. »Dann ist ja die gesamte Geschäftsleitung vereint.«

Nina zuckte mit den Schultern. Niklas und Emma, die sich bislang zurückgehalten hatte, gingen wortlos an den beiden Frauen vorbei und öffneten die massive hellbraune Holztür zu Björn Källmans Büro.

Die beiden Männer, in deren Händen die Geschäfte der Reederei derzeit lagen, saßen an einem kleinen runden Besprechungstisch. Anders als vorgestern trugen sie heute teure dunkelblaue Anzüge. Darunter Westen, weiße Hemden mit

Manschettenknöpfen und breite Krawatten. Vor ihnen war ein großer Bildschirm aufgebaut, über den per Video Siv Fogelklou zugeschaltet war.

»Was soll das?«, platzte Källman heraus.

»Tut mir leid, die beiden haben sich nicht aufhalten lassen«, antwortete seine Sekretärin.

Niklas beobachtete die Situation. Der bullige Källman beruhigte sich nur langsam, während Sjögren einen eher desinteressierten Eindruck machte. In Siv Fogelklous Gesicht war nichts auszumachen, das darauf schließen ließ, dass sie heute Vormittag einen Bombenanschlag offenbar vollkommen unbeschadet überlebt hatte. Einzig ihre Kleidung fiel ihm auf. Sie hatte sich, seitdem er sie auf dem Terminalgelände kurz nach der Explosion gesehen hatte, umgezogen und ihre Haare gerichtet. Sie trug jetzt Schwarz, vor einigen Stunden hatte sie ein rotes Kleid angehabt.

»Es dauert nicht lange, aber wir müssen Ihnen dringend noch einige Fragen stellen«, begann Emma. »Würden Sie uns bitte mit der Geschäftsführung allein lassen?« Sie nickte Källmans Sekretärin und Nina Hellström zu, die beide noch in der Tür standen und keine Anzeichen machten, den Raum zu verlassen.

Källman schüttelte genervt den Kopf, bat die beiden Frauen schließlich aber, zu gehen und die Tür zu schließen.

»Ich hoffe, Ihnen geht es den Umständen entsprechend gut«, sagte Emma in Richtung Siv Fogelklou. »Das, was passiert ist, muss schrecklich für Sie gewesen sein.«

»Waren Sie das, die in meinem Büro auf mich gewartet hatten?«

»Das stimmt, wir wollten heute Morgen mit Ihnen reden. Leider kam es nicht mehr dazu.«

»Dann haben Sie ja alles mit eigenen Augen gesehen. Ich bin so weit in Ordnung, obwohl ich vorhin erst mal zwei Tassen starken Kaffee trinken musste. Diese Bilder bekomme ich wohl nicht mehr aus dem Kopf. Zum Glück ist meinen Mitarbeitern, die mit mir im Auto saßen, im Großen und Ganzen auch nichts

Schlimmes passiert. Der Fahrer des Terminalfahrzeugs hatte leider keine Chance.«

»Ein äußerst perfides Vorgehen der Täter«, sagte Niklas. »Mit diesem Anschlag auf Sie müssen wir endgültig davon ausgehen, dass es jemand auf Ihre Familie abgesehen hat. Ihr Bruder Hans wurde ermordet, Lennart befindet sich noch immer in der Gewalt seiner Entführer, und der Bombenanschlag dürfte Ihnen gegolten haben.«

»Es wird sicherlich schwierig für Sie sein, mit diesen Ereignissen klarzukommen«, übernahm Emma wieder das Wort. »Trotzdem hoffen wir, dass Sie bereits entsprechende Vorkehrungen zu Ihrer eigenen Sicherheit getroffen haben. Wir versuchen derzeit, auch Ihren Bruder Olof zu erreichen. Er könnte ebenfalls in Gefahr sein.«

»Das ist doch Quatsch«, polterte Källman los. »Er hat doch nichts mit ›Fogelklou Containers‹ zu tun, weshalb sollten es die Täter auf ihn abgesehen haben?«

»Hans Fogelklou hatte seit zehn Jahren ebenfalls nichts mehr mit FoCo zu tun«, erwiderte Emma. »Denken Sie eigentlich weiterhin, dass Ihr Wettbewerber, die Reederei Anker, hinter allem steckt?«

»Für mich immer noch die einzige logische Erklärung«, antwortete Källman knapp.

»Hierüber sind wir uns nicht einig«, warf Siv Fogelklou ein. »Bei ›Anker‹ arbeiten Leute in den wichtigen Positionen, denen ich vieles zutraue, aber das, was meinen Brüdern und mir angetan wurde, trägt eine andere Handschrift.«

»Etwa die der ›gruppe89‹?«, fragte Niklas.

»Möglich«, antwortete Siv. »Lennart hat mir vor ein paar Wochen erzählt, dass er von so einer Aktivistengruppe Drohbriefe erhält.«

»Uns gegenüber hat er davon nichts erwähnt«, bemerkte Källman.

»Das überrascht mich nicht«, sagte Siv.

»Als wenn er seine Pläne und Gedanken mit dir teilen würde«, blaffte Källman zurück.

Niklas und Emma tauschten einen kurzen Blick. Sie waren nicht überrascht über die offensichtlichen Meinungsverschiedenheiten. Dass Siv Fogelklou mit dem Kreuzfahrtgeschäft mittlerweile erfolgreicher als sie selbst war, wurmte die beiden Geschäftsführer aus Malmö bestimmt. Möglicherweise hatte nicht einmal Lennart ihr diesen Erfolg gegönnt.

Deutlich wurde anhand der Kommentare jedenfalls, dass Lennart die meisten seiner Unternehmensentscheidungen ohne Sjögren und Källman getroffen hatte.

»Ich denke, wir sollten das Gespräch in einer anderen Konstellation fortsetzen«, sagte Siv Fogelklou unbeeindruckt. »Wir können gerne unter sechs Augen sprechen.«

»Nein, es ist durchaus ratsam, dass die gesamte Geschäftsführung weiter anwesend ist«, entschied Niklas. »Wir haben nicht den geringsten Hinweis darauf, dass die Reederei Anker in die Entführung Ihres Bruders verstrickt ist. Unsere Ermittlungen konzentrieren sich auf die erwähnte, offenbar linksterroristische Gruppierung, die sich ›gruppe89‹ nennt. Sie agiert von dänischer Seite aus und hat bereits in den vergangenen Monaten einige kleinere Anschläge verübt. Mit den Verbrechen gegen Ihre Familie hat die Gruppe nun allerdings die Landesgrenzen endgültig überschritten.«

»Und was genau wollen diese Spinner mit der Entführung von Lennart erreichen?«, fragte Källman weiterhin angriffslustig.

»Zumindest mal eine Milliarde schwedische Kronen erpressen«, antwortete Emma. »Und zwar binnen den nächsten Stunden.«

Källman lachte laut auf, während auf dem großen Bildschirm zu erkennen war, dass Siv Fogelklou unruhig auf ihrem Stuhl herumrutschte.

»Wir gehen davon aus, dass die Beschaffung dieses Betrags innerhalb so kurzer Zeit unmöglich für Sie ist«, sagte Emma. »Deshalb müssen wir einen anderen Weg finden, Lennart zu befreien.«

»Sie haben vielleicht davon gehört, dass es heute Mittag einen großen Polizeieinsatz im Süden Schonens gegeben hat«, fuhr

Niklas fort. »Dabei ging es tatsächlich um eine mögliche Lösegeldübergabe, über die wir wenige Stunden zuvor informiert worden sind. Einmal abgesehen davon, dass wir weder Lennarts Frau noch Sie benachrichtigt haben, sind die Entführer nicht an dem vorgegebenen Ort erschienen. Entweder sie haben Wind davon bekommen, dass sie dort ein gewaltiges Polizeiaufgebot erwartet, oder aber das Ganze war lediglich ein Trick, um uns abzulenken.«

»Wovon denn?«, fragte Siv besorgt.

»Das wissen wir noch nicht, aber vielleicht können Sie uns dabei helfen. Sagt Ihnen zum Beispiel der Name Mikael Erlander etwas?«

»Nie gehört«, antwortete Källman. Sjögren und Siv Fogelklou schüttelten beinahe unmerklich den Kopf.

»Wirklich keine Idee, wer das sein könnte? Denken Sie bitte gut nach.«

»Nein, ich bin mir sicher«, sagte Källman.

»Ich habe leider auch keine Ahnung«, sagte Siv. »Welche Rolle spielt denn dieser Mann?«

»Das versuchen wir gerade herauszufinden«, wiegelte Emma ab.

»Wir würden gerne noch einmal auf den Anschlag von heute Vormittag zurückkommen«, wechselte Niklas das Thema. »Unsere dänischen Kollegen werden Sie sicherlich schon dazu befragt haben, aber uns interessiert vor allem, wie es sein kann, dass eine Autobombe in einem Terminalfahrzeug auf dem Hafengelände explodieren kann. Ich bin nicht im Detail mit den Vorschriften vertraut, aber ist ein Hafen nicht fast so etwas wie ein Hochsicherheitsbereich?«

»Mit der Sicherheitskontrolle zum Hafen haben wir als Reederei nichts zu tun«, antwortete Siv abweisend. »Aber was genau wollen Sie damit sagen?«

»Nichts Konkretes, aber der Tatort ist ungewöhnlich und könnte darauf schließen lassen, dass die Täter über Kontakte verfügen, die ihnen geholfen haben, die Bombe auf das Areal und in das Fahrzeug zu schaffen.«

Niklas wusste, dass er sich in diesem Moment sehr weit aus dem Fenster lehnte. Aber irgendwie musste er Siv Fogelklou aus der Reserve locken. Auf der Fahrt hierher hatten Emma und er die Theorie gesponnen, dass die Entführer womöglich über Informationen verfügten, die ihnen gewissermaßen aus erster Hand zugespielt worden waren. Und vielleicht hatten sie auch Helfer bei der Platzierung der Bombe gehabt.

»Ich kann Ihnen einen Kontakt bei der Hafenverwaltung geben«, sagte Siv. »Wenn dort ein Sicherheitsleck besteht, muss dem nachgegangen werden. Noch einmal muss ich so etwas nämlich nicht erleben. Wobei ich mich fürs Erste auch nicht mehr im Hafen blicken lasse. Zumindest mal so lange, bis dieser ganze Alptraum vorüber ist.«

Niklas musterte die Frau. Mit ihren dunkelblonden, zum Zopf gebundenen Haaren, dem dezent aufgetragenen Make-up und dem stilvollen Halsschmuck wirkte sie attraktiv, wenn auch für seinen Geschmack etwas spießig. Was ihn am meisten irritierte, war die Professionalität, die sie kurz nach all den Vorfällen an den Tag legte. Vielleicht stand sie aber auch unter Schock. Dass es ein Ausdruck von Gleichgültigkeit war, wollte er nicht glauben.

»Bei unserem letzten Gespräch sagten Sie, dass Sie beide die Reederei kommissarisch leiten werden, solange die Situation um Lennart weiterhin unklar ist.« Emma wandte sich an den im Gegensatz zu Källman bieder wirkenden Geschäftsführer für Finanzen. »Bleibt es dabei?«

»Wir haben uns dazu noch nicht weiter abgesprochen, aber ich gehe davon aus«, antwortete Sjögren.

»Sehen Sie das genauso?«, fragte sie Siv Fogelklou.

»Darüber habe ich mir noch keine Gedanken gemacht, weil ich hoffe, dass Lennart bald wieder auf freiem Fuß ist.«

»Natürlich«, sagte Emma. Provozierend richtete sie ihren Blick auf Sjögren und Källman. »Würden Sie beide eigentlich die Kreuzfahrtsparte einstampfen, wenn nur Sie das Sagen hätten?«

»Alles käme auf den Prüfstand«, antwortete Källman knapp.

»Siv, wenn Ihrem Bruder vielleicht doch etwas zustoßen würde«, fragte Emma direkt weiter, »würden Sie dann seine Anteile an der Reederei übernehmen?«

»Ich kenne sein Testament nicht. Ich bezweifele jedoch, dass er mir alles überlassen würde.«

»Sie denken an seine Frau und die Kinder?«

»Möglich, aber es würde mich auch nicht wundern, wenn er die Reederei in ganz andere Hände gibt. Eine Stiftung vielleicht.«

»Weshalb glauben Sie das? Wäre es nicht naheliegend, dass er sein Lebenswerk der Familie überlässt, wo Sie doch ohnehin schon eine wichtige Position im Unternehmen bekleiden?«

»Sie kennen meinen Bruder nicht, das würde ihm nicht in den Sinn kommen.« Bei Siv Fogelklou klang plötzlich etwas durch, das Niklas zuvor noch nicht herausgehört hatte. Er musste an Tommys Worte von seinem Klassentreffen denken, als er erwähnt hatte, das Verhältnis von Lennart und Siv sei womöglich nicht allzu gut.

»Auch wenn es schwierig für Sie ist, würden Sie das bitte etwas genauer erläutern?«, bat Niklas.

»Das mit Hans ist tatsächlich schwierig für mich. Ich habe ihn so lange nicht gesehen, und er wollte uns besuchen kommen. Wir hatten erst vor einer Woche miteinander telefoniert.«

»Sie hatten kürzlich Kontakt zu ihm?«, fragte Niklas überrascht.

»Ja, er hatte einen beruflichen Termin in Göteborg und wollte das mit einem Besuch in Malmö verbinden. Aber dann habe ich nichts mehr von ihm gehört.« Sie machte eine Pause und atmete tief durch.

»Aber Sie fragten ja nach Lennart«, fuhr sie schließlich fort.

»Nein, um ihn mache ich mir keine Sorgen. Genauso wenig wie er sich jemals um seine Geschwister gesorgt hat. Nicht dass Sie mich falsch verstehen, das ist für mich vollkommen in Ordnung. Wir waren niemals eine Familie, wie man sie sich klassisch vorstellt. Jeder von uns führt sein eigenes Leben.

Selbst Lennart und Hans hatten sich längst auseinanderdividiert, obwohl sie Zwillinge waren.«

»Aber trotzdem hat Lennart Sie zur Geschäftsführerin der Kreuzfahrtsparte gemacht.«

»Glauben Sie bloß nicht, dass das familiäre Gründe hatte. Er brauchte dringend jemanden, nachdem Hans die Reederei verlassen hatte. Da kam ich gerade recht. Im ersten Jahr habe ich mich um alles Mögliche gekümmert, was in der Reederei angefallen ist, und nebenher habe ich ein Konzept ausgearbeitet, wie FoCo sich auf mehrere Standbeine stellen kann. Der Kreuzfahrtbereich schien mir am vielversprechendsten. Aber es war verdammt viel Überredungskunst notwendig, um Lennart davon zu überzeugen, in dieses Geschäft einzusteigen. Zumal ich auch gegen seine beiden Geschäftsführer ankämpfen musste.«

»Der Erfolg hat Ihnen recht gegeben.« Niklas ignorierte die Spitze gegen Sjögren und Källman. »Sieht Lennart das denn nicht genauso?«

»Ganz ehrlich, ich habe keine Ahnung. Er hat sich nie dazu geäußert, was er vom Kreuzfahrtgeschäft hält. Das Positive ist, er lässt mich einfach machen. Weniger schön ist dagegen, dass es ihn einfach nicht im Geringsten interessiert, was für eine große Erfolgsgeschichte wir hier in Kopenhagen schreiben.«

»Ja, natürlich«, ging Källman plötzlich dazwischen. »Du rettest die Reederei. Leider vergisst du bei der ganzen Sache, dass dieser Kreuzfahrthype genauso schnell vorbei sein kann, wie er gekommen ist. Container werden wir dagegen noch in Jahrzehnten über die Weltmeere transportieren.«

»Ich denke, das ist Ansichtssache«, entgegnete Siv nüchtern. Dann wandte sie sich wieder Niklas zu. »Warum stellen Sie uns eigentlich diese Fragen über die Reederei oder zu meinem persönlichen Verhältnis zu meinen Geschwistern? Was hat das mit dieser ›gruppe89‹ zu tun? Und sollten Sie nicht versuchen, schnellstmöglich die Drahtzieher zu finden, die für diesen ganzen Terror verantwortlich sind?«

»Weshalb wir diese Fragen stellen, tut nichts zur Sache«, ant-

wortete Niklas entschieden. »Was ich Ihnen aber sagen kann, ist
Folgendes: Wie ich schon sagte, ziehen wir in Erwägung, dass
den Tätern Informationen vorlagen, um die Bombe unbemerkt
auf das Terminalgelände zu bringen. Es kann also sein, dass es
weitere Informanten oder zumindest Mitwisser gibt.«

»Und die vermuten Sie etwa unter uns?«, fragte Källman
entrüstet.

»Wir stellen Fragen und prüfen alles ganz genau«, antwortete
Niklas. »Die Reederei genauso wie die Familie Fogelklou oder
auch sonstige Verbindungen von Lennart. Das ist unser Job.«

»Unverschämtheit«, schnaubte Källman. »Jetzt werden wir
auch noch verdächtigt, etwas mit der Sache zu tun zu haben.«

»Ich würde gerne noch einmal über Ihren Bruder Olof sprechen.« Emma ignorierte den Kommentar des CEO. »Wir haben
am Wochenende in Svedala zweimal mit ihm reden können.
Leider ist er mittlerweile nicht mehr dort und auch telefonisch,
wie ich eingangs schon sagte, derzeit nicht zu erreichen. Es ist
aber wichtig, dass auch er gewisse Schutzmaßnahmen für sich
ergreift, die Polizei würde ihn dabei unterstützen. Haben Sie
vielleicht irgendeine Möglichkeit, ihn zu erreichen?«

»Olof ausfindig zu machen habe ich mittlerweile aufgegeben«, antwortete Siv. »Er bezeichnet sich ja selbst gerne als
Wandler zwischen den Welten, und genau so ist es auch. Er
ist heute hier und morgen da und manchmal auch mit einem
Bein etwas zu weit neben der Spur. Wenn Sie verstehen, was
ich meine.«

»Ehrlich gesagt, nein.«

»Olof ist so etwas wie das schwarze Schaf der Familie«, erklärte sie. »Vielleicht liegt es daran, dass er deutlich jünger ist
als wir anderen. Aber ich will nicht schlecht über ihn reden,
eigentlich ist er ein guter Kerl. Auch wenn er sein Leben nicht
immer auf die Reihe bekommt.«

»Allerdings hat er eine nicht ganz unbekannte Lebensgefährtin«, sagte Emma.

»Sie meinen Maja Iversen? Sie ist nicht Olofs Freundin. Ich
habe keine Ahnung, was das zwischen den beiden ist, aber Olof

steht meines Wissens nicht einmal auf Frauen. Die beiden haben sich über die Partei, in der sie aktiv ist, kennengelernt.«

»Aber sie wohnen zusammen in Kopenhagen?«

»Da wissen Sie mehr als ich«, antwortete Siv.

»Gibt es sonst noch etwas, das wir über Olof oder Maja wissen sollten?«, bohrte Niklas nach.

»Nein, ich wüsste nichts, was für Ihre Ermittlungen wichtig sein könnte.«

Niklas nickte Emma zu als Zeichen, dass er keine weiteren Fragen hatte. An ihrer Mimik erkannte er, dass sie mit dem Gesprächsverlauf nicht zufrieden war. Auch er hatte sich mehr erhofft. Es war seine Idee gewesen, noch einmal zu FoCo zu fahren und mit Sjögren und Källman zu sprechen, um zu sehen, ob ihre Theorie, es gäbe möglicherweise Spitzel oder Mitwisser, vielleicht weitere Nahrung erhielt. Oder ob ihnen der Name Mikael Erlander ein Begriff war. Aber sie gaben nichts preis. Immerhin hatten sie auf diese Weise endlich mit Siv Fogelklou über die Familienverhältnisse reden können. Ob ihnen das jedoch weiterhalf, war zweifelhaft.

Sie bedankten sich und reichten Sjögren und Källman zum Abschied die Hand. Nicht ohne die Bitte, dass sie sich umgehend bei ihnen melden sollten, falls ihnen noch etwas Erwähnenswertes einfiele.

Als sie das Büro verlassen und die Tür hinter sich geschlossen hatten, atmete Niklas tief durch. Der Eindruck vom Samstag hatte sich bestätigt. Gemeinsam mit Källman und Sjögren in einem Raum zu sitzen war unangenehm. Jeder für sich strahlte etwas aus, das Niklas höchst unsympathisch war. Er wusste, dass es Emma genauso ging.

Nina war nicht mehr da. Niklas und Emma nickten stattdessen Källmans Sekretärin zu und verzichteten darauf, von jemandem nach unten begleitet zu werden. Vor dem Fahrstuhl kam ihnen Carolin Andersson entgegen, die Abteilungsleiterin aus dem Personalwesen. Niklas nutzte die Chance und sprach sie an.

»Haben Sie einen Moment Zeit?«

Sie stimmte zu, wirkte allerdings seltsam fahrig. Hatte sie vorgestern noch den Eindruck der taffen, nicht unbedingt Sympathie versprühenden Personalchefin vermittelt, schien sie ihm in diesem Moment eher auf der Hut zu sein.

»Sie haben sicherlich schon gehört, was in Kopenhagen passiert ist«, fuhr er fort. »Wir haben gerade mit Ihren Geschäftsführern darüber gesprochen. Auch Siv Fogelklou war per Video zugeschaltet. Momentan deutet vieles darauf hin, dass es die Täter vor allem auf die Familie Fogelklou abgesehen haben. Aber wir können weiterhin nicht ausschließen, dass –«

»War Nina auch bei dem Gespräch dabei?«, unterbrach ihn Carolin Andersson.

»Nein, war sie nicht. Wieso fragen Sie?«

»Nur so«, antwortete sie ausweichend. »Ich bin auf der Suche nach ihr.«

»Sie hat uns vorhin im Foyer empfangen und anschließend in Björn Källmans Büro geführt«, sagte Emma. »Ich glaube, sie wäre gern dabei gewesen.«

»Das kann ich mir gut vorstellen«, sagte Carolin unbeherrscht. »Sie hat ihre Ohren nämlich überall. Nina Hellström ist nicht die nette junge Frau, die sie vorgibt zu sein. Ich weiß nicht genau, welches Spiel sie treibt, aber irgendetwas stimmt nicht mit ihr.«

»Beruhigen Sie sich bitte«, sagte Niklas irritiert. »Können Sie das genauer erklären?«

»Ich habe eben erfahren, dass sie allen Ernstes herumläuft und Mitarbeiter von uns ausquetscht, wie viel sie darüber wissen, was mit Lennart passiert ist. Sie droht ihnen sogar mit Konsequenzen, falls sie etwas verschweigen. Denken Sie nicht, ich hätte Nina als Ingers Vertretung empfohlen! Die Anweisung kam von ganz oben höchstpersönlich.«

»Wollen Sie damit etwa sagen, dass zwischen Lennart Fogelklou und Nina mehr war als nur –«

»Davon bin ich sogar überzeugt«, fiel Carolin Andersson Niklas ins Wort. »Ich habe es selbst gehört.«

»Wie genau?«, fragte Niklas.

»Als die beiden darüber gesprochen haben, wie sie ...« Sie stockte kurz. »Ich möchte jetzt lieber nicht auf Details eingehen.«

Niklas beobachtete die Frau. Sie war ausgesprochen wütend auf Nina Hellström, das war unverkennbar. Wahrscheinlich war genau das der Grund, weshalb sie bei ihrem ersten Treffen am Samstag so kühl gewirkt hatte. Es schien ihr äußerst übel aufzustoßen, dass eine Mitarbeiterin aus ihrer Abteilung plötzlich die rechte Hand des Chefs und möglicherweise noch viel mehr war.

Letzteres zu glauben fiel Niklas nicht einmal sonderlich schwer. Die Gespräche mit Camilla Fogelklou und die Tatsache, dass Lennart offenbar des Öfteren nicht zu Hause nächtigte, ließen durchaus den Schluss zu, dass er eine Affäre hatte.

»Sie erwähnten eben, Nina hätte die Mitarbeiter ausgequetscht«, sagte Emma. »Mit welchem Ziel denn?«

»Ausgequetscht war vielleicht das falsche Wort«, antwortete Carolin. »Es ist nämlich noch viel schlimmer. Mir wurde zugetragen, dass sie versucht hat, Kollegen zu manipulieren. Sie drängt ihnen ihre Meinung auf.«

»Was ist denn ihre Meinung?«

»Das ist ja das Unglaubliche«, antwortete sie. »Sie erzählt herum, dass Lennart sie mehrfach sexuell belästigt haben soll. Und dass sie deshalb kein Mitleid mit seinem Schicksal hätte.«

»Und das schließen Sie aus, weil Sie glauben, die beiden hätten eine Affäre?«

»Wie vorhin schon gesagt, ich habe dieses Gespräch der beiden mitangehört. Mit sexueller Belästigung hatte das gar nichts zu tun. Die beiden haben ein Verhältnis, da bin ich mir sicher. Und so wie es klang, geht das Ganze eher von ihr aus.«

Niklas spürte, wie sein Gedankenkarussell wieder in Schwung kam. Vielleicht waren ja auch die Aussagen von Carolin Andersson lediglich ihrem Karriereneid geschuldet und hatten nichts zu bedeuten. Oder Nina Hellström war ein wichtiges Puzzlestück in diesem Fall. Vielleicht sogar das fehlende Puzzlestück.

»Ich weiß nicht, wie ich es sagen soll«, fügte Carolin hinzu.
»Es kommt mir so vor, als würde sie versuchen ...«

»... sich auf die sichere Seite zu bringen«, ergänzte Emma.

»Ja, so in etwa. Aber ich verstehe nicht, weshalb. Wovor hat
sie denn Angst? Dass sie ihren Job verliert, falls Lennart etwas
zustößt?«

»Das glaube ich eher weniger«, sagte Niklas. »Allerdings
könnte diese Angelegenheit sehr wichtig für uns sein. Wir brauchen auf jeden Fall Ihre Hilfe. Bitte besorgen Sie uns so schnell
wie möglich die Personalakte von Nina Hellström. Wir müssen
wissen, mit wem wir es bei ihr zu tun haben. Anschließend
werden wir uns mit ihr in Ruhe unterhalten.«

»Eigentlich bin ich nicht befugt, Ihnen die persönlichen Dokumente unserer Mitarbeiter auszuhändigen, aber ich denke,
in diesem Fall werde ich eine Ausnahme machen.«

»Ich verspreche Ihnen, dass wir die Informationen höchst
vertraulich behandeln. Niemand wird erfahren, dass Sie uns
die Akte gegeben haben.«

»In Ordnung, dann kommen Sie bitte in zehn Minuten in
den kleinen Frühstücksraum ganz am Ende des Flurs. Wenn
die Luft rein und niemand dort ist, gebe ich Ihnen eine Kopie
der Akte.«

»Einverstanden.« Niklas und Emma nickten Carolin Andersson zu und sahen ihr noch einige Sekunden hinterher, wie
sie in ihrem eng anliegenden Hosenanzug den Gang zurück in
ihr Büro ging.

»Was hältst du von ihren Aussagen?«, fragte Emma schließlich.

»Ich glaube, sie sagt die Wahrheit. Was das für unsere Ermittlungen bedeutet, weiß ich allerdings noch nicht.«

Das Handy in Niklas' Hosentasche vibrierte. Er zog es hervor und erkannte eine Festnetznummer mit Malmöer Vorwahl
auf seinem Display.

»Gehst du nicht ran?«

»Doch, ich wundere mich nur gerade. Wenn ich mich nicht
irre, kommt der Anruf von ... Zetterberg«, meldete er sich.

»Guten Tag, Erik Svensson, Psychiatrische Klinik am Pildammsparken. Spreche ich mit dem Kriminalkommissar, der gestern Nachmittag unsere Patientin Inger Sundhage besucht hat?«

»Der bin ich.«

»Gut«, sagte der Mann. »Frau Sundhage möchte Ihnen noch etwas sagen. Ich reiche das Telefon einmal weiter.«

Niklas wartete einige Sekunden, dann hörte er die Stimme von Lennart Fogelklous Sekretärin. »Hallo?«, fragte sie. »Können Sie mich verstehen?«

»Klar und deutlich«, antwortete Niklas.

»Mir ist nach unserem Gespräch noch etwas eingefallen«, sagte sie. »Ich weiß nicht, ob es wichtig für Sie ist, aber wir haben uns ja schließlich auch über die Vergangenheit unterhalten. Wie das alles mit Lennart, Hans und mir angefangen hat.«

»Ja, das war sehr aufschlussreich.«

»Lennart hat nie wieder darüber gesprochen, deshalb habe ich es wahrscheinlich auch vergessen zu erwähnen«, redete sie weiter, als hätte sie seinen Kommentar gar nicht gehört. »Außerdem habe ich tatsächlich erst ein Jahr nach dem eigentlichen Start bei FoCo angefangen. Aber Hans hat mir irgendwann einmal davon erzählt.«

Inger Sundhage räusperte sich. Niklas hörte, wie sie jemanden um ein Glas Wasser bat. Er selbst spürte, dass er ungeduldig wurde.

»Entschuldigung, diese Medikamente machen meinen Mund immer so trocken.«

»Kein Problem.«

»Was ich sagen wollte«, fuhr sie fort, »Lennart und Hans haben die Reederei nicht so richtig selbst gegründet. Es gab jemand anders, der diese Idee hatte. Lennart und Hans haben die Reederei von ihm übernommen, weil er finanzielle Probleme hatte. Ich glaube, zu einem ziemlichen Spottpreis. Aber die Einzelheiten hat mir Hans nie verraten wollen.«

Niklas versuchte, die Information zu verarbeiten. Es war ja

umsichtig von ihr, ihn deswegen anzurufen. Aber was sollte der ursprüngliche Gründer der Reederei mit ihren Ermittlungen zu tun haben? »Können Sie sich denn noch daran erinnern, wie dieser Mann hieß, von dem Lennart und Hans die Firma übernommen haben?«, fragte er trotzdem.

»Ja, der Name ist mir vorhin wieder eingefallen«, sagte Inger Sundhage. »Der Mann heißt Mikael Erlander.«

Schlüssel und Schloss

Der Besprechungsraum auf dem Flur der Mordkommission war kurzerhand in eine Art Lagezentrum verwandelt worden. So wie sie es immer taten, wenn außerordentliche Situationen im Rahmen einer Ermittlung es erforderten. Auf dem Tisch lag eine große Karte von Schonen, auf der sämtliche für den Fall bedeutsamen Orte markiert waren. Auch Kopenhagen war auf der Karte noch zu sehen. Darum herum verteilt lagen möglichst aktuelle Fotos aller relevanten Personen, die Reza recherchiert hatte. Besonders um eine Person kreisten Niklas' Gedanken seit einer halben Stunde.

Als Inger Sundhage am Telefon den Namen Mikael Erlander genannt hatte, hatte sich für Niklas für einen kurzen Moment alles zusammengefügt. Als hätten sie endlich das Puzzlestück gefunden, das sie mit Hochdruck gesucht hatten. Erst allmählich war die Erkenntnis bei ihm durchgesickert, dass Mikael Erlander vielleicht der entscheidende Schlüssel war, aber das dazu passende Schloss fehlte noch immer.

Das Schloss trug möglicherweise den Namen »gruppe89«, aber sie hatten noch immer keine Ahnung, wer hinter dieser Gruppierung steckte. War Erlander deren Anführer? Oder hatten die »gruppe89« und er doch nichts miteinander zu tun? Und nun stand am Ende wieder die Frage im Raum, ob Erlander tatsächlich der Schlüssel war, den sie suchten.

Neue Informationen kamen im Minutentakt herein. Niklas fiel es zunehmend schwer, sich zu konzentrieren. Petter war einige Male hereingeplatzt und hatte seine Sorgen mitgeteilt, dass die Reichsmordkommission mit ihren Leuten schon morgen in Malmö anrücken würde. Auch ihre gute Seele Anna kam immer wieder herein und versorgte sie mit den neuesten Informationen aus den Medien und darüber, was in Kopenhagen gerade vor sich ging.

In diesem Moment betrat Reza den Raum. Groß und muskulös, war er wohl der Einzige im Team, der bei einer körperlichen Auseinandersetzung im Ernstfall auch schlagfertige Argumente liefern konnte. Vielleicht hatte er jetzt allerdings Neuigkeiten über Erlander mitgebracht, hoffte Niklas. Reza blieb mittig vor der Karte stehen und warf einen kleinen Stapel Zettel auf den Tisch.

»Ich habe ein paar Dinge herausgefunden«, sagte er und zog seine rechte Augenbraue hoch. In Momenten wie diesem erinnerte Reza mit seinem Gehabe und dem dunklen, kurz geschnittenen Haar an diesen einen Hollywoodschauspieler, der früher Wrestler gewesen war. Dessen Name Niklas aber gerade nicht einfallen wollte.

»Mikael Erlander hat tatsächlich im Jahr 2000 eine Reederei gegründet. Sie trug den Namen ›Skåne Lines‹. Knapp zwei Jahre später ist die Firma dann jedoch in ›Fogelklou Containers‹ umbenannt worden. Lennart und Hans müssen an diesem Punkt also das Unternehmen übernommen haben. Erlander findet sich seit damals jedenfalls nicht mehr im Handelsregisterauszug der Reederei. Ein Jahr später hat er dann noch einmal ein Unternehmen gegründet, eine Schifffahrtsagentur. Wieder ein Jahr später ist diese aber dann insolvent gegangen. Danach wurde es ruhig um ihn im Business, häufiger tauchte sein Name allerdings in einem anderen Zusammenhang auf. Er hat über viele Jahre jede Menge größere und kleinere Delikte begangen. Anzeigen gegen ihn gab es wirklich genug. Unerlaubter Drogenbesitz, Fahren ohne Führerschein, Insolvenzverschleppung, Urkundenfälschung, erpresserischer Raub –«

»Erpresserischer Raub?«, unterbrach Niklas seinen Kollegen. »Das würde passen.«

»Ja, allerdings. Die Liste ließe sich aber auch noch fortsetzen.«

»Kannst du etwas zu seinem Wohnsitz sagen?«

»Sicher, aber immer der Reihe nach. Geboren wurde Erlander 1978 in Trelleborg. Aufgewachsen ist er jedoch in Malmö bei seinen Pflegeeltern. Was mit seinen leiblichen Eltern geschehen ist, habe ich noch nicht herausgefunden. Ende der neunziger Jahre hat er dann in einer eigenen Wohnung in der Kalendegatan mitten in der Altstadt gelebt. Er hat in den nächsten Jahren noch zweimal seinen Wohnsitz geändert, blieb aber in Malmö. Bis er schließlich Anfang der Zweitausender diesen Hof in der Nähe von Västra Tommarp gekauft hat. Wir haben bis 2008 die erwähnten Einträge ins Strafregister finden können, danach verliert sich seine Spur leider. Ob er in Västra Tommarp zuletzt noch gelebt hat oder nicht, können wir nur vermuten. Anhand des Zustands der Gebäude scheint mir das aber eher unwahrscheinlich.«

»Das heißt, wir wissen überhaupt nicht, was er in den letzten dreizehn Jahren gemacht hat? Ob er zum Beispiel einer geregelten Arbeit nachgegangen ist? Ob er verheiratet ist oder war? Ob er Kinder hat?«

»Komplette Fehlanzeige«, antwortete Reza.

»Was bedeuten könnte, dass nichts davon der Fall ist«, warf Emma ein. »Vielleicht war Erlander ein Aussteiger.«

»Das Motiv könnte jedenfalls Rache heißen«, fasste Niklas zusammen. »Wie auch immer es dazu gekommen ist, dass er ›Skåne Lines‹ damals aufgeben und an die Fogelklous verkaufen musste, es war möglicherweise so schmerzhaft für ihn, dass er knapp zwanzig Jahre später Rache an der gesamten Familie Fogelklou nehmen will.«

»Er hat die Reederei aufgegeben, als sie noch ein kleiner Fisch mit gerade einmal zwei Charterschiffen gewesen ist«, sagte Tommy. »Heute steckt ein Milliardenunternehmen dahinter. Neid, Missgunst, persönliche Rache und ein eigenes verkorkstes Leben könnten Antrieb genug sein.«

»Dass er so reagiert, macht allerdings nur Sinn, wenn er glaubt, dass ihm damals Unrecht widerfahren ist, als er die Reederei an die Fogelklous abgeben musste«, sagte Emma. »Leider wusste Inger Sundhage nicht, was genau vorgefallen ist, weil sie erst ein paar Monate nach der Übernahme bei FoCo angefangen hat.«

»Es besteht immer noch die Möglichkeit, dass wir auf dem

vollkommen falschen Dampfer sind.« Niklas atmete tief durch. »Aber ich denke, wir sind uns einig, dass wir mit Mikael Erlander einen Tatverdächtigen identifiziert haben. Die Wahrscheinlichkeit, dass er in den Fall verwickelt ist, ist hoch. Unklar ist, was er mit der ›gruppe89‹ zu tun haben könnte. Reza, hast du hierzu noch irgendetwas gefunden?«

»Eine Verbindung zwischen Erlander und dieser Gruppierung konnte ich bislang nicht finden. Ich habe allerdings noch ein wenig recherchiert, was es mit den bisherigen Anschlägen in Kopenhagen auf sich hat. Insgesamt gab es vier Bombenanschläge, in zwei Fällen wurden die Sprengsätze in Autos deponiert, in zwei anderen in Mülleimern. Es wurde vergleichsweise wenig Sprengstoff verwendet, nur in einem Fall gab es Verletzte. Alle konnten wieder aus dem Krankenhaus entlassen werden.«

»Das könnte bedeuten, dass die Drahtzieher entweder ziemlich unerfahren im Bombenbau sind oder ...«

»... oder dass sie es bei diesen Anschlägen nicht auf Menschenleben abgesehen hatten«, beendete Emma Niklas' Satz.

»Es gäbe noch eine dritte Option«, meldete sich Tommy zu Wort. »Vielleicht waren die ersten vier Anschläge eine Art Übung für das, was heute Morgen in Kopenhagen auf dem Kreuzfahrtterminal passiert ist. Immerhin war diese Detonation wesentlich stärker, es hat einen Toten gegeben, auch wenn der Mann wohl kaum das Ziel des Anschlags gewesen ist.«

»Angenommen, Erlander gehört zu dieser ›gruppe89‹ oder ist vielleicht sogar deren Anführer, dann verstehe ich einfach noch nicht, was er vorhat«, sagte Niklas nachdenklich. »Führt er seine persönliche Rache im Namen einer antikapitalistischen Gruppierung durch? Und warum stellt er eine Lösegeldforderung, bei der er weiß, dass die Summe nicht aufzutreiben ist – und schon gar nicht innerhalb von achtundvierzig Stunden? Und schickt uns dann für die Übergabe zu einem Hof, der ihm selbst gehört, taucht dort allerdings nicht auf. Worauf ich hinauswill: Ich glaube, die ganze Sache mit dem Lösegeld ist nur ein Ablenkungsmanöver.«

»Er hätte Lennart genauso abmurksen können wie Hans«, sagte Reza flapsig. »Aber er hat ihn bislang am Leben gelassen. Vielleicht weil es ihm doch um die Kohle geht.«

»Das ergibt keinen Sinn«, sagte Niklas. »Wenn das Geld der Grund wäre, hätte Hans nicht sterben müssen. Und der Anschlag auf Siv passt auch nicht zu diesem Motiv.«

Wieder ging die Tür auf, erneut betrat Anna den Raum. »Das hier ist gerade per E-Mail gekommen.« Sie wedelte mit einer Mappe. »Von einer Carolin Andersson, die bei FoCo arbeitet. Sie schreibt, ihr wüsstet Bescheid.«

Niklas bedankte sich und nahm die Mappe entgegen, in der sich einige Zettel befanden. Es handelte sich um einen Ausdruck der Personalakte von Nina Hellström. Nach dem Telefonat mit Inger Sundhage waren Emma und er direkt zurück ins Präsidium gefahren, ohne zu warten, bis die Leiterin der Personalabteilung die Akte herausgesucht hatte.

Während Anna den Besprechungsraum wieder verließ, blätterte Niklas die Zettel unaufmerksam durch. Er wollte sie gerade auf dem Tisch ablegen, als seine Augen an etwas hängen blieben. Ein kurzer Abschnitt in ihrem Lebenslauf, der aufgrund ihres Alters von gerade einmal einunddreißig Jahren noch nicht sonderlich lang ausfiel.

Nina Hellström war erst seit etwa eineinhalb Jahren bei FoCo. Zuvor hatte sie drei Jahre als persönliche Assistentin bei einer Abgeordneten des dänischen Parlaments gearbeitet. Und zwar bei niemand Geringerem als Maja Iversen.

Niklas spürte das Adrenalin durch seinen Körper strömen. War das einer dieser Momente, in denen die losen Enden plötzlich zueinanderfanden? War Nina etwa der zweite Schlüssel, den sie gefunden hatten?

»Was ist los?«, fragte Emma, die offenbar bemerkt hatte, dass er auf etwas gestoßen war.

»So langsam lichtet sich der Nebel«, sagte er vorsichtig optimistisch. »Nina Hellström hat für Maja Iversen gearbeitet. Die beiden kennen sich also. Emma, erinnerst du dich, was Line uns in Kopenhagen über Iversen erzählt hat? Dass sie mit ihren radikalen linkspolitischen Ansichten und den öffentlichen Aktionen im ›Folketing‹ ziemlich polarisiert?«

»Du meinst also, Nina könnte tatsächlich der Spitzel sein, den wir vermuten?«

»Wenn ich an diese gut aussehende und sympathische Frau denke, ist das natürlich nur schwer vorstellbar«, sagte Niklas und erntete augenblicklich einen schrägen Blick von Emma.

»Du weißt, wie ich das meine. Sie wirkt so seriös. Nichts an ihr deutet darauf hin.«

»Schon gut.« Emma winkte ab. »Weitergedacht würde deine These dann bedeuten, dass Maja Iversen hinter der ›gruppe89‹ steckt, richtig?«

Niklas nickte zögerlich.

»Dann sollten wir so schnell wie möglich herausfinden, ob es zwischen ihr und Mikael Erlander irgendeine Verbindung gibt.«

Erneut betrat Anna den Raum.

»Es tut mir leid, dass ich noch einmal störe, aber es ist wichtig. Draußen auf dem Gang steht Olof Fogelklou. Er möchte dringend mit euch sprechen.«

»Wie bitte?«, sagte Niklas perplex.

»Olof Fogelklou ist –«

»Ja, ich habe dich schon verstanden«, unterbrach er sie rüde, merkte aber sofort, dass seine Reaktion unangemessen war. »Tut mir leid«, schob er hinterher. »Wir sind gerade alle etwas angespannt. Was will er denn von uns, hat er das gesagt?«

»Nein, nur, dass es sehr wichtig sei.«

»Na schön, du kannst ihn in zwei Minuten zu uns reinschicken.« Er wandte sich wieder den anderen zu. »Sollte Nina Hellström die Informantin sein, die der ›gruppe89‹ geholfen hat, müssen wir bei Olof Fogelklou auf der Hut sein. Da Nina mehrere Jahre für Maja Iversen gearbeitet hat, dürften die beiden sich kennen.«

Niklas reichte die Personalakte herum.

»Keine Ahnung, was Olof jetzt von uns will«, fuhr er fort, »aber die Möglichkeit, dass er mit Maja Iversen unter einer

Decke steckt, ist durchaus gegeben. Was auch bedeuten würde, dass er für die Verbrechen an seinen eigenen Brüdern mitverantwortlich wäre.«

Bevor jemand der anderen noch etwas erwidern konnte, öffnete sich die Tür, und Olof Fogelklou betrat den Raum. Er sah noch erschöpfter aus als gestern auf dem Anwesen seines Bruders Lennart in Svedala. Es schien fast so, als kämpfe er mit den Tränen.

»Wir haben Sie den ganzen Tag gesucht«, sagte Niklas anstelle einer Begrüßung. »Wo waren Sie denn?«

»Ich bin gestern Abend in meine Wohnung bei Landskrona gefahren. Und heute Morgen dann weiter nach Kopenhagen.«

»Um Maja zu treffen?«

»Ja, auch.«

»Mussten Sie etwas mir ihr besprechen?«

»Natürlich mussten Maja und ich sprechen, aber lassen Sie mich erklären, weshalb ich hier bin.«

»Bitte, wir sind gespannt.«

»Nun, es ist so«, erklärte Olof zögerlich, »ich weiß, wer hinter alldem steckt. Wer Hans umgebracht und Lennart entführt hat. Obwohl ich selbst nichts damit zu tun habe, ertrage ich die Tatsache nicht mehr, dass ich es vorher hätte wissen müssen. Und dadurch vielleicht auch hätte verhindern können.«

Niklas schluckte. Er konnte nicht sagen, womit er gerechnet hatte. Aber dass ausgerechnet Olof Fogelklou wusste, was geschehen war, und ihnen nun den Namen des Täters nennen wollte, hätte er am allerwenigsten erwartet. »Mikael Erlander«, sagte er dennoch mit ruhiger Stimme. »Er ist der Mann, den wir suchen, richtig?«

Olof Fogelklou blickte ihn erstaunt an, dann nickte er langsam. »Woher wissen Sie es?«

»Es ist unser Job, das herauszufinden«, sagte Niklas nur. »Erzählen Sie uns jetzt bitte, was Sie wissen. Bevor uns die Zeit davonläuft, Ihren Bruder lebend zu befreien.«

»Es gibt diese ›gruppe89‹, nach der Sie mich gestern gefragt haben, tatsächlich«, antwortete Olof Fogelklou. »Sie ist verantwortlich für alles, was passiert ist, und Erlander ist so etwas wie ihr Anführer. Ich weiß davon, weil ...«

»... Ihre Freundin Maja Iversen ebenfalls Teil dieser Gruppierung ist«, kam Niklas ihm zuvor.

»Das wissen Sie also auch bereits?«

»Ja, und wir glauben zudem, dass Nina Hellström mit der Sache zu tun hat. Ihnen ist der Name ein Begriff?«

Olof nickte und atmete tief durch. »Jetzt denken Sie bestimmt, ich wäre ebenfalls einer von denen. Aber das stimmt nicht. Maja ist nicht einmal meine Freundin, aber es gibt Gründe, weshalb ich –«

»Auch das ist nicht neu für uns«, unterbrach Niklas ihn ungeduldig. »Erzählen Sie uns, was wir noch nicht wissen.«

»Ich habe irgendwie die ganze Zeit geahnt, dass Maja in etwas verwickelt ist, das weit über mein Parteiverständnis hinausgeht«, erklärte Olof. »Die ›Enhedslisten‹ steht zwar weit links, vertritt aber demokratische Prinzipien. Jede Form von Radikalismus liegt mir fern. Aber Maja ist irgendwann immer weiter abgedriftet. Und dann hat sie auch noch diesen Erlander kennengelernt. Ich weiß nicht viel über ihn, aber er muss ein ziemlich seltsamer Mensch sein. Jedenfalls haben sich die beiden immer stärker radikalisiert. Und sie haben ganz offen zugegeben, deutliche Zeichen und dem Kapitalismus ein Ende zu setzen.«

»So haben sich die beiden in Ihrem Beisein geäußert?«

»Maja habe ich mehrfach so reden hören«, antwortete Olof. »Ich hätte niemals damit gerechnet, dass die Gruppe wirklich so weit geht, Anschläge zu verüben und Menschen zu töten. Aber nachdem ich von Hans' Tod und Lennarts Entführung hörte, hatte ich sofort ein ganz ungutes Gefühl. Nur war es unmöglich für mich, Maja einfach darauf anzusprechen. Sie hätte das mir gegenüber auch niemals zugegeben. Mir blieb keine andere Wahl, als ein paar Nachforschungen anzustellen. Und auch wenn ich keine Beweise habe, bin ich mir absolut sicher, dass vor allem sie und dieser Erlander hinter allem stecken. Ich glaube auch zu wissen, wo sie Lennart gefangen halten.«

»Und zwar wo?«

»Auf Saltholm.«

»Saltholm?« Niklas wiederholte den Namen, als wolle er es nicht glauben. Heute Morgen hatte er noch einen nachdenklichen Blick auf die Insel vor Kopenhagen geworfen, bevor sie in den Tunnelabschnitt der Öresundquerung gefahren waren. »Ich habe vor einigen Wochen zufällig eine Karte bei Maja gesehen, auf der Saltholm eingekreist war. Damals habe ich mir nichts dabei gedacht.«

»Was wissen Sie noch?«, drängte Niklas jetzt. Er spürte, dass Olof Fogelklous Aussagen den Durchbruch bringen konnten.

»Mehr kann ich Ihnen leider nicht sagen. Aber Sie müssen mir wirklich glauben, dass ich nicht gewusst habe, wozu diese Menschen fähig sind.«

»In Ordnung, erst einmal vielen Dank.« Niklas ignorierte Olofs Kommentar. »Die Information über Saltholm könnte sehr wichtig für uns sein. Wie sicher sind Sie sich, dass Lennart tatsächlich dort ist?«

»So wie ich es Ihnen sagte. Ich habe keine Beweise, aber diese Karte bei Maja habe ich mit eigenen Augen gesehen. Und wenn Sie mich fragen, ist Saltholm der perfekte Ort, um jemanden gefangen zu halten.«

Niklas' Blick wanderte über die Gesichter der anderen. Die Anspannung war in diesem Moment allen anzumerken.

»Um doch noch einmal auf die ›gruppe89‹ zurückzukommen«, schaltete Emma sich ein. »Wer gehört denn nun alles dazu?«

Wieder stutzte Olof für einen kurzen Moment. »Ich weiß es nicht genau«, antwortete er schließlich. »Auf jeden Fall Erlander und Maja. Und irgendwie auch diese Nina. Aber ich kenne sie nicht persönlich. Eigentlich kenne ich ja ohnehin nur Maja.«

Niklas beobachtete Olof. Er versuchte also, sein Gewissen reinzuwaschen. Weil er etwas gewusst oder zumindest geahnt hatte. Aber irgendwie wurde Niklas das Gefühl nicht los, dass er nicht die komplette Wahrheit gesagt hatte. »Gibt es vielleicht doch noch etwas, was Sie uns sagen möchten?«

»Nein, das war wirklich alles.«

»Sie behaupten also, dass die Taten einen politischen Hintergrund haben?«, hakte Emma noch einmal nach.

»Das ist für mich die einzige logische Erklärung«, antwortete Olof achselzuckend. »Die ›gruppe89‹ ist –«

»Ja, das haben wir verstanden«, unterbrach Emma ihn. »Sie wissen aber wirklich nichts Genaueres über Mikael Erlander?«

»Nein, leider nicht.«

»Sie haben also keine Ahnung, dass er vor etwas mehr als zwanzig Jahren eine Reederei gegründet hat, die Ihre beiden Brüder nach kurzer Zeit übernommen und daraus die heutige Reederei ›Fogelklou Containers‹ gemacht haben?«

Für den Bruchteil einer Sekunde entglitten Olof Fogelklous Gesichtszüge. Es war ihm deutlich anzusehen, dass er nach den richtigen Worten suchte. Von der Nachricht über Erlanders Vergangenheit schien er völlig überrumpelt.

»›Skåne Lines‹ hieß die Reederei ursprünglich. Wir fragen uns, weshalb Erlander so schnell aufgeben musste.«

»Ich weiß gar nicht, was ich sagen soll«, entgegnete Olof verunsichert. »Das höre ich zum ersten Mal. Wie gesagt, ich hatte mit meinen Brüdern nie besonders viel zu tun.«

Niklas sah Emma an, die versucht hatte, Olof Fogelklou weiter auszuquetschen. Aber auch sie hatte jetzt offenbar keine weiteren Fragen mehr an den Mann mit den langen Haaren, der innerhalb der Familie Fogelklou so aus der Art geschlagen war.

»Wir werden sicherlich noch einmal auf Sie zukommen«, sagte Niklas. »Sobald wir Ihren Bruder befreit und die Täter dingfest gemacht haben. Natürlich werden wir auch Ihre Rolle in der ganzen Sache überprüfen müssen.«

»Aber ich habe nichts damit zu tun«, beteuerte Olof und klang plötzlich beinahe weinerlich. »Glauben Sie etwa, ich würde es zulassen, dass meinen Brüdern …?« Er brach ab und schluckte schwer.

»Unsere Ermittlungen werden am Ende zeigen, was tatsächlich geschehen ist und wer Informationen möglicherweise zurückgehalten hat.« Niklas blieb unbeeindruckt. »Jedenfalls danken wir Ihnen, dass Sie hergekommen sind. Und wir hoffen, dass wir Ihren Bruder lebend auf Saltholm finden werden.«

Niklas schüttelte Olof Fogelklou die Hand und geleitete ihn bereits aus dem Raum, als er noch einmal ansetzte. »Wir müssen wissen, wo Sie sich in den nächsten Tagen aufhalten. Da wir auch jetzt nicht ausschließen können, dass Ihr Leben ebenfalls in Gefahr ist, wird eine Streife für Sie abgestellt, um Ihre Wohnung zu überwachen.«

»Ich fahre heute noch nach Svedala zu Camilla und den Kindern«, sagte Olof. »Dort bleibe ich, bis alles vorbei ist.«

»Gut, das Haus wird ja ohnehin bereits bewacht.«

Ein kurzes Lächeln huschte über Olof Fogelklous Lippen, ehe er sich endgültig abwandte und auf dem Flur der Mordkommission verschwand.

Als Niklas und die anderen wieder allein im Besprechungsraum waren, war es Reza, der als Erster das Wort ergriff. »Du warst gerade ganz schön hart zu ihm, Niklas.«

»Findest du?«

»Er wollte uns immerhin helfen.«

»Man könnte auch sagen, er hat viel zu spät reagiert«, sagte Niklas. »Ich werde bei ihm das Gefühl nicht los, dass er nur deshalb hergekommen ist, um seinen Hintern zu retten. Er weiß, dass er Mist gebaut hat, indem er sich mit Maja Iversen abgegeben hat. Und jetzt merkt er, dass sich die Schlinge zuzieht, deshalb geht er in die Offensive.«

»Ist ihm nicht unbedingt zu verdenken«, sagte Reza.

»Ich will ja nichts sagen«, warf Tommy plötzlich ein. »Aber wollen wir noch lange hier herumstehen und über Olof Fogelklou reden?«

Für einen kurzen Moment war es komplett still im Raum. Nicht einmal mehr ein leises Atmen war zu hören.

»Also gut«, sagte Niklas schließlich. »Ziehen wir die Leute in Västra Tommarp ab und fahren nach Saltholm. Und ich hoffe einfach, dass das nicht erneut eine falsche Spur ist.«

Gnadenlos

»Ich lasse euch hier raus«, rief ihnen der Mann am Steuer des Polizeiboots zu. Er hieß Persson und fuhr schon seit mehr als zwei Jahrzehnten auf dem Öresund. »Wir hätten auch in den kleinen Hafen ganz im Norden fahren können. Aber da wäre die Gefahr zu groß, gesehen zu werden.«

Der hagere uniformierte Mann mit dem Dreitagebart steuerte das Boot quer zu der kurzen Steinmauer und drückte es dann mit Hilfe der Motorkraft seitwärts so fest dagegen, dass Niklas, Emma und Reza sowie ein halbes Dutzend weiterer Polizisten problemlos an Land springen konnten.

»Die beiden Gehöfte auf der Insel befinden sich in nordöstlicher Richtung, etwa fünfhundert und achthundert Meter entfernt«, sagte Persson. »Ihr müsstet sie eigentlich gleich schon sehen können.«

»Danke.« Niklas nickte Persson zu. Dann lief er den Kollegen, die schon vorgegangen waren, hinterher.

Sie waren das letzte von insgesamt vier Booten, das auf Saltholm angelegt hatte. Das erste war mit Kollegen der dänischen Kripo besetzt gewesen. Petter hatte bei Line Jensen angerufen, um den Einsatz schwedischer Polizei auf dänischem Boden schnell und unkompliziert zu ermöglichen. Line hatte zugestimmt, unter der Bedingung, dass ihre Leute nicht nur dabei waren, sondern auch die Einsatzbefehle gaben.

Zwei weitere Boote waren mit insgesamt dreißig Einsatzkräften der mobilen Spezialeinheit Piketen besetzt gewesen, die heute am frühen Nachmittag noch in Västra Tommarp gewesen waren und dort aus nächster Nähe mitansehen mussten, wie sich einer ihrer Kollegen durch die Detonation einer Mine schwer verletzt hatte. Jetzt hatte sich die Hälfte der Einsatzkräfte beim südlichen Hof in Stellung gebracht, die andere Hälfte verteilte sich rund um das nördlicher gelegene Gehöft, bestehend aus drei einzelnen Häusern, einigen Anbauten und einer Art Lagerhalle. Hier lebten die beiden einzigen Bewohner dieser nur wenige Quadratkilometer großen Insel, die direkt vor Kopenhagen lag. Saltholm war so flach, dass das Meer die Wiesen, die von Nutztieren und im Frühjahr von Tausenden brütenden Vögeln bevölkert wurden, im Winter nicht selten überflutete.

Die dänischen Kollegen hatten mehrfach telefonisch versucht, jemanden zu erreichen, aber unter den für Notfälle bei der Kopenhagener Polizei hinterlegten Handynummern des Ehepaars Christoffersen war jeweils nur die Mailbox angesprungen.

Alle waren alarmiert. Vor allem aber der Einsatzleiter der Spezialeinheit, der ein neuerliches Fiasko wie wenige Stunden zuvor unbedingt verhindern wollte.

Als Niklas über Funk erfuhr, dass die Einsatzkräfte beim südlichen Anwesen niemanden angetroffen hatten, rannte er über den feuchten Boden weiter nördlich, bis er Emma und Reza einige Meter vor sich im Gras liegen sah. Tommy war in Malmö geblieben. Sie hatten beschlossen, dass es besser wäre, wenn er im Büro noch weiterrecherchierte und offene Fragen klärte. Vor allem für den Fall, dass sich die Spur nach Saltholm als Sackgasse erweisen sollte.

Niklas hockte sich wortlos neben seine Kollegen. Die Gebäude waren von hier keine fünfzig Meter mehr entfernt. Doch zu sehen war rein gar nichts. Auf dem Gehöft deutete nichts darauf hin, dass sich hier jemand aufhielt. Schon gar nicht Lennart Fogelklou. Alles wirkte ruhig und beinahe verlassen, wenn auch nicht ansatzweise so heruntergekommen wie auf dem Hof in Västra Tommarp.

»Mit dem Auto scheinen sie jedenfalls nicht hier zu sein«, sagte Reza und machte eine Kopfbewegung in Richtung des leeren Hofs vor den Gebäuden. Niklas lächelte müde über den Spruch, dann legte er sich ebenfalls ins Gras.

»Persson versucht herauszufinden, ob irgendwo versteckt an der Küste der Insel ein Boot der Entführer liegt«, sagte er nach einer Weile des Schweigens.

»Wir sollten versuchen, die beiden Bewohner aus ihrem Haus zu locken«, schlug Emma vor. »Oder wir gehen einfach hin und klingeln.«

»Wieso sollten die eine Klingel haben?«, warf Reza ein.

Im nächsten Moment erkannte Niklas zwei Männer der Spezialeinheit, die hinter einem Mauervorsprung hervortraten und schnell auf das mittlere Haus zurannten. »Was haben die vor?«, fragte er leise.

»Sieht aus, als würden sie hineingehen. Aber ob das wirklich eine gute Idee ist –«

»Da kommen die Bewohner«, unterbrach Niklas Reza. »Die sehen ziemlich aufgebracht aus.«

Das Ehepaar Christoffersen, das mit erhobenen und gleichzeitig gestikulierenden Händen aus dem Haus trat, war älter, als er gedacht hatte. Niklas schätzte, dass die beiden auf die siebzig zugehen mussten.

»Siehst du das?«, sagte Emma. »Die Waffen werden gesenkt, die Arme der Leute gehen runter. Könnte sein, dass keine unmittelbare Gefahr herrscht, was für uns wohl bedeuten würde, dass wir zu spät sind.«

»Du meinst, wir liegen hier innerhalb weniger Stunden zum zweiten Mal vollkommen umsonst vor irgendeinem Hof am Arsch der Welt auf der Lauer«, stellte Reza fest. Er klang plötzlich übellaunig.

»Als hätte ich es geahnt«, murmelte Niklas. »Dieser Erlander ist uns immer einen Schritt voraus.«

»Wohl eher zwei bis drei«, sagte Emma ernüchtert. »Wenn er denn überhaupt hier war. Jetzt stehen wir wieder da, wo wir heute Morgen waren.«

»Zumindest lässt sich überprüfen, ob Olof die Wahrheit gesagt hat, indem er uns hierhergeschickt hat.« Niklas stand auf und ging raschen Schrittes die knapp fünfzig Meter auf das Haus zu. Im Augenwinkel erkannte er, dass Emma und Reza ihm folgten.

Niemand sagte etwas, während sie sich dem Gehöft näherten, vor dem die Christoffersens mit den beiden Männern

der Spezialeinheit diskutierten. Erst jetzt kam Niklas der Gedanke, dass auch hier auf Saltholm die Umgebung der Häuser
womöglich vermint worden war. Aber hierfür hatte Erlander
hoffentlich nicht genug Zeit gehabt.

Als sie nur noch ein paar Meter von den einzigen Bewohnern
Saltholms entfernt waren, hörte Niklas bereits ihre wüsten
Beschimpfungen. Offenbar empörten sie sich darüber, dass
die Polizei nicht schon viel früher hier aufgetaucht war. Der
breite dänische Akzent verhinderte jedoch, dass Niklas Details
verstand.

Er nickte den beiden Männern der Spezialeinheit und auch
einigen dänischen Polizisten zu, die sich jetzt näherten. Dann
wandte er sich den Christoffersens zu. Erst jetzt erkannte er,
dass um die Handgelenke der beiden jeweils ein Stück Seil
verknotet war.

»Drei Tage haben wir im Keller unseres eigenen Hauses
verbracht«, brach es aus dem Mann heraus. »An Händen und
Füßen gefesselt. Die haben uns nur trockenes Brot und Milch
gegeben. Und ein paar Äpfel. Können Sie sich vorstellen, wie
erniedrigend das gewesen ist? Wir dachten, auf Saltholm wären
wir sicher, nachdem wir endlich von der Stadt hierherziehen
konnten. Und dann so etwas. Die waren nicht gerade zimper-
lich, wahrscheinlich hätten die sogar kurzen Prozess mit uns
gemacht, wenn wir aufgemuckt hätten. Aber wieso zum Teufel
dauert es drei Tage, bis die Polizei hier aufkreuzt? Das verstehe
ich beim besten –«

»Holen Sie bitte erst einmal Luft«, unterbrach Niklas den
alten Christoffersen jetzt. »Sie sind wichtige Zeugen. Erzählen
Sie uns, was genau passiert ist.«

»Ich kann Ihnen sagen, was passiert ist«, sagte der Mann
noch immer entrüstet. »Wir wurden überfallen und gefangen
gehalten. Drei schreckliche Tage und Nächte lang, bis es mir
vorhin dann endlich gelungen ist, dieses verfluchte Seil durch-
zutrennen.«

»Können Sie sagen, wer Ihnen das angetan hat?«, fragte Niklas vorsichtiger.

»Woher soll ich das wissen? Diese Verbrecher haben sich uns nicht vorgestellt.«

»Wie viele waren es denn?«

»Zwei, glaube ich.«

»Können Sie sie beschreiben?«

»Sie waren maskiert und trugen komplett schwarze Kleidung. Mehr habe ich nicht gesehen. Du, Schatz?«

Die Frau neben ihm schüttelte den Kopf. Sie hatte bislang noch gar nichts gesagt.

»Hier drüben ist etwas!«

Niklas drehte sich um und identifizierte die Stimme als die eines dänischen Kollegen, der vor der Lagerhalle stand. Er war in die Hocke gegangen und inspizierte gerade den Erdboden. Niklas war schon auf dem Weg zu ihm, wandte sich aber noch einmal zu den Christoffersens um.

»Haben die beiden irgendetwas zu Ihnen gesagt, nachdem sie Sie in den Keller gesperrt haben?«, fragte er.

»Sie kamen ein paarmal, um uns zu essen und zu trinken zu geben«, antwortete der Mann. »Geredet haben sie gar nicht.«

»Wann zuletzt?«

»Das müsste gestern Nachmittag gewesen sein. Vielleicht war auch schon Abend.«

»Und Sie haben keine Idee, was sie hier auf Saltholm wollten?«

»Keine Ahnung. Ich sagte doch schon, dass diese Typen einfach über uns hergefallen sind.« Der Mann war jetzt so aufgebracht, dass Niklas befürchtete, er würde jeden Moment entweder handgreiflich werden oder einen Herzinfarkt erleiden. »Meine Frau und ich mussten drei Tage lang in diesem feuchten Kellerraum hocken. Um unser Haus komplett auszurauben, hätten sie wahrscheinlich nicht mal drei Stunden benötigt.«

»Gehen Sie bitte nachsehen, ob etwas fehlt«, drängte Niklas. »Ich verstehe Ihre Wut, aber ich kann Ihnen sagen: Seien Sie froh, dass Sie noch am Leben sind. Nicht jeder, der diesen Männern in die Quere kommt, hat so ein Glück.«

Er wandte sich endgültig ab. Die Christoffersens taten ihm

leid, und bestimmt war er etwas zu hart zu ihnen gewesen, aber die Zeit drängte nun mal. Er folgte Emma und Reza, die bereits in Richtung der Halle vorgegangen waren.

Olof Fogelklou hatte also tatsächlich die Wahrheit gesagt. Erlander und seine Leute waren hier gewesen. Sie hatten wahrscheinlich Lennart Fogelklou hierher verschleppt und auf Saltholm auch das Video gedreht, in dem er zu sehen gewesen war.

»Da liegt ein blutdurchtränkter Verband«, sagte Emma, als er neben ihr stehen blieb. »Ich hoffe wirklich, dass sie Fogelklou am Leben gelassen haben. Allerdings befürchte ich, dass wir ihn hier irgendwo auf dem Gelände finden werden.«

»Du glaubst, sie haben ihn getötet?«

»Nachdem er sich in dem Video, wie wir vermuten, geweigert hat, das zu sagen, was sie von ihm verlangten, wäre das nicht völlig auszuschließen.«

»Auszuschließen ist gar nichts«, sagte Niklas, »aber es würde keinen Sinn ergeben. Lennart Fogelklou hat für Erlander irgendeine besondere Bedeutung. Natürlich neben Hans als derjenige, der ihm damals aus seiner Sicht die Reederei weggenommen und sie zu einem weltweit agierenden Unternehmen aufgebaut hat. Ihn hat er aber nicht sofort umgebracht. Daher kann ich mir vorstellen, dass er Lennart vielleicht noch braucht.«

»Jedenfalls nicht, um ernsthaft Lösegeld zu erpressen. Das war nur eine Falle. Hinhaltetaktik vielleicht«, ergänzte Emma.

»Genau. Deshalb müssen wir dringend herausfinden, was er mit ihm vorhat. Und natürlich, wohin sie ihn gebracht haben.«

In diesem Moment stürmte mindestens ein Dutzend der Männer der Spezialeinheit die Halle. Und wieder waren diese aufgeregten Stimmen der Männer zu hören. Die Bilder von dem Hof in Västra Tommarp kamen sofort zurück. Aber diesmal gab es keine Explosion. Kein Geräusch, bei dem Niklas befürchtete, dass es übel enden würde. Keines, das er am liebsten nie wieder hören wollte.

Die Stimmen der Männer wurden mit einem Mal leiser, erstarben förmlich. Er kannte diese Momente. Wusste, was es zu bedeuten hatte, wenn plötzlich alles ruhig wurde. Wenn aus einer angespannten Situation von einer auf die andere Sekunde ein tragisches Ereignis wurde. Nur der Tod konnte diese Stille erzeugen, die auf einmal in der Luft hing.

Langsam näherte er sich der Tür, die ins Innere der Lagerhalle führte. Emma und Reza waren schon weitergelaufen, sie kannten den Grund für die Stille bereits. Er sah sie jetzt. Sie standen in einem Halbkreis neben den Männern der Spezialeinheit und blickten auf etwas herab, das Niklas nicht erkennen, aber erahnen konnte.

Auf den Tod.

Langsam trat auch er näher heran. Für einen kurzen Moment schloss er die Augen. Als er sie wieder öffnete, waren einige Kollegen der Spezialeinheit zur Seite getreten. Sie gaben den Blick frei. Niklas atmete schwer, dann trat er noch einen Schritt vor und sah auf den Hallenboden vor sich.

Drei tote Menschen. In einer großen Blutlache. Mit massiven Schussverletzungen im Oberkörper. Lennart Fogelklou war nicht dabei, war er sich sicher. Die beiden schwarz gekleideten Männer hatte er noch nie zuvor gesehen, wahrscheinlich handelte es sich um die Handlanger von Erlander, die die Drecksarbeit für ihn verrichtet hatten.

Gut möglich, dass einer von ihnen Hans Fogelklou von der Öresundbrücke ins Meer geworfen hatte. Und wahrscheinlich waren sie es gewesen, die Lennart in dem Mercedes aus der Tiefgarage des FoCo-Büroturms entführt hatten.

Jetzt waren sie tot.

Niklas wollte nicht länger hinsehen, aber der Anblick des Gesichts der toten Frau ließ ihn einfach nicht los. Auf dem großen Tisch im Besprechungsraum der Mordkommission hatte ein Foto dieser Frau gelegen. Er hatte keinerlei Zweifel daran, dass es sich um Maja Iversen handelte, Olof Fogelklous Bekannte, mit der er in Kopenhagen zusammenwohnte. Eine in Dänemark bekannte Politikerin der linken Partei »Enhedslisten«. Ihr Tod würde den gesamten Fall nun also endgültig auch auf dänischer Seite in die Schlagzeilen bringen.

Auch Maja Iversen war erschossen worden. Eine Kugel knapp oberhalb des Herzens, eine weitere im Bauch. Keiner der drei hatte eine Chance gehabt zu überleben. Erlander war gnadenlos vorgegangen. Und er schien jeden seiner Weggefährten loswerden zu wollen. Fehlte, sofern die »gruppe89« nicht noch aus weiteren Mitgliedern bestand, nur noch Nina Hellström, überlegte Niklas. Sie mussten so schnell wie möglich Polizisten für ihre Bewachung abstellen. Nein, eigentlich benötigten sie für diese Frau dringend einen Haftbefehl durch die Staatsanwaltschaft, aber dafür reichte ihr Verdacht, sie sei ein Spitzel Erlanders, noch längst nicht aus.

Er fuhr sich mit der Hand über den Kopf. Massierte seine Schläfen. Wenn er nur wüsste, was Erlander mit Lennart Fogelklou vorhatte. Falls der denn überhaupt noch am Leben war.

Olof Fogelklou, fuhr es ihm plötzlich durch den Kopf. Er war es gewesen, der ihnen den entscheidenden Tipp gegeben hatte. Sie mussten ihn beschützen. Da Erlander Maja Iversen getötet hatte, war die Wahrscheinlichkeit groß, dass auch Olof auf seiner Liste stand.

Niklas holte sein Handy aus der Hosentasche, um im Präsidium anzurufen und sich mit den Polizisten verbinden zu lassen, die vor dem Anwesen in Svedala warteten, als das Telefon in seiner Hand auf einmal vibrierte. Es war Tommy.

»Warte mal kurz, Tommy«, sagte Niklas und verließ die Lagerhalle eiligen Schrittes. Erst als er wieder in die erfrischende Sommerluft trat, spürte er, wie sehr ihm die Bilder in der Halle zu schaffen machten. Doch der Druck auf seinem Brustkorb schwand mit jedem Atemzug frischen Sauerstoffs. »Jetzt kann ich sprechen«, sagte er.

»Habt ihr Fogelklou gefunden?«, fragte Tommy.

»Nein, er scheint nicht mehr hier zu sein. Aber Olof Fogelklou hatte wohl recht mit dem, was er uns erzählt hat. Lennart wurde hier auf Saltholm festgehalten. Offenbar konnte Erlander allerdings rechtzeitig mit ihm verschwinden. Im Gegensatz zu zweien seiner Handlanger. Und Maja Iversen. Wir haben sie gerade gefunden.«

»Sind sie tot?«

»Erschossen, mit jeweils mindestens zwei Schüssen. Es sieht wie eine Hinrichtung aus.«

»Verdammt, das klingt übel«, sagte Tommy. »Wir sollten Erlander schnappen, bevor es noch mehr Tote gibt.«

»Allerdings, Lennarts Leben dürfte wohl am seidenen Faden hängen. Und ich befürchte, dass auch Olof –«

»Deswegen rufe ich an«, unterbrach Tommy ihn. »Ich bin vorhin noch einmal alles durchgegangen, bin dann aber bei Olof Fogelklous Vergangenheit hängen geblieben. Eigentlich hatte mich nur interessiert, ob man mit der Vermietung und dem Verkauf von Campern Geld verdienen kann, aber dann bin ich über etwas gestolpert, das mich ziemlich stutzig gemacht hat.«

»Mach es nicht so spannend.«

»Ist es aber«, sagte Tommy. »Denn Olof hat dieses Geschäft, das er betreibt, erst vor drei Jahren gegründet.«

»Und?«

»Vorher hat er sich zwei Jahre lang mit Aushilfsjobs, meistens auf dem Bau, über Wasser gehalten.«

»Ungewöhnlich im Vergleich zu seinen Geschwistern«, sagte Niklas. »Aber so wie wir ihn kennengelernt haben, nicht gerade verwunderlich.«

»Vielleicht«, sagte Tommy. »Aber entscheidend ist, was er davor gemacht hat.«

»Was denn?«

»Das habe ich mich auch gefragt.«

»Würdest du jetzt bitte zur Sache kommen?«, drängte Niklas. »Ich bin gerade nicht in der Stimmung für Ratespiele.«

»Ich habe nichts gefunden über irgendeinen Olof Fogelklou, das älter als fünf Jahre ist.«

»Was willst du damit sagen?«

»Nun, ich bin noch ein wenig tiefer eingestiegen und habe in der letzten Stunde einige Telefonate geführt, vor allem mit Behörden. Und siehe da, es war gar nicht mal so schwierig herauszufinden, dass ein Olof Fogelklou tatsächlich erst vor fünfeinhalb Jahren unter diesem Namen in den Registern erscheint. Zuvor scheint es ihn gar nicht gegeben zu haben.«

»Das heißt, er hieß früher anders?«

»Offenbar, das wäre allerdings nur Spekulation. Klar ist jedenfalls, dass es vor dem Jahr 2016 keinen Olof Fogelklou gab, der in Schweden gemeldet war.«

»Hat er vielleicht im Ausland gelebt?«, fragte Niklas. »Auf der anderen Seite des Sunds? Immerhin hat er dort ja eine Wohnung.«

»Möglich«, antwortete Tommy. »Aber eher unwahrscheinlich, denn was ich dir jetzt sage, ist noch seltsamer. Ich habe nämlich absolut nichts darüber gefunden, dass Lennart und Hans Fogelklou überhaupt noch einen jüngeren Bruder haben.«

Niklas nickte wortlos. Allmählich schwante ihm, worauf Tommy hinauswollte.

»Vor etwas mehr als fünf Jahren wurde gerichtlich festgestellt, dass der bereits vor fünfundzwanzig Jahren verstorbene Harald Fogelklou der Vater von Olof ist. Er ist also offenbar das Ergebnis einer außerehelichen Affäre. Aus den Unterlagen geht auch der Name hervor, den er zuvor getragen hat.«

»Und zwar?«

»Olof Kåmark.«

»Was sagt mir das jetzt?«, fragte Niklas irritiert.

»Dass er lügt«, antwortete Tommy entschieden. »Ich habe lediglich einen einzigen Olof Kåmark in ganz Schweden gefunden. Der sogar tatsächlich dasselbe Alter wie Olof Fogelklou hätte und auch aus Schonen stammt. Allerdings galt er vor sechs Jahren als kurzzeitig vermisst. Um dann plötzlich wieder aufzutauchen und Teil der Familie Fogelklou zu werden.«

Niklas stutzte. Die Gedanken in seinem Kopf fuhren mittlerweile Achterbahn.

»Der Mann, der sich Olof Fogelklou nennt, hat sich offenbar der Identität dieses Kåmark bedient, der rein gar nichts mit den Fogelklous zu tun hatte. Und irgendwie ist es Olof gelungen, seine DNA für den Vaterschaftstest zu fälschen.«

Tommy redete einfach weiter. »Da Harald Fogelklou schon lange tot ist, kann es auch sein, dass die Vaterschaft indirekt festgestellt wurde, also durch einen Abgleich mit der DNA der Geschwister. Vielleicht hat er auch die zuständigen Beamten bestochen. Wir wissen noch nicht, wie es ihm gelungen ist. Aber schließlich wurde aus Olof Kåmark Olof Fogelklou.«

»Und Kåmark?«

»Tja, wie gesagt, offenbar galt er kurzzeitig als vermisst …«

»Olof Fogelklou ist nicht Olof Fogelklou«, sagte Niklas. »Er ist aber auch nicht Olof Kåmark. Es gibt also nur eine Erklärung?«

»Richtig. Bei Fogelklou handelt es sich um den Mann, den wir suchen. Allerdings unter dem Namen …«

»… Mikael Erlander«, ergänzte Niklas.

Während er den Namen aussprach, spürte er einen Schauer über seinen Rücken laufen. Olof hatte sie die ganze Zeit über belogen und als letztes Ablenkungsmanöver sogar selbst noch den Tipp gegeben, nach Saltholm zu fahren.

Die Erkenntnis, dass Olof Fogelklou derjenige war, der hinter allem steckte, traf Niklas mit solch einer Wucht, dass ihm schwindelig wurde.

Unterschriften

Lennart spürte, wie der alte Saab langsam ausrollte und zum Stehen kam. Angestrengt lauschte er, mit wem Erlander da sprach, aber durch die verschlossene Kofferraumklappe drang lediglich ein dumpfes Gemurmel zu ihm.

Die ganze Fahrt über hatte er versucht zu verstehen, was auf Saltholm eigentlich geschehen war.

Der Moment, als er begriffen hatte, dass es Olof war, der seinen Zwillingsbruder getötet und ihm selbst einen Finger hatte abtrennen lassen. Dass er derjenige war, dem er und Hans vor zwanzig Jahren eine kurz vor der Insolvenz stehende Reederei für fünfhunderttausend Kronen abgekauft hatten. Den er damals nicht einmal persönlich zu Gesicht bekommen hatte, weil der Kauf über Mittelsmänner gelaufen und ihm diese Schmach wahrscheinlich unangenehm gewesen war. Derjenige, der vor etwas mehr als fünf Jahren so urplötzlich aufgetaucht war und behauptet hatte, dass er zur Familie gehöre und beweisen könne, dass Harald ihr gemeinsamer Vater war.

Die Erkenntnis, dass Olof gar nicht sein jüngerer Halbbruder und Olof nicht einmal sein Name war, hatte Lennart stärker getroffen, als er gezeigt hatte. Wie hatte es sein können, dass er all die Jahre nichts gemerkt hatte? Dass er keine Fragen gestellt hatte, als Olof aufgetaucht war? Er hatte alle Kontrollmechanismen, die in seinem Job zur täglichen Routine gehörten, missachtet. Hatte Olof einfach blind vertraut.

Sie waren keine Geschwister geworden, die einen engen Draht zueinander hatten, aber dieser Fakt unterschied ihn kaum von Hans oder Siv. Lennart war nun mal niemand, der anderen Menschen gegenüber Gefühle zeigte und Nähe zuließ. Nicht einmal die seiner eigenen Familie. Und dennoch hatte es sich nach einiger Zeit tatsächlich so angefühlt, als hätte er einen weiteren Bruder hinzugewonnen.

Dass Olof angeblich aus einer außerehelichen Affäre seines

Vaters hervorgegangen sein sollte, hatte ihn nicht verwundert. Er erinnerte sich daran, dass sein alter Herr damals oft tagelang nicht zu Hause geschlafen hatte. Spätestens als Lennart achtzehn gewesen war, hatte er begriffen, dass er nicht ständig auf Geschäftsreise gewesen war, wie seine Mutter ihnen zu erklären versucht hatte. Ein Laster, das auch vor ihm selbst nicht haltgemacht hatte.

Um sich in ihre Familie einzuschleichen, hatte sich Mikael Erlander somit eine Geschichte ausgedacht, die besser nicht hätte passen können. Keiner von ihnen hatte einen Zweifel daran gehabt, dass sie stimmte. Wahrscheinlich auch deshalb, weil sich Erlander als Olof so unauffällig und bescheiden wie möglich verhalten hatte. Nicht dass das Erbe seiner Eltern besonders groß gewesen wäre, aber Erlander hatte keinerlei Ansprüche an die Familie gestellt. Und ein kluger Schachzug war gewesen, dass sie sich nur selten gesehen hatten. Jeder von ihnen lebte sein eigenes Leben. Und niemanden schien es zu wundern, dass es plötzlich noch einen weiteren Fogelklou gab.

Lennart fragte sich, warum Erlander überhaupt diesen Aufwand betrieben hatte, Teil der Familie zu werden, um sich dann Jahre später an jedem Einzelnen zu rächen. Vielleicht hatte er damals gehofft dazuzugehören, endlich eine Familie zu haben, die ihn aufnahm. Um seinem verkorksten Leben noch einmal eine neue Wendung zu geben. Bis er verstanden hatte, dass die Fogelklous ihn nicht retten würden.

Wahrscheinlicher war jedoch, dass Erlander denjenigen Menschen nah sein wollte, die aus seiner Sicht für sein trauriges Schicksal verantwortlich waren. Um das Gefühl der Rache am Ende noch mehr auskosten zu können.

Lennart hatte immer noch Probleme, das ganze Ausmaß zu begreifen. Aber jetzt musste er erst einmal um sein Leben kämpfen. Denn der Wagen hatte sich wieder in Bewegung gesetzt. Das Knirschen von Reifen, die über Schotter fuhren, war durch die Kofferraumklappe zu hören. Wahrscheinlich bogen sie in diesem Moment in die Auffahrt seines Hauses ein.

Was zum Teufel hatte Erlander mit ihm vor? Warum wollte

er unbedingt hierher nach Svedala, um sich zu holen, was ihm zustand, wie er gesagt hatte? Das Geld schien ihn jedenfalls nicht zu interessieren. Die Forderung nach dem Lösegeld war wohl nur ein Ablenkungsmanöver gewesen. Aber was steckte dahinter? Hatte es etwas mit Camilla zu tun? Wollte er auch ihr etwas antun? Und mit wem wollten sie sich treffen, so wie er angekündigt hatte?

Und dann war da noch etwas, was er nicht verstand. Die Drohbriefe der letzten Wochen, in denen die »gruppe89« ihr Vorgehen mit Kritik an der ausufernd kapitalistischen Gesellschaft begründete. Er hatte Erlander darauf angesprochen, ob und was er damit zu tun habe, aber nur ein Schweigen als Antwort erhalten.

Der Wagen hielt erneut. Die Fahrertür öffnete sich. Lennart schloss die Augen, er fürchtete den Moment, in dem er Erlander wieder in die Augen sehen musste.

Als der Kofferraum sich öffnete, blendete ihn die tief stehende Sonne selbst durch die geschlossenen Augenlider auf der Netzhaut. Erlander trat näher heran, und in seinem Schatten blinzelte Lennart vorsichtig.

»Die Bullen werden bald Bescheid wissen«, sagte Erlander. »Wir haben also nicht mehr viel Zeit. Du steigst jetzt aus dem Kofferraum, und wir gehen so unauffällig wie möglich zum Haus, verstanden?«

»Und wenn nicht?«

»Dann kümmere ich mich um deine Frau und die Kinder«, antwortete Erlander ohne jede Regung.

Lennart stöhnte innerlich auf. Schlimmer als jeder körperliche Schmerz war das erniedrigende Gefühl, sich von ihm herumkommandieren lassen zu müssen.

Erlander nahm eine Rolle Klebeband, die seitlich im Kofferraum lag, riss einen etwa zehn Zentimeter langen Streifen ab und klebte ihn Lennart auf den Mund. Dann löste er die Fesseln an seinen Füßen und zog ihn am Arm ein Stück weit hoch, bis er allein aus dem Kofferraum klettern konnte.

Lennart konnte für einen kurzen Moment die Auffahrt

hinuntersehen. Am Ende erkannte er zwei Streifenwagen, die offenbar sein Anwesen bewachten. Aber Erlander hatte rückwärts so nah am Hauseingang geparkt, dass er selbst für die Polizisten nicht zu sehen war.

Seine Beine fühlten sich taub an, als er versuchte, einen Fuß vor den anderen zu setzen. Seit Tagen war er gefesselt gewesen, während er am Boden liegend die Zeit in und vor einer alten Lagerhalle auf Saltholm verbracht hatte.

Aus dem Augenwinkel konnte Lennart erkennen, dass die Eingangstür seines Hauses einen Spaltbreit offen stand. Für einen kurzen Moment überlegte er, sich einfach loszureißen und wegzulaufen. Sodass die Polizisten in den Streifenwagen vielleicht merkten, dass irgendetwas nicht in Ordnung war. Aber der leichte Schmerz in seinem Rücken war ein untrügliches Zeichen dafür, dass Erlander ihn mit einer Waffe bedrohte.

Sie gingen nur wenige Schritte. Lennart stieß die Tür ein Stück weit auf, dann betraten sie das Haus. Sein Haus. Das er vor dreizehn Jahren gekauft und nach und nach hergerichtet hatte. Camilla hatte ihm schließlich dabei geholfen. Wenn er sie nicht kennengelernt hätte, würde er hier heute schon längst nicht mehr leben, war er sich sicher. Sie war es, die das alles hier zusammenhielt. Das große Anwesen mit den vielen Räumen und dem riesigen Garten. Die Handwerker, Gärtner und Innenarchitekten, die sie beschäftigte. Und natürlich die Kinder.

Er dagegen hielt sich zu Hause aus dem meisten heraus. Stürzte sich lieber in die Arbeit, als sich um seine Kinder zu kümmern. Oder um Camilla. Er war weder ein guter Ehemann noch ein guter Vater, das wusste er. Und doch waren sie sein großer Halt. Ohne seine Familie im Hintergrund hätte er die Reederei in den letzten Jahren kaum mehr führen können. Ohne sie hätte er seinen früheren, unsteten Lebensstil wahrscheinlich niemals abgelegt.

Im Haus war es ganz still. Nicht einmal Gustav saß auf der Treppe und blickte auf sein Tablet, so wie sonst immer. Sofort überkam Lennart ein ungutes Gefühl, dass mit Camilla und den Kindern etwas nicht stimmte.

Erlander hatte die Eingangstür hinter sich geschlossen und schob ihn jetzt weiter in Richtung des Esszimmers ganz am Ende des großen Foyers. Als Lennart den Raum mit der langen Tafel betrat, in dem er in all den Jahren höchstens ein paar Male gesessen und gespeist hatte, zuckte er augenblicklich zusammen. Am hinteren Kopfende saß Göran Norén, ein Freund, sofern er von sich selbst überhaupt behaupten konnte, Freunde zu haben. Aber in erster Linie war Norén seit zwanzig Jahren sein Anwalt und Notar.

Alles, was es jemals an Rechtsstreitigkeiten in der Reederei gegeben hatte, hatte dieser Mann mit dem schlohweißen Haar für ihn geklärt. Genauso wie er sämtliche Verträge mit Unternehmen auf der ganzen Welt ausgefeilt hatte. Er hatte für jedes noch so kritische und riskante Geschäft fundierte Dokumente ausgearbeitet und ihm das eine oder andere Mal den Hintern gerettet. Nun saß er mit einem Stapel Papiere vor sich an der langen Tafel, und Lennart fragte sich, was er hier zu suchen hatte.

Erlander zog den Stuhl am anderen Kopfende ein Stück zurück und gab Lennart ein Zeichen, sich zu setzen. Der zögerte keine Sekunde, schließlich schmerzte sein ganzer Körper. Als er gerade Platz genommen hatte, trat Erlander neben ihn und zog ihm mit einer raschen Bewegung den Klebestreifen vom Mund. So schnell und unvorbereitet, dass der nächste Schmerz durch seinen Körper fuhr. Er spürte, dass seine ohnehin schon trockenen Lippen an mehreren Stellen aufplatzten, und stöhnte. Dann löste Erlander auch seine Handfesseln.

Vor ihm auf dem Tisch stand ein Glas Wasser. Lennart griff danach und trank es in wenigen Zügen aus. Dann atmete er mehrfach tief durch, um einen klaren Kopf zu bekommen.

»Weshalb bist du hier, Göran?«, fragte er schließlich, hob den Kopf und suchte den Blick des Notars. Es kam ihm aber so vor, als würde Göran über den sechs Meter langen Tisch hinweg rechts an ihm vorbeisehen. »Steckst du etwa mit ihm unter einer Decke?«

Das Kopfschütteln von Göran war so schwach und abwartend, dass Lennart sofort auf der Hut war. Göran Norén war offenbar nicht freiwillig hier, war er sich sofort sicher. »Du brauchst nicht länger herumzurätseln«, sagte Erlander augenblicklich. »Erstaunlich, dass du offenbar noch immer keine Ahnung hast, weshalb wir hier sind. Also, erzählen Sie es ihm.« Er grinste und forderte Göran mit einer Handbewegung auf zu übernehmen.

»Es tut mir leid, Lennart«, begann Norén. »Ich hatte keine Chance, er hat mich unter Gewaltandrohung dazu gezwungen.«

»Ja, wirklich schlimm«, sagte Erlander erbarmungslos. »Kommen Sie jetzt einfach zur Sache. Wir haben keine Zeit zu verlieren.«

»Ich habe hier zwei Sachen, die du unterschreiben sollst. Als Notar bin ich eigentlich verpflichtet, dir das Vertragswerk vorzulesen. Aber ich glaube, es ist besser, wenn ich das dir jetzt erspare.«

»Worum geht es?«, fragte Lennart. Allmählich ahnte er, worauf Erlander es abgesehen hatte.

»Du sollst die Reederei überschreiben und erklären, dass du mit allen Anteilen aus FoCo aussteigst«, erklärte Göran.

Lennart lachte laut auf. Ein sarkastisches Lachen.

»Er meint es leider ernst«, sagte Göran.

»Und wie soll das funktionieren?« Lennart drehte sich zu Erlander um. »Glaubst du allen Ernstes, das könnte irgendwie klappen? Du bist im Moment die meistgesuchte Person Schwedens, wie willst du eine Reederei übernehmen? Dass du wahnsinnig geworden bist, habe ich ja längst begriffen, aber dass du so dumm bist zu glauben, damit durchzukommen …«

Zu seiner Verwunderung erkannte er, dass nun auch Erlander lächelte.

»Ich befürchte, er ist nicht so dumm, wie es im ersten Moment klingen mag«, warf Göran ein. »Denn die Reederei soll nicht auf ihn überschrieben werden.«

»Sondern auf wen?«

»Nun, das hängt mit der anderen Sache zusammen, die du unterschreiben musst.«

»Was soll diese Geheimnistuerei?«, fragte Lennart ungeduldig. »Was verlangt dieser Verrückte denn noch von mir?«

Göran Noréns Miene verfinsterte sich noch mehr. Er fixierte ihn nun einige Sekunden, dann machte er eine Kopfbewegung über Lennarts rechte Schulter hinweg zum anderen Ende des Raums.

Lennart hielt inne. Er brauchte einen Moment, um seine Gedanken zu ordnen. Dann verstand er jedoch, worauf Göran hinwies. Wer sich direkt hinter ihm noch in diesem Raum befand.

Im nächsten Moment hörte er bereits das Geräusch ihrer Absätze, die sich auf dem Dielenboden langsam näherten.

Dunkelrot

Niklas steuerte seinen BMW mit Blaulicht und knapp zwei-hundert Kilometern pro Stunde über die E 65. Diesmal hatte niemand im Auto mehr einen Blick für die schonische Land-schaft übrig, die in der Abendsonne orangefarben schimmerte. Per Funk waren Emma, Reza und er ununterbrochen mit Tommy, der bereits in Richtung Svedala vorgefahren war, und den Polizisten, die das Anwesen von Lennart Fogelklou be-wachten, verbunden.

Mikael Erlander hatte vor vierzig Minuten die Auffahrt passiert und war mit einem alten Saab direkt bis vor das Haus gefahren. Er hatte sich gegenüber den beiden Polizisten als Olof Fogelklou ausgewiesen. Lennart war nicht im Auto zu sehen gewesen, aber sie hatten beobachtet, wie Erlander direkt vor der Haustür den Kofferraum geöffnet hatte.

Wie Niklas es zuvor schon telefonisch mit den beiden Poli-zisten besprochen hatte, hatten sie sich nichts anmerken lassen und Fogelklou alias Erlander einfach durchgewinkt. Sie wollten jede unnötige Eskalation vermeiden, bevor nicht alle Kräfte vor dem Anwesen eingetroffen waren.

Endlose Zeit war vergangen, seitdem sie auf Saltholm in Perssons Boot gestiegen und zurück nach Malmö gefahren waren. Gemeinsam mit den Kollegen und den Einsatzkräften der Spezialeinheit waren sie anschließend sofort in Richtung Svedala aufgebrochen. Noch während sie auf dem Öresund unterwegs waren, hatte Niklas im Präsidium angerufen, um weitere Streifenwagen zu Fogelklous Anwesen zu schicken. Sie sollten sich jedoch vorerst zurückhalten und möglichst unauffällig in etwas größerer Entfernung warten. Ein Zugriff sollte erst erfolgen, wenn alle Einheiten und die Einsatzleiter eingetroffen waren. Auch die Männer der Spezialeinheit, die nicht mit nach Saltholm gekommen waren, sollten sich bereit-halten.

Die Uhr in Niklas' Auto zeigte halb sieben an diesem Montagabend, als sie die Hofauffahrt endlich erreichten. Gefolgt von mehr als einem Dutzend weiterer Einsatzfahrzeuge. Die beiden Streifenwagen, die das Anwesen bewacht hatten, standen am Straßenrand vor der Auffahrt. Ein Beamter lehnte an einem der Autos und rauchte. Niklas stieg aus und trat auf den Polizisten zu.

»Hej, ich bin Niklas.«

»Erik«, sagte der Kollege kurz angebunden.

»Alles ruhig hier?

»Keine Schüsse oder Explosionen aus dem Haus zu hören«, antwortete Erik flapsig.

»Beruhigend«, sagte Niklas. »Welchen Eindruck hat Erlander gemacht?«

»Weniger unentspannt, als man bei dem meistgesuchten Mann Schwedens denken könnte.«

Niklas verzog den Mund und warf Erik einen genervten Blick zu. Auf diesen ironischen Unterton konnte er in diesem Moment gut verzichten. »Dann seid ihr jetzt erlöst«, sagte er.

»Wir übernehmen hier.«

»Gut, in Malmö dürfte mittlerweile nämlich kaum mehr eine Streife durch die Stadt fahren.«

»Seid ihr nicht aus Svedala?«, fragte Niklas überrascht.

»Nein, Polizeistation Piläkersvägen.«

Das war die Polizeistation, die nur ein paar Straßen entfernt von Niklas' Haus lag. Vielleicht waren Erik und sein Kollege sogar schon bei ihm zu Hause gewesen, wenn er mal wieder eine Streife wegen Pernille angefordert hatte.

»Eine Sache noch«, wandte Erik sich an ihn. »Vor ein paar Minuten hat eine Frau das Haus verlassen und ist weggefahren. Sie sagte jedenfalls, sie sei Camilla Fogelklou.«

Niklas glaubte, sich verhört zu haben. »Wieso lasst ihr sie denn einfach passieren?«

»Weil uns niemand gesagt hat, dass sie das Anwesen nicht verlassen darf. Außerdem ist es für sie doch wahrscheinlich sicherer, nicht in der Nähe von diesem Erlander zu sein.«

Das mochte zwar stimmen, aber nicht zu wissen, wo sich Lennarts Frau nun befand, war auch nicht ihr Plan gewesen.

»Wie sicher bist du dir, dass sie es war?«

»Ziemlich sicher, ich habe schließlich stundenlang auf ihr Foto gestarrt.« Erik machte eine Kopfbewegung in Richtung des Autos.

»War noch jemand bei ihr? Vielleicht ihre Kinder?«

»Nein, sie war allein.«

»Was für einen Wagen fuhr sie?«

»Einen weißen SUV. Volvo.«

»Vor ein paar Minuten war das, sagtest du?«

»Ja, kurz bevor ich ausgestiegen bin, um eine zu rauchen.«

»Okay, dann fahrt hinterher und versucht, sie zu finden. Ich will, dass sie in Sicherheit gebracht wird, solange wir Erlander nicht gefasst haben.«

»Aber sie kann in alle möglichen Richtungen gefahren sein«, entgegnete Erik und drückte seine Kippe etwas zu erregt mit dem Fuß aus. »Wie sollen wir sie denn finden?«

»Ihr habt sie durchgelassen, also lasst euch etwas einfallen.« Niklas hob die Schultern und ging zurück zu seinem BMW, in dem Emma und Reza warteten. Dann gab er den Kollegen in den Einsatzwagen, die hinter ihm mitten auf der Straße standen, ein Zeichen auszusteigen. Sie mussten sich dringend besprechen. Auch Petter Larsson fuhr in diesem Moment in seinem Dienstwagen vor. Niklas erkannte, dass Tommy auf dem Beifahrersitz saß.

Kurz darauf hatte sich Niklas mit Petter, dem Leiter der Spezialeinheit und Emma etwas abseits der übrigen Kollegen zusammengefunden. Sie versuchten, sich auf ein gemeinsames Vorgehen zu verständigen, aber die Meinungen gingen noch auseinander.

»Wir werden das Haus nicht mit fünfzig Mann stürmen«, sagte Petter schließlich. »Ich trage für diesen Einsatz die Verantwortung, also entscheide ich, dass wir es so machen, wie Niklas vorgeschlagen hat. Emma und er sowie zwei deiner Leute, Anders, werden sich dem Gebäude nähern und herauszufinden versuchen, was in dem Haus vor sich geht. Ob Erlander und Fogelklou allein oder möglicherweise noch die Kinder da sind. Sobald wir die Lage einschätzen können, kann der Rest deiner Leute vorrücken.«

Niklas nickte seinem Chef zu. Genau deshalb mochte er ihn so sehr. Er konnte sich darauf verlassen, dass Petter in solchen Situationen vernünftige Entscheidungen traf.

In gebückter Haltung folgten Emma und er wenige Minuten später zwei Männern der Spezialeinheit mit ihrer massiven Ausrüstung und den Maschinenpistolen im Anschlag über die mehr als hundert Meter lange Auffahrt bis zu dem schlossartigen Haus.

Der alte Saab, mit dem Erlander hergekommen war, stand direkt vor der Haustür. Ein paar Meter entfernt stand ein weiteres Auto, ein ebenso alter Jaguar.

»Hier vorne können wir nichts ausrichten«, flüsterte einer der Männer von der Spezialeinheit, als sie sich im Schatten des Hauses direkt neben der Eingangstür mit dem Rücken an die Wand pressten. »Die Fenster sind zu hoch, um ins Innere zu sehen. Wir müssen um das Haus herum und hoffen, dass wir von hinten einen Blick hineinwerfen können, ohne dass uns jemand dabei sieht.«

Niklas erinnerte sich daran, dass das Esszimmer, in dem sie sich mit Camilla Fogelklou und ihrem angeblichen Schwager unterhalten hatten, nach hinten raus lag. Große Glasfronten hatten den Blick auf den weitläufigen Garten freigegeben.

Leise schlichen sie an der Fassade entlang, bis sich ihnen schließlich der Blick auf das leicht abschüssige Grün hinter dem Haus erschloss. Mit einem gewöhnlichen Garten hatte das nichts zu tun, fuhr es Niklas durch den Kopf. Das Areal bestand aus Rasenflächen, Dutzenden Laub- und Nadelbäumen, einem beeindruckenden Wasserspiel und einem eigenen Rosengarten und wirkte eher wie ein kleiner Park.

Die Terrasse, die direkt an das Esszimmer anschloss, lag jetzt rechts vor ihnen. Um einen Blick ins Innere zu werfen, mussten sie allerdings noch ein paar Meter entlang der Rückseite des Hauses gehen, bis sie die großen Fenster und die Glastür erreicht hatten.

Schritt für Schritt tasteten sie sich vor. Aus dem Haus drang nicht das geringste Geräusch. Niklas war sich nicht sicher, ob ihn das beruhigen oder doch eher alarmieren sollte.

»Ihr wartet hier«, sagte der Kräftige der beiden Männer von der Spezialeinheit. Er hieß Sebastian, hatte Niklas aufgeschnappt. »Ich versuche zu erkennen, was dort drinnen vor sich geht.«

Emma blickte Niklas fragend an. Es war nicht abgesprochen, dass Anders' Leute die Ansagen machten. Aber angesichts der Brutalität, mit der Erlander vorging, war es vielleicht tatsächlich klüger, erst einmal einen schwer bewaffneten und geschützten Kollegen vorzulassen.

Sebastian gab ihnen noch einmal ein Zeichen zu warten, dann bewegte er sich langsam vorwärts. Nur wenige Meter. Bis er durch die Scheiben ins Esszimmer sehen konnte. Sofort stieß er einen leisen Fluch aus.

Niklas hielt es jetzt nicht mehr zurück. Hastig schlich er die letzten Meter bis zu dem großen Fenster und drängte sich an dem Beamten vorbei. Was er sah, ließ auch ihn zusammenfahren. Keine fünf Meter von ihnen entfernt saß ein Mann mit schlohweißem Haar am Kopfende des langen Tischs. Aufrecht, den Kopf nur leicht zur Seite geneigt. Aber Niklas hatte keinen Zweifel daran, dass er tot war. Aus einer Schusswunde mitten auf der Stirn war nämlich Blut ausgetreten. So viel, dass das weiße Hemd des Mannes dunkelrot gefärbt war.

»Wir müssen da sofort rein«, sagte Niklas.

»Das halte ich für keine gute Idee«, gab Sebastian zurück. »Wenn der Mann, den wir suchen, noch im Haus ist, wovon wir ausgehen müssen, wäre das viel zu gefährlich.«

»Das sehe ich genauso«, sagte Emma, die neben die beiden getreten war und ebenfalls einen kurzen Blick ins Innere des Hauses geworfen hatte. »Erlander ist unberechenbar, oder vielmehr wissen wir doch mittlerweile genau, wie skrupellos er vorgeht.«

»Da sitzt noch jemand«, stieß Sebastian plötzlich leise aus. »Am anderen Ende des Tischs.«

Niklas ging noch näher an die Scheibe und schirmte sich mit seinen Händen gegen die blendende Sonne ab. Tatsächlich, da saß ein weiterer Mann am Tisch. Niklas stutzte. Das war nicht Erlander.

»Es ist Lennart Fogelklou«, sagte er leise. »Und er lebt.«

»Was ist da drinnen vorgefallen?« Emma schien völlig verunsichert.

»Das finden wir nicht heraus, wenn wir hier draußen stehen bleiben«, sagte Niklas entschlossen. »Ich versuche, Kontakt zu Fogelklou aufzunehmen.« Er ging weiter an der großen Fensterfront entlang. Auf Höhe des Tischendes blieb er stehen.

Da saß er also. Lennart Fogelklou. Einer der reichsten Menschen des Landes. Der Mann, den sie seit über fünfzig Stunden mit allen verfügbaren Kräften suchten. Über den in diesen Stunden ganz Schweden redete.

Niklas beobachtete ihn. Fogelklou sah mitgenommen aus. Die zum Teil zerrissene Kleidung und sein verdrecktes und blutiges Gesicht ließen vermuten, was er in den vergangenen Tagen mitgemacht hatte. Er starrte regungslos vor sich auf den Tisch. Vielleicht auch in die totale Leere. Jedenfalls schien es so, als nehme er nichts mehr um sich herum wahr. Kein Wunder angesichts dessen, dass ihm gegenüber in einigen Metern Entfernung ein Mann saß, der mit einem Kopfschuss getötet worden war.

Niklas ließ seinen Blick durch das Esszimmer kreisen. Er war sich sicher, dass sich keine weitere Person im Raum befand. Die Tür zum Foyer stand offen. Aber auch dort deutete nichts auf Erlander hin. Vorsichtig klopfte er an die Scheibe, aber Fogelklou reagierte nicht. Obwohl er das Geräusch hören musste.

»Lennart wirkt wie weggetreten«, sagte er. »Wir sollten ihn dort herausholen. Er benötigt so schnell wie möglich medizinische Hilfe.« Jetzt erst fiel ihm der Verband um Fogelklous rechte Hand auf. Hier in diesem Raum hatten sie vor etwas mehr als zwei Tagen den Karton geöffnet, in dem sich sein abgetrennter Finger befunden hatte.

»Erlander kann jeden Moment reinkommen«, warnte Emma. »Sebastian soll Anders Bescheid geben, dass der Rest der Spezialeinheit vorrücken soll. Sie sollen den Raum absichern und sich dann darum kümmern, Erlander zu finden.«

»Ich glaube, er ist nicht mehr hier«, sagte Niklas plötzlich.

»Wie bitte?«

»Keine Ahnung, was hier vorgefallen ist, aber mein Gefühl sagt mir, dass Erlander sich nicht mehr hier aufhält. Vielleicht wollte er Fogelklou ja am Leben lassen.«

Noch während Niklas dies aussprach, verselbstständigten sich seine Gedanken. Wie kleine Blitze zuckten sie durch seinen Kopf und sorgten dafür, dass der Nebel plötzlich verschwand. Die Erkenntnis, was hier in diesem Haus passiert war, traf ihn schließlich mit voller Wucht, obwohl sie ihn nicht einmal überraschte. Aber es blieb dabei, Erlander war ihnen noch immer einen Schritt voraus.

»Gib mir dein Funkgerät«, sagte er zu Sebastian.

»Was hast du vor?«, fragte Emma.

»Ich weiß, wie Erlander das Anwesen verlassen konnte. Und wenn wir Glück haben, ist ihm und seiner Komplizin einer der Streifenwagen dicht auf den Fersen.«

Abflug

Niklas' Gedanken kreisten um die Minuten ihrer ersten Begegnung, während wieder einmal die abgemähten Felder Schonens an ihm vorbeirasten. Als er am Samstagmittag die Treppe des Hauses in Svedala hinaufgegangen war und kurz darauf diese Frau im Schneidersitz auf ihrem Bett hatte sitzen sehen. Zweifellos hatte sie attraktiv ausgesehen, aber ihre Reaktionen auf die Ereignisse und Fragen waren sonderbar gewesen, sodass sie ihn ein wenig an Pernille erinnert hatte.

Camilla Fogelklou hatte den Schock über den vermeintlichen Tod ihres Mannes perfekt gespielt. Als dann auch noch ihr angeblicher Schwager Olof aufgetaucht war, hatte nichts darauf hingedeutet, dass einer der beiden irgendetwas mit dem Verschwinden von Lennart oder dem Tod von Hans zu tun hatte.

Vielleicht hätten sie sofort merken können, dass mit den beiden etwas nicht stimmte. Und vielleicht hätten sie bei ihrer Befragung kritischer sein müssen. Sie hatten Camilla geschont und Olofs Alibi nicht genauer überprüft. Aber nachdem in ihrer aller Anwesenheit dieses Paket geöffnet worden war, hatte es eigentlich keinen Zweifel daran gegeben, dass Camilla und Olof Fogelklou nichts mit der Sache zu tun hatten.

Niklas schüttelte innerlich den Kopf und rief sich die letzten Stunden noch einmal vor Augen. Nie im Leben wäre er darauf gekommen, dass Olof Fogelklou gar nicht existierte und der Mann, der sich so nannte, in Wahrheit diejenige Person war, die hinter allem steckte. Geschweige denn hatte er geahnt, dass er auch noch mit Lennarts Ehefrau gemeinsame Sache machte.

Lennart selbst hatte kaum ein Wort über die Lippen gebracht, nachdem sie das Haus in Svedala betreten hatten. Ob er unter Schock gestanden hatte oder mit den Kräften völlig am Ende gewesen war, konnte Niklas nicht sagen. Wahrscheinlich war es eine Mischung aus beidem gewesen. Aber das wenige, was er erzählt hatte, war eindeutig gewesen. Niklas hatte mit seiner Vermutung richtiggelegen, als er plötzlich verstanden hatte, dass Erlander längst aus dem Haus verschwunden war. Und zwar zusammen mit Lennarts Frau.

Der Tote, der Lennart Fogelklou gegenüber am Tisch gesessen hatte, war ein gewisser Göran Norén, Anwalt und Notar, und offenbar war er von Erlander instruiert worden, Lennart nicht nur seine Scheidungspapiere, sondern auch die Übertragung der Reederei auf Camilla unterschreiben zu lassen.

Darum war es Erlander gegangen. Er hatte kein Geld von Lennart Fogelklou haben wollen. Es war ihm auch nicht darum gegangen, die Firma zu zerstören. Vielleicht hatte er es nicht einmal darauf angelegt, jemanden zu töten. Wobei er es billigend in Kauf genommen und zuletzt dafür gesorgt hatte, dass sämtliche Mitwisser nicht mehr am Leben waren.

Erlander hatte die Reederei gewollt. Zurückgewollt, so zumindest empfand er es wohl. Weil sie einst ihm gehört hatte. Bis er sie hatte verkaufen müssen, weil er kurz vor der Insolvenz stand.

In seinen Augen war Lennart Fogelklou an allem schuld, was in seinem Leben verkehrt gelaufen war. Und deswegen hatte Erlander nicht einmal vor dessen Frau haltgemacht. Er hatte sie auf seine Seite gezogen. Ob sie ein Paar waren, darüber konnte Niklas nur spekulieren. Dass es in der Ehe der Fogelklous allerdings gekriselt hatte, dessen war er sich einigermaßen sicher. Nicht nur Camilla hatte dies unterschwellig durchklingen lassen, vor allem die angebliche Affäre von Lennart mit Nina Hellström deutete darauf hin, dass sie wohl nur noch auf dem Papier ein Paar gewesen waren.

Camilla Fogelklou – ihr gehörten ab jetzt also sämtliche Anteile einer der größten Reedereien der Welt. Der Plan von Erlander war gleichermaßen perfide wie einfach gewesen. Ob die unter diesen Umständen unterschriebenen Verträge jedoch überhaupt rechtskräftig waren, wusste Niklas nicht, aber das interessierte ihn aktuell auch nicht. Seine Gedanken kreisten einzig darum, Mikael Erlander und Camilla Fogelklou zu finden. Und dank Erik und seinem Kollegen, den beiden Polizisten, die das Anwesen in Svedala bewacht hatten, wussten sie in diesem Moment sogar genau, wo sie sich befanden. Nämlich auf der Autobahn rund fünfzig Kilometer nördlich von Malmö in Höhe von Landskrona.

Erik und sein Kollege fuhren nun in einem Abstand von etwa dreihundert Metern hinter Camilla Fogelklou her. Nachdem Niklas Erik erreicht und erfahren hatte, dass sie ihren Volvo tatsächlich auf der E 6 geortet hatten, hatte er die beiden sofort zurückgepfiffen. Sie sollten den Wagen auf keinen Fall anhalten. Ein Zugriff sollte erst erfolgen, wenn sie mit ausreichend vielen Fahrzeugen und Einsatzkräften vor Ort waren. Auch der Polizeihubschrauber sollte sich vorerst zurückhalten, um Camilla Fogelklou weiter in Sicherheit zu wiegen. Das Ganze konnte jedoch dauern, da die Kollegen noch mit der Sicherung des Anwesens in Svedala beschäftigt waren, als Niklas und die anderen bereits losgefahren waren.

Kurz vor Helsingborg hatten die Kollegen der dortigen Polizei die E 6 nordwärts gesperrt. Ein Dutzend Streifenwagen wartete dort auf Camilla Fogelklou und Erlander, den sie, so vermutete Niklas, im Kofferraum des Wagens transportierte. Noch immer war vollkommen unklar, wo sich die beiden Kinder der Fogelklous befanden. Auf dem Anwesen in Svedala waren sie jedenfalls nicht gewesen.

Südlich von Landskrona führte die Autobahn fast direkt an der sanft abfallenden Küste entlang. Die leichten Schaumkronen auf dem tiefblauen Wasser funkelten in der untergehenden Sonne, die heute den ganzen Tag geschienen hatte. Die dunklen Wolken, die tagelang bedrohlich über Seeland gehangen hatten, waren noch weiter Richtung Norden gezogen. Es war ein perfekter Sommertag gewesen, den Niklas liebend gern mit Emma am Strand verbracht hätte. Wenn sie nicht gerade auf der Jagd nach einem mittlerweile fünffachen Mörder gewesen wären.

Vor Niklas' innerem Auge lief der Tag wie einzelne Sequenzen eines Films ab, die er nur schwer verarbeiten konnte. Heute

Morgen waren sie nach Kopenhagen gefahren und hatten mit Line Jensen gesprochen. Anschließend waren sie Augenzeugen des Bombenanschlags im Hafen geworden. Beides schien in diesem Moment gefühlt schon Tage zurückzuliegen. Genauso wie der Einsatz in Västra Tommarp. Erst am späten Nachmittag hatten sie nach Saltholm übergesetzt, wo sie einen grauenhaften Fund gemacht hatten. Bis der Anruf von Tommy gekommen war und sie erfahren hatten, wer Olof Fogelklou wirklich war.

Emma war still, seit sie in Svedala losgefahren waren. Niklas hatte das Gefühl, als bedrücke sie etwas. Vielleicht hatte sie auch einfach Angst davor, was passieren konnte, wenn sie den Wagen von Camilla Fogelklou zum Anhalten zwingen würden, um die beiden dingfest zu machen.

Reza war dagegen wie immer. Seine Worte schwankten zwischen Ernsthaftigkeit und Sarkasmus hin und her. Bisweilen auf einem schmalen Grat. Auch Tommy saß mit im Auto. Er hielt den Funkverkehr mit Erik am Leben und versorgte sie mit Theorien dazu, wohin Camilla Fogelklou ihren Wagen womöglich steuerte. Vielleicht wollte sie nach Helsingborg, um von dort mit der Fähre rüber nach Helsingør zu setzen. Oder aber sie wollte weiter Richtung Göteborg fahren oder sogar noch weiter nördlich, um nach Norwegen zu fliehen. Egal, was ihr Ziel war, auf der E 6 würden sie an der Straßensperrung der Helsingborger Kollegen nicht vorbeikommen.

»Sie biegen ab!«, rief Erik plötzlich über Funk.

»Welche Ausfahrt ist das?«, fragte Tommy. »Seid ihr schon an Landskrona vorbei?«

»Ja, das ist die Ausfahrt Borstahusen/Vallåkra. Ich glaube, sie fahren in nördliche Richtung weiter.«

»Wohin führt die Straße?«, fragte Niklas. »Gibt es dort irgendetwas, das ein mögliches Ziel der beiden sein könnte?«

»Nur Felder und Dörfer«, antwortete Erik. »Aber was erwartest du, wir sind in Schonen.«

»Moment«, fuhr Tommy dazwischen. »Liegt da nicht der Flugplatz Landskrona?«

»Ja, das stimmt«, sagte Erik. »Der war gerade ausgeschildert.«

Niklas wandte seine Augen kurz von der Straße ab und ließ seinen Blick über die Gesichter der anderen im Auto schweifen. War das Ziel von Camilla Fogelklou und Erlander der kleine Flugplatz außerhalb von Landskrona? Er kannte ihn, hatte mal als junger Erwachsener einen Rundflug über Schonen von dort aus gemacht. Ein unvergessliches Erlebnis, das er allerdings nicht noch einmal haben wollte. Fliegen an sich war schon nichts, was er sonderlich mochte. Aber in einem kleinen Sportflugzeug zu fliegen hatte ihn tausend Tode sterben lassen. Dem Erlebnis, in einigen hundert Metern Höhe über die leuchtenden Felder und den tiefblauen Öresund zu gleiten und dabei jede Luftveränderung zu spüren, konnte er nichts abgewinnen.

»Bleibt weiter an ihnen dran«, sagte er. »Solange nichts passiert, was einen Eingriff erfordert, haltet ihr euch zurück. Wir sind etwa zehn Kilometer hinter euch.«

»Der Flugplatz liegt direkt neben der Straße«, meldete Erik. Er klang jetzt regelrecht aufgeregt. »Ich kann die Start- und Landebahn schon sehen. Und der Wagen biegt tatsächlich ab. Wenn wir weiter hinterherfahren, sieht sie uns wahrscheinlich.«

»Kannst du ein Flugzeug erkennen, das für die beiden bereitsteht?«, fragte Emma.

»Da steht ein kleiner Businessjet«, antwortete Erik. »Ich glaube, das ist eine Cessna. Und wartet mal, ich erkenne den seitlichen Schriftzug auf der Maschine. Er lautet …«

»… FoCo?«

»Ja, genau.«

»Verdammt«, murmelte Niklas. »Die wollen sich tatsächlich mit dem Flugzeug aus dem Staub machen.«

»Sollen wir dann doch versuchen, sie aufzuhalten?«, drang es durch den Funk.

Niklas zögerte mit einer Antwort. Eigentlich hätte er sich mit Petter absprechen müssen, doch der hatte sich noch nicht wieder gemeldet. Er wusste nicht einmal, ob sein Chef ihnen überhaupt gefolgt war, nachdem sie in Svedala aufgebrochen waren. So wie es aussah, musste er die Entscheidung also selbst treffen.

»Ihr wartet«, sagte er schließlich. »Falls Gefahr besteht, dass sie abheben, bevor wir da sind, sprechen wir noch mal. Verstanden?«

Ohne die Antwort abzuwarten, drückte Niklas das Gaspedal seines BMW noch weiter durch. Schnell näherten sie sich der Ausfahrt Borstahusen/Vallåkra. Es waren nur noch fünf Kilometer.

Vier Minuten später stellte Niklas sein Fahrzeug schräg gegenüber vom Flugplatz in einer Hofeinfahrt im Schutz eines Baumes neben dem Streifenwagen von Erik ab. Im Vorbeifahren hatten sie das kleine Flugzeug auf der Startbahn gesehen. Möglich, dass es in Kürze abheben würde.

Niklas warf einen Blick zurück, doch weitere Einsatzwagen waren am Ende der Landstraße noch nicht zu erkennen. Kurzerhand stieg er aus und ging rüber zu dem Kollegen aus Malmö.

»Wir können nicht länger warten«, sagte er, nachdem Erik die Tür geöffnet hatte. »Wir fahren jetzt sofort rüber zum Flugplatz und versuchen, Erlander zu stellen. Ihr bleibt hier und wartet auf die anderen. Sag Petter und Anders, wenn sie hier auftauchen, dass sie sich bei uns melden sollen. Kein größerer Zugriff, bevor wir nicht das Okay dafür geben.«

»Wie du meinst.« Erik zuckte mit den Schultern. »Ihr solltet euch tatsächlich beeilen. Der Pilot hat bereits das Cockpit betreten.« Er tippte auf das Fernglas, das um seinen Hals hing, und lächelte.

»Das sagst du erst jetzt?«

»Ihr habt doch den Funk abgestellt.«

»Ja, schon gut. Dann leg dich mit deinem Fernglas auf die Lauer. Und falls wir in Schwierigkeiten kommen …« Niklas brach ab. Er wollte gar nicht daran denken, was passieren konnte, wenn der Einsatz schiefging.

Mit einem kurzen Kopfnicken wandte er sich ab und ging

zurück zu seinem Auto. Emma telefonierte gerade mit Petter. Niklas wollte sich bereits einmischen, als er heraushörte, dass sein Chef ebenfalls vorschlug, den Zugriff so schnell wie möglich zu starten. Gegebenenfalls auch ohne auf die Männer der Spezialeinheit zu warten.

»Seid ihr bereit?«, fragte er die drei im Auto, nachdem das Telefonat beendet war.

Ihr Schweigen drückte offenbar Zustimmung und Skepsis zugleich aus. Einen kurzen Moment überlegte Niklas, das Vorgehen noch einmal zur Diskussion zu stellen. Doch schließlich startete er den Motor und gab Gas. Einmal quer über die Landstraße und dann in den Norra Viarpsvägen, die kleine Straße, die direkt an den Flugplatzgebäuden vorbeiführte.

Es waren nur wenige hundert Meter bis zum Parkplatz. Niklas bog ab und erkannte sofort den weißen Volvo von Camilla Fogelklou. Obwohl der Parkplatz bis auf zwei weitere Autos leer war, stellte er seinen Wagen direkt neben dem SUV ab.

Sie stiegen aus und sahen sich um. Der Flugplatz wirkte verlassen, was für die Uhrzeit nicht verwunderlich war, und etwas in die Jahre gekommen. Die flachen Lagerhallen und der Hangar machten den Eindruck, als wäre eine Sanierung schon lange notwendig. Einzig das Gebäude, das direkt an den Parkplatz anschloss und in dem sicherlich Büros untergebracht waren, schien erst vor ein paar Jahren errichtet worden zu sein. Der Zugang war jedoch durch ein Tor versperrt. Nichts deutete darauf hin, dass hier heute Abend noch jemand arbeitete.

Sie teilten sich kurzerhand in zwei Gruppen auf. Reza und Tommy sollten sich dem Flugplatz und den Gebäuden von der Straße aus nähern, während Emma und er die Abkürzung über den Parkplatz und einen knapp zwei Meter hohen Maschendrahtzaun nehmen würden, um aufs Gelände zu gelangen.

Kurz bevor sie über den Zaun klettern wollten, bemerkte Emma ein paar Meter weiter ein Loch, durch das sie schlüpfen konnten. Auf der Fläche dahinter standen einige Anhänger, in denen Segelflugzeuge transportiert wurden. Außerdem ein kleiner Motorsegler. Emma und Niklas zückten ihre Dienstwaffen und liefen einige Meter über den asphaltierten Vorplatz. Dann gingen sie hinter dem Flugzeug in Deckung. »Allzu groß ist das Gelände nicht«, sagte Emma leise. »Und so wie es aussieht, halten sich Erlander und Camilla nicht hier draußen auf. Wenn sie sich noch nicht in der Maschine befinden, müssen sie also in einem der Gebäude sein.«

»Möglich«, sagte Niklas. »Jedenfalls werden sie sich beeilen müssen. Denn egal wohin sie fliegen wollen, sie wissen natürlich, dass sie Schweden so schnell wie möglich verlassen müssen.«

»Warte mal«, sagte Emma plötzlich. Sie fasste sich mit der Hand vor die Stirn. »Jetzt weiß ich wieder, was mich vorhin stutzen ließ. Dieser dunkelgraue Audi auf dem Parkplatz, hast du den eben gesehen?«

»Ich glaube schon.« Ganz sicher war Niklas sich nicht. »Warum?«

»Ich habe ihn schon einmal gesehen. Und das ist noch gar nicht lange her.«

»Was meinst du?«

»Der Wagen stand heute Nachmittag vor dem FoCo-Gebäude, als wir dort gewesen sind. Wir haben direkt neben ihm geparkt.«

»Bist du dir sicher?«

»Absolut«, sagte Emma entschieden. »Das Modell und die Farbe allein wären mir wahrscheinlich nicht aufgefallen, aber an der Fahrertür ist ein großer Kratzer. Daran haben sich meine grauen Zellen wohl gerade wieder erinnert.«

Niklas spielte kurz im Kopf durch, was das zu bedeuten hatte. Jemand von der Reederei war offenbar hier. Die Frage war nur, wer. Steckten Björn Källman oder Johan Sjögren etwa mit Erlander unter einer Decke?

Im nächsten Moment erkannte er, dass es keiner der beiden war. Denn etwa zwanzig Meter von ihnen entfernt trat Nina Hellström aus dem Hangar in das dämmrige Abendlicht. Gefolgt von Erlander und Camilla Fogelklou.

»Die ›gruppe89‹«, flüsterte Emma. »Oder zumindest das, was übrig geblieben ist.«

»Ehrlich gesagt denke ich nicht, dass diese Gruppe überhaupt eine Rolle gespielt hat«, sagte Niklas. »Zumindest Erlander hat nur sein Racheziel verfolgt. Für diesen Zweck hat er die Hilfe von Maja Iversen und Nina Hellström gesucht. Deren politische Absichten haben ihn nie interessiert. Er hat sie nur ausgenutzt.«

»Denkst du, er wird Nina …?« Emma sprach die Frage nicht zu Ende, weil Niklas bereits nickte.

»Ich bezweifle sogar, dass Camilla sicher ist«, sagte er. »Erlander hat jahrelang allein und zurückgezogen gelebt. Bis er auf die Idee gekommen ist, sich in das Leben der Fogelklous einzuschleichen. Um Menschen zu manipulieren und sie um den Finger zu wickeln. Mit dem einen Ziel, sich die Reederei zurückzuholen.«

»Aber sie gehört jetzt Camilla«, sagte Emma. »Erlander braucht sie, wenn er das Sagen über FoCo haben will. Vielleicht braucht er sogar Nina. Als verlängerten Arm in der Reederei.«

»Wie soll das funktionieren? Ein Sechsfachmörder als graue Eminenz einer der größten Reedereien der Welt und seine Komplizin als Alleininhaberin? Irgendwo untergetaucht, wo sie niemand findet, und eine Sekretärin, die die Geschäfte führt?«

»Oder ihm ging es einfach nur darum, dass Lennart die Reederei verliert. Vielleicht hat er einen Deal mit Camilla geschlossen. Sie bekommt die Reederei, und er wird im Gegenzug an einen sicheren Ort gebracht. Dazu noch das nötige Kleingeld, damit er gut über die Runden kommt.«

»Was machen die denn jetzt da?« Niklas ignorierte Emmas Theorien und versuchte zu verstehen, worüber Erlander und die Frauen diskutierten. Links von ihnen erkannte er plötzlich Reza und Tommy, die sich im Schatten des Hangars näherten. Die beiden waren bis auf wenige Meter an Erlander herangekommen.

Es war vor allem Nina Hellström, die auf Erlander einredete. Sie klang aufgebracht und schien ihm Vorwürfe zu machen.

»Halt dich bereit«, flüsterte Niklas. »Sobald ich Blickkontakt zu Reza und Tommy habe, greifen wir ein.«

Noch während er die Worte aussprach, erkannte er zu seinem Schrecken, dass Mikael Erlander eine Pistole aus seinem Hosenbund zog und sie auf Nina Hellström richtete.

»Was zum Teufel tut er da?«, stieß Emma hervor.

»Keine Ahnung, jedenfalls können wir nicht länger warten.« Jetzt endlich hatten auch Reza und Tommy sie neben dem Flugzeug entdeckt. Niklas gab den beiden sofort das Zeichen, ihnen Deckung zu geben.

»Bei drei, okay?«

Emma nickte.

Niklas schloss für einen kurzen Moment die Augen und zählte leise. Bei drei öffnete er sie wieder und nickte Emma zu. Dann traten sie mit ihren Dienstpistolen im Anschlag hinter dem Motorsegler hervor.

»Nehmen Sie die Arme hoch und lassen Sie sofort die Waffe fallen!«, rief er laut.

Erlander hielt inne. Doch statt Niklas' Aufforderung zu befolgen, zielte er weiterhin auf Nina.

»Es wäre besser, wenn Sie tun, was ich Ihnen sage, andernfalls ...« Niklas brach ab, als er sah, dass Erlander mit einer schnellen Bewegung hinter Nina trat und den linken Arm um ihren Oberkörper legte. Mit der rechten Hand drückte er die Pistole an ihre Schläfe. Dann wies er Camilla mit einer Kopfbewegung an, sich von ihnen zu entfernen.

Niklas und Emma blieben in einem Abstand von fünf Metern stehen. Auch Reza und Tommy hatten sich mittlerweile von der anderen Seite weiter genähert. Während Camilla Fogelklou langsam vom Vorplatz in Richtung Startbahn ging, sah Niklas die zunehmende Angst in Ninas Blick. Obwohl es ihm widerstrebte, empfand er in diesem Moment Mitleid mit der Frau, von der er nach ihrem ersten Gespräch am Samstag noch so einen positiven Eindruck gehabt hatte. Zweifellos hatte sie die skrupellose Art von Erlander unterschätzt.

»Sie kommen damit nicht durch«, durchbrach Niklas die

Stille. »Selbst wenn Ihnen die Flucht gelingt, wird Ihnen die Reederei niemals gehören.«

»Die Verträge sind wasserdicht«, sagte Erlander mit ruhiger Stimme. »Die Reederei wird weiterverkauft an die Saudis. Es ist alles vorbereitet. Sobald wir Schweden verlassen haben, geht der Deal über die Bühne.« Er grinste jetzt.

»Es ging Ihnen immer nur um Ihre persönliche Rache an Lennart Fogelklou, politische Ziele haben Sie niemals interessiert«, sagte Emma. Niklas spürte sofort, dass der Schalter bei ihr wieder umgesprungen war. Sie würde Erlander gnadenlos in die Mangel nehmen.

»Weiß Nina eigentlich, was Sie mit Maja angestellt haben?«, redete sie weiter. »Es war grauenhaft, ihre Leiche auf Saltholm zu finden.«

Nina Hellströms Augen weiteten sich. Die Wahrheit über Erlander zu hören und gleichzeitig den Lauf seiner Waffe auf der Haut zu spüren versetzte sie zunehmend in Panik.

»Sie haben die ›gruppe89‹ benutzt, um Ihre Ziele zu verfolgen. Und jetzt, wo Sie glauben, alles erreicht zu haben, wollen Sie auch noch Nina loswerden.«

»Tief in mir habe ich es immer gewusst«, sagte Nina plötzlich und rang nach Luft. »Aber wir sind dir hinterhergelaufen, weil wir daran glauben wollten, dass du einer von uns bist und das System ändern willst. Und was ist der Dank dafür, dass ich dir den Flieger für die Flucht besorgt habe? Dass du mir eine Knarre an den Kopf –«

»Halt deinen Mund!«, zischte Erlander. »Ohne mich wärt ihr gar nichts gewesen.« Er senkte die Pistole für einen kurzen Moment, nur um sie ihr dann in den Mund zu stecken. »Und jetzt komm mit!«

Erlander schob Nina vor sich her. Dabei sah er Niklas an, dem es immer noch unvorstellbar schien, dass dieser schlaksige, etwas ungepflegt wirkende Mann mit den langen Haaren, von dem sie geglaubt hatten, er wäre Olof Fogelklou, ein sechsfacher Mörder war und ernsthaft vorhatte, vor ihren Augen in ein Flugzeug zu steigen.

Niklas beobachtete Reza, der drauf und dran war, loszustürmen und Erlander zu überwältigen. Mit einer Handbewegung gab er ihm zu verstehen, sich zurückzuhalten. Sie mussten jedes weitere Blutvergießen vermeiden.

Bis zur Startbahn waren es etwa hundert Meter. Erlander zwang Nina, immer schneller zu gehen. Sie hatten bereits mehr als die Hälfte der Strecke zurückgelegt, als Niklas plötzlich ein lautes Geräusch wahrnahm.

»Das sind die Triebwerke der Cessna!«, rief Reza ihnen zu. »Jetzt sollten wir mal langsam etwas unternehmen.«

Niklas' Gedanken rasten. Reza hatte recht, sie mussten handeln. Das Flugzeug durfte unter keinen Umständen starten.

»Komm mit, schnell!«, sagte er zu Emma. »Ihr beide behaltet Erlander im Auge«, schob er in Richtung Reza und Tommy hinterher. »Sobald sich die Chance ergibt und er Nina nicht mehr mit der Waffe bedroht, schießt ihr, okay?«

Reza nickte.

Niklas rannte zurück zum Parkplatz. Emma folgte ihm, durch das Loch im Maschendrahtzaun bis zu seinem Auto.

»Du fährst«, rief er und öffnete die Beifahrertür.

»Will ich wirklich wissen, was du vorhast?«, fragte sie argwöhnisch.

»Ich will lediglich ein Flugzeug daran hindern abzuheben.« Niklas lächelte bemüht. »Also gib Gas, der Zaun fällt ja fast schon von allein um.«

Emmas irritierter Blick sprach Bände. Sie schüttelte den Kopf und startete den Motor. Dann setzte sie zurück, wendete und drückte das Gaspedal durch.

Der Zaun gab noch leichter nach, als Niklas gehofft hatte, und fiel nach vorn. Für einen kurzen Augenblick befürchtete er, dass die Reifen oder der Unterboden etwas abbekommen hatten, aber die leisen Rollgeräusche auf dem Asphalt des Vorplatzes beruhigten ihn.

Emma gab weiter Gas. Die Tachonadel zeigte sechzig Stundenkilometer. Nur noch wenige Meter bis zur Startbahn. Die Sonne war mittlerweile fast am Horizont verschwunden, aber die letzten Strahlen hüllten den Flugplatz in ein rötliches Licht.

Die Cessna stand startbereit am nordöstlichen Ende. Das Geräusch der Triebwerke drang bis zu ihnen ins Auto. Niklas erkannte Erlander. Er war nur noch ein paar Meter von der Maschine entfernt und zog Nina jetzt hinter sich her.

»Er hört uns nicht. Fahr, so nah es geht, an ihm vorbei«, sagte Niklas nervös. »Ich hoffe, dass ihn das ablenkt. Dann springe ich raus und schnappe ihn mir. Anschließend fährst du weiter und stellst dich direkt vor das Flugzeug.«

»Willst du wissen, was ich davon halte?«

»Ich glaube nicht.« Niklas strich Emma kurz übers Haar und lächelte sie an. »Wird schon schiefgehen.«

Noch zwanzig Meter, schätzte er. Emma trat schließlich auf die Bremse und fuhr eine enge Kurve, bis sie Sekunden später direkt neben Erlander und Nina zum Stehen kam. Unmittelbar vor dem Treppenaufgang zur Cessna. Im selben Moment sprang Niklas aus dem Wagen und zielte auf Erlander.

Sein Plan ging auf. Erlander war für einen kurzen Augenblick so irritiert, dass er den Griff um Ninas Arm lockerte. Sie riss sich von ihm los und rannte in Richtung des Hangars zurück. Aus dem Augenwinkel sah Niklas, dass sie nicht weit kam. Reza und Tommy waren zur Stelle und nahmen sie in Empfang.

Erlander sah sich um. Blickte Niklas direkt in die Augen. Die beiden trennten nur noch zwei Körperlängen. Es schien so, als würde er verharren, aber die Waffe in seiner Hand ließ Niklas wachsam bleiben.

»Los, erschieß mich doch, falls du dich traust!«, rief Erlander gegen das ohrenbetäubende Geräusch der Triebwerke an. »Aber überleg es dir gut. Ich werde jetzt in dieses Flugzeug steigen und dann für immer aus Schweden verschwinden.«

Niklas zögerte. Er hatte nicht vor zu schießen, aber es wäre auch nicht das erste Mal in seiner Zeit als Kriminalpolizist, dass er von seiner Schusswaffe Gebrauch machte. Auch Emma war mittlerweile ausgestiegen und richtete ihre Pistole auf Erlander. Genau wie Reza.

»Dieses Flugzeug wird nicht abheben«, sagte Niklas ruhig. »Es ist vorbei. Wenn Sie nicht sterben wollen, dann lassen Sie die Waffe fallen.«

Erlander lächelte, sagte jedoch nichts. Ganz langsam bewegte er sich rückwärts und stieg die erste Stufe hoch. Niklas spürte, dass er immer nervöser wurde. Sie mussten schießen, andernfalls …

Hinter Erlander erschien plötzlich Camilla Fogelklou in der Einstiegstür der Cessna. Sie machte einen ähnlich verwirrten Eindruck wie in dem Moment, als er sie zum ersten Mal gesehen hatte. Erlander ging weiter rückwärts. Die nächste Stufe.

Und dann noch eine.

Er musste jetzt schießen. Reza würde es tun, war er sich sicher.

Sein Finger zuckte am Abzug. Er schloss die Augen.

»Nicht schießen!«, schrie Emma plötzlich.

Niklas riss die Lider wieder auf und sah sofort, was Emma meinte. Neben Camilla Fogelklou stand mit einem Mal Gustav, ihr Sohn.

Er konnte nicht schießen. Jetzt nicht mehr. Nicht vor den Augen des Kindes.

Noch eine Stufe, dann würde Erlander den kleinen Jet betreten und verschwinden. Vielleicht für immer.

Gustav sah Niklas an. Oder vielleicht auch durch ihn hindurch. Jedenfalls verzog er keine Miene. Er stand dort neben seiner Mutter genauso regungslos, wie Niklas ihn auf der Treppe sitzend im Haus der Eltern erlebt hatte.

Es war nur ein ganz kurzer Moment, in dem sich Gustavs Blick änderte. Ein kurzes Flackern in den Pupillen. Ein Zucken seiner Mundwinkel. Dann trat er einen Schritt vor, positionierte sich leicht seitlich und rammte seinen Körper mit aller Wucht, zu der ein Achtjähriger fähig war, in den Rücken des Mannes, von dem er bis vor Kurzem noch gedacht hatte, er sei sein Onkel.

Der Stoß war stark genug. Erlander verlor den Halt und fiel vornüber die Treppenstufen des Flugzeugs hinunter auf den harten Asphalt der Startbahn. Bevor Niklas überhaupt reagieren konnte, war Reza bereits da und fixierte Erlander auf dem Boden.

Niklas senkte langsam seine Waffe. Das Adrenalin in seinem Körper sorgte dafür, dass er noch immer hastig atmete. Seine Hände zitterten. Schweiß stand auf seiner Stirn. Aber nach und nach verstand er, dass es vorbei war. Erlander war überwältigt.

Emma trat neben ihn. Obwohl Niklas das dringende Bedürfnis verspürte, sie in den Arm zu nehmen, standen die beiden sekundenlang regungslos einfach nur da. Dann gingen sie an Erlander, den Reza mittlerweile fest im Griff hatte, vorbei die Treppe der Cessna hoch. Camilla Fogelklou stand noch immer in der Einstiegstür und blickte aus leeren Augen auf irgendeinen imaginären Punkt am Ende des Flugplatzes.

Niklas ignorierte sie. Während das Geräusch der Triebwerke endlich leiser wurde, drängte er sich wortlos an ihr vorbei. Wichtiger als Camilla waren in diesem Moment ihre Kinder. Und vor allem Gustav, der ihn davor bewahrt hatte, auf einen Menschen zu schießen.

Spuren der Zerstörung

Vereinzelte Blitze zuckten in der Dunkelheit über Seeland, als sie auf der Küstenautobahn südwärts fuhren. Heute Morgen hatte Niklas noch gehofft, dass das Schlimmste bereits vorbei wäre. Der Himmel war klar und blau gewesen, als sie über die Brücke gefahren waren. Mehr als vierzehn Stunden waren seitdem vergangen, es kam ihm vor wie eine halbe Ewigkeit. Doch jetzt am Abend waren neue Gewitterwolken aufgezogen, die es diesmal vielleicht tatsächlich über den Öresund schaffen würden.

Im Auto herrschte Schweigen. Jeder von ihnen machte mit sich selbst aus, was in den vergangenen Stunden geschehen war. Stumm blickten sie aus den Fenstern. Die Anspannung wich, sie waren erschöpft und müde. Niklas hatte Mühe, seine Augen offen zu halten, während er den Wagen über die fast leere E 6 zurück nach Malmö steuerte.

Er versuchte, wach zu bleiben, indem er sich immer wieder vor Augen rief, was in den vergangenen drei Tagen geschehen war. Wie es so weit hatte kommen können, dass sechs Menschen sterben mussten. Und dass ein achtjähriges Kind ihnen am Ende dabei helfen musste, den Täter zu überwältigen.

Vieles war noch immer schwer zu begreifen.

Mikael Erlander hatte der Verlust seiner damals kleinen Reederei vor zwanzig Jahren so sehr zugesetzt, dass sein Leben komplett aus dem Ruder gelaufen war. Dass er irgendwann den Entschluss gefasst hatte, sich zurückzuholen, was ihm seiner Meinung nach zustand. Wobei es ihm vor allem darum gegangen war, das Leben von Lennart Fogelklou zu zerstören. Um dieses Ziel zu erreichen, hatte er Dinge getan, die Niklas im Rückblick noch immer völlig surreal vorkamen.

Erlander hatte sich eine komplett neue Identität gegeben, um sich in die Familie Fogelklou einzuschleichen. Und sich schließlich eine linksterroristische Gruppierung und ihre Bereitschaft, Anschläge zu verüben, zu eigen gemacht, um seine perfiden Pläne umzusetzen. Sie alle gemeinsam hatten das Leben von Hans Fogelklou auf dem Gewissen. Ihre Handlanger hatten ihn eiskalt umgebracht. Genau wie sie Lennart entführt und seinen Ringfinger abgetrennt hatten. Und sie waren auch verantwortlich für den Bombenanschlag im Hafen von Kopenhagen, bei dem ein Unbeteiligter sein Leben verloren hatte.

Und schließlich hatte Erlander auch noch die eigenen Leute, ohne mit der Wimper zu zucken, erschossen. Darunter war auch Maja Iversen gewesen, die gemeinsam mit Nina Hellström und weiteren Helfern die »gruppe89« gegründet hatte, offenbar vom Namen her in Anlehnung an die berüchtigte linkspolitisch motivierte Terrorgruppierung Blekingegadebanden, mit der es 1989 zu Ende gegangen war. Eine unheilvolle Allianz, bei der bislang noch unklar war, weshalb Maja Iversen und Nina Hellström sich von Erlander derart hatten einnehmen lassen, obwohl er keinerlei politische Ziele verfolgt hatte.

Es war alles schwer zu begreifen.

Erlander hatte sich das Vertrauen von Menschen erschlichen, die ihm Informationen aus dem innersten Zirkel der Familie Fogelklou geliefert hatten. Er hatte Camilla auf seine Seite gezogen und Nina Hellström auf Lennart angesetzt. Laut Carolin Andersson hatten die beiden sogar eine Affäre gehabt.

Was Niklas am meisten beschäftigte, war die Frage, was Camilla angetrieben hatte. Wie schlecht musste es um die Ehe der Fogelklous gestanden haben, dass sie sich auf diese Weise gegen ihren Mann stellte? Sie hatte Mikael Erlander dabei unterstützt, Lennarts berufliches und privates Leben zu zerstören. Hatte sich von ihm in seinen persönlichen Rachefeldzug hineinziehen lassen und war am Ende sogar bereit gewesen, mit ihm zusammen das Land zu verlassen.

Auf dem Papier war sie seit einigen Stunden die alleinige Anteilseignerin der »Fogelklou Containers AB«. Aber Niklas war sich sicher, dass die Verträge keine Gültigkeit besaßen. Die unter Androhung von Gewalt erzwungenen Unterschriften würden bestimmt für nichtig erklärt werden. Zumal Camilla gerade in diesem Moment nach Fosie gebracht wurde, wo sich die Malmöer Haftanstalt befand.

Dasselbe galt für Mikael Erlander. Und natürlich auch für Nina Hellström. Sie würden die Strafen bekommen, die ihnen zustanden.

Erlander würde vor Gericht zur Rechenschaft gezogen werden, denn eines stand fest: Er würde wohl als einer der brutalsten und skrupellosesten Mörder in die Kriminalgeschichte Schwedens eingehen.

Ob Lennart die Reederei so weiterführen würde wie bislang, bezweifelte Niklas. Das, was passiert war, hatte ihn mit Sicherheit verändert. Die Spuren der Zerstörung, die Mikael Erlander hinterlassen hatte, mussten tief sitzen. Vielleicht würde Siv trotz ihres schwierigen Verhältnisses zu ihrem Bruder einige Anteile übernehmen. Oder aber die beiden bisherigen Geschäftsführer Björn Källman und Johan Sjögren bekamen mehr Verantwortung übertragen.

Einen Moment lang musste Niklas bei dem Gedanken daran bitter lächeln. Die Zukunft von FoCo würde in dieser Konstellation wahrscheinlich nicht allzu rosig aussehen. Grabenkämpfe wären vorprogrammiert.

Das leise Vibrieren seines Handys in der Mittelkonsole unterbrach seine Gedanken. Ein rascher Blick auf das Display zeigte ihm, dass es Petter war. Niklas hatte den Leiter der Mordkommission, der erst zwanzig Minuten nachdem sie Erlander überwältigt hatten, auf dem Flugplatz Landskrona eingetroffen war, vorhin nur kurz gesprochen.

»Petter, was gibt's?«, meldete er sich.

»Seid ihr schon in Malmö?« Petter Larssons tiefe Stimme war über die Freisprechanlage zu hören.

»Zum Glück nur noch ein paar Kilometer«, antwortete Niklas. »Ich brauche dringend ein Bett. Aber das geht uns wohl allen so.«

»Ich habe eben einen Anruf bekommen«, redete Petter unbeeindruckt weiter. »Von Henrik aus der Spurensicherung. Er ist noch in Svedala.«

Niklas war sofort wieder hellwach. Er legte beide Hände ans Lenkrad, in Erwartung dessen, was Petter zu berichten hatte.

»Lennart Fogelklou ist tot. Er hat sich in seinem Schlafzimmer erschossen. Die Kollegen haben es gehört, konnten aber nichts mehr für ihn tun.«

Niklas sagte nichts.

Nach allem, was passiert war, überraschte ihn die Nachricht nicht einmal. Und dennoch spürte er einen Kloß im Hals. Es fühlte sich so an, als hätten sie seinen Tod letztendlich doch nicht verhindern können.

»Bist du noch dran?«

»Ja.«

»Ich dachte, das solltet ihr noch wissen. Bis morgen dann.«

»Danke, bis morgen.«

Niklas legte auf. Noch immer sagte niemand im Wagen etwas. Als er kurz darauf das Ortseingangsschild von Malmö passierte, war er sich jedoch sicher, dass jeder von ihnen froh gewesen wäre, wenn Petter die Nachricht von Lennart Fogelklous Tod noch für ein paar Stunden für sich behalten hätte.

In die Magengrube

Niklas klammerte sich am Küchenstuhl fest und suchte Halt. Seine Beine zitterten. Er spürte, wie sein Puls in die Höhe schnellte. Langsam legte er die Papiere zurück auf den Tisch, obwohl er sie am liebsten in tausend Stücke gerissen hätte. Das war es also, was Pernille gemeint hatte, als sie gesagt hatte, sie würde ihm das Leben zur Hölle machen. Er hatte ihr vieles zugetraut, aber diese Dokumente sprengten seine Vorstellungskraft. Sie hatte, wie auch immer, dafür gesorgt, dass sie beide allen Ernstes seit ziemlich genau fünf Jahren verheiratet waren. Die Heiratsurkunde und seine Unterschrift sahen so echt aus, dass er sich selbst nicht sicher war, ob es wirklich eine Fälschung war oder er irgendwann dieses Dokument tatsächlich unterschrieben hatte, ohne genau hinzusehen.

Und dann hatte sie noch einen kleinen Zettel beigefügt, auf dem handschriftlich geschrieben stand: »Erinnerst du dich noch an diesen wundervollen Tag? Es war der schönste Tag in meinem Leben. Kuss, Pernille.«

Ein Schauer lief über seinen Rücken. Längst wusste er, dass sie wahnsinnig geworden war. Dass sie unter schwerwiegenden psychischen Problemen litt und dringend ärztliche Hilfe benötigte. Aber dass sie so weit gehen würde, Urkunden und seine Unterschrift zu fälschen, um sich auf diese Weise an ihn zu binden, war nicht nur verrückt, sondern erschreckenderweise auch eiskalt berechnend. Denn jetzt war er am Zug, um zu beweisen, dass er mit dieser Frau niemals verheiratet gewesen und diese Heiratsurkunde das Resultat eines bösartigen und kriminellen Täuschungsversuchs war.

Da war noch ein weiterer Brief, der durch den Schlitz gefallen war und vor ihm auf dem Tisch lag. Niklas nahm ihn in die Hand. Er hatte genau wie der andere Brief keinen Absender und war auch nicht adressiert. Der Umschlag war komplett unbeschriftet. Pernille musste ganz offenbar selbst hier gewesen sein und die beiden Briefe eingeworfen haben.

Er öffnete den Umschlag, obwohl ihn der Gedanke an den Inhalt schon jetzt erschauern ließ. Es handelte sich um einen handgeschriebenen Brief von Pernille. Er erkannte ihre Schrift sofort. Niklas setzte sich an den Küchentisch und faltete ihn widerwillig auf. Dann begann er zu lesen.

Schatz,
vielleicht wunderst du dich, warum ich dir diesen Brief schreibe. Weshalb ich dir nicht einfach sage, was du mir bedeutest. Wie sehr ich dich liebe. Und wie glücklich du mich machst. Gesprochene Worte sind gut, aber manchmal ist es besser, Gedanken und Gefühle aufzuschreiben. Am Ende des Briefes wirst du verstehen, weshalb ich diesen Weg gewählt habe.
Aber vorher möchte ich dir noch einmal dafür danken, dass du in all den Jahren an meiner Seite geblieben bist. Was passiert ist, hat mich viel Kraft gekostet. Und dass es bestimmt auch für dich nicht immer leicht war, dessen bin ich mir bewusst. Aber trotz allem glaube ich, dass wir beide diese Zeit gut gemeistert haben, denn selbst Schicksalsschläge wie diese eine Diagnose konnten uns nichts anhaben. Und unser Eheversprechen hat uns noch enger zusammengeschweißt. Zwischen uns passt kein Blatt Papier. An deiner Seite fühle ich mich geborgen, auch wenn ich wie in den letzten Jahren mal in einer Phase stecke, in der es mir nicht so gut geht. Du hast immer die richtigen Worte. Zeigst mir, wie sehr du mich liebst.

Niklas atmete schwer durch und wandte sein Gesicht ab. Warum tat er sich das bloß an und geißelte sich selbst mit diesem Brief einer Verrückten? Wieso hatte sie noch immer so viel Einfluss auf seine Gedanken? Wie konnte es sein, dass ihre abstrusen Worte ihn derart aus der Bahn warfen, wie sie es in diesem Moment taten?

Er wollte es nicht, doch sein Blick wanderte zurück auf den Brief.

In den letzten Monaten ist viel passiert. Und so manches habe ich dir dabei verschweigen müssen, weil ich mir einfach nicht sicher sein konnte, ob es wirklich funktioniert oder wie du reagieren würdest. Seit ein paar Tagen weiß ich allerdings, dass es tatsächlich geklappt hat.

Niklas spürte, dass ihm flau im Magen wurde. Sein Mund fühlte sich trocken an, die Hände verkrampften. Hastig stand er wieder auf.

Ich bin so glücklich. Unser großer Traum wird nun doch noch wahr. Wir werden eine Familie, so wie wir es uns immer gewünscht haben. Ich bin bereits im dritten Monat ...

Niklas rutschte der Brief aus den Händen. Langsam, wie in Zeitlupe, fiel das Blatt auf den Boden. Sein Körper fühlte sich steif an, unfähig, auch nur einen Muskel zu bewegen. Gleichzeitig fuhr die Welt um ihn herum Kettenkarussell. Immer schneller. Immer extremer. Bis ihm schwindelig wurde und er selbst zu Boden taumelte. Begleitet von einem lang gezogenen Schrei der Wut und Verzweiflung.

Es brauchte eine ganze Weile, bis er wieder zu sich kam. Jemand rüttelte an seinen Schultern und tätschelte ihn mit der flachen Hand sanft im Gesicht. Niklas versuchte zu blinzeln. Er hatte Angst, die Augen komplett zu öffnen und Pernilles Gesicht zu sehen.

Aber die Stimme, die sich dumpf und ziemlich weit weg anhörte, war nicht ihre. Sie gehörte zweifellos Emma. Eine Erkenntnis, die ihn erst einmal beruhigte. Langsam schlug er die Augen vollständig auf. Obwohl das Licht um ihn herum schummrig war, blendete es. Er lag auf seinem Bett, nur mit einem T-Shirt und einer Unterhose bekleidet.

»Wie spät ist es?«, fragte er verwirrt.

»Gleich halb acht.«

»Hast du mich hier aufs Bett gelegt?«

»Du hast einfach geschlafen.«

»Und wie bin ich ins Bett gekommen?«

»Was redest du denn da? Wir haben uns gestern Abend zusammen hingelegt.«

Niklas richtete sich mühsam auf und fuhr sich über den kahl geschorenen Kopf. Wusste Emma etwa noch nichts von den Briefen?

»Du hast geträumt«, sagte sie. »Kannst du dich nicht erinnern? Das muss ein ziemlich schrecklicher Alptraum gewesen sein. Du hast laut geschrien.«

»Das war kein Alptraum«, murmelte Niklas. »Das war absolut real.«

Sie strich ihm beruhigend über die Wange und rückte ein Stück näher an ihn heran. »Die letzten Tage waren ziemlich hart. Ich glaube, du hast heute Nacht alles verarbeitet, was vorgefallen ist.«

»Nein, es ging doch gar nicht um Fogelklou und die ganze Sache …« Er brach ab, als er merkte, dass sie womöglich recht hatte.

Die gefälschte Heiratsurkunde, der Brief mit Pernilles Liebesbekundungen und die Nachricht, dass sie schwanger von ihm war – war das alles etwa nur ein Hirngespinst gewesen? Ein böser Alptraum, in dem sich die Ereignisse der letzten Tage mit Pernilles Ankündigung, ihm das Leben zur Hölle zu machen, vermischt hatten? Erlanders perfider Plan, sich mit gefälschten Papieren in die Familie Fogelklou einzuschleichen, hatte sich im Traum auf schockierende Weise auf sein Privatleben gespiegelt.

»Wann sind wir gestern Abend ins Bett gegangen?«

»Um kurz nach elf.«

»Weißt du, ob ich zwischendurch wach geworden bin?«

»Das kann ich mit ziemlicher Sicherheit ausschließen«, entgegnete sie. »Ich habe nämlich selbst kaum ein Auge zugemacht, weil ich die Bilder von gestern nicht aus dem Kopf bekommen konnte.«

»Es hat also niemand in den letzten Stunden Briefe durch den Türschlitz geworfen?«

»Du redest wirres Zeug«, antwortete Emma entschieden. »Es war Nacht.«

»Vergiss einfach, was ich gerade gesagt habe. Dieser seltsame Traum hat mich ganz schön aus der Bahn geworfen.«

»Willst du mir davon erzählen?«

»Besser nicht.« Niklas lächelte unsicher.

»Hat es mit Pernille zu tun?«

»Wie kommst du darauf?«

»Ich musste letzte Nacht auch immer wieder daran denken, was Tommy gestern Morgen am Telefon gesagt hat.«

Niklas blickte Emma fragend an.

»Stell dich nicht so dumm, das steht dir nicht. Tommy hat erwähnt, dass du ihm wegen Pernille eine SMS geschickt hast.«

»Ach, das meinst du«, sagte Niklas erleichtert. »Ja, ich hatte ihm geschrieben, weil ich dringend einen Rat gebraucht habe. Aber Tommy hat nicht einmal darauf reagiert.«

»Welchen Rat brauchtest du denn bezüglich Pernille?«

»Sie stalkt mich seit ein paar Tagen extrem. Es ist schlimmer als je zuvor. Sie steht vor dem Haus und besteht darauf, mit mir zu reden. Mich davon zu überzeugen, dass alles zwischen uns wieder so sein wird wie früher. Am Sonntagabend habe ich leider den Fehler gemacht, sie hereinzulassen. Die Situation ist dann etwas eskaliert, nachdem ich ihr von dir erzählt habe.«

»Und warum erfahre ich davon nichts?«

»Weil es gestern nicht den richtigen Moment dafür gab«, antwortete Niklas ehrlich. »Außerdem will ich dich damit nicht belasten. Es reicht, dass sie mich zermürben will.«

»Und du glaubst ernsthaft, dass sie mit ihren Aktionen nicht unsere Beziehung belastet?«

»Sie braucht dringend professionelle Hilfe«, sagte er ausweichend. »Ich hoffe, danach wird sie mich in Ruhe lassen.«

»Das hast du auch schon vor ein paar Wochen gesagt.«

»Es tut mir leid«, sagte er. »Ich habe am Samstag sogar den Sozialpsychiatrischen Dienst angerufen, aber sie hat es irgendwie geschafft, dass man sie nicht einweist. Ich kann sie nicht zwingen, sich helfen zu lassen. Lass uns heute Morgen aber bitte weder über Pernille noch über den Fall reden, okay?«

»Meinetwegen.«

»Ich gehe jetzt duschen. Vielleicht kann ich mir diesen Alptraum einfach abwaschen.« Niklas lächelte, wusste jedoch, dass diese Hoffnung nicht von Erfolg gekrönt sein würde. Pernille oder zumindest die Gedanken an ihre Auftritte der letzten Wochen und Monate würden ihn noch eine ganze Zeit lang verfolgen, dessen war er sich sicher.

Auf dem Weg ins Badezimmer warf er einen verstohlenen Blick in die Küche. Der Tisch war leer. Keine Briefumschläge von Pernille. Keine Heiratsurkunde. Keine Mitteilung, dass sie auch noch schwanger von ihm war. Bei dem Gedanken daran, wie absurd das Ganze war, musste er für einen kurzen Moment schmunzeln. Nichts deutete darauf hin, dass der vermeintliche Schock, den er vorhin erlitten hatte, tatsächlich real gewesen war.

Erleichtert atmete Niklas durch und ging den kurzen Flur weiter in Richtung Badezimmer. Während er schon dabei war, sein T-Shirt auszuziehen, zuckte er plötzlich zusammen. Was war das gerade für ein Geräusch gewesen? Es war von draußen gekommen. Hatte jemand an die Haustür geklopft?

Langsam ging er den Flur zurück, bis er die Tür erreicht hatte. Zögerlich warf er einen Blick durch den Spion, konnte jedoch draußen niemanden erkennen. Dennoch öffnete er vorsichtig die Tür.

Auf einmal verstand er, dass Pernilles Verhalten und ihre Drohungen ihm mehr zu schaffen machten, als er sich eingestanden hatte. Sie erschien in seinen Träumen, plötzlich hörte er Geräusche, und jetzt, in diesem Augenblick … Er hielt inne und starrte in seinen Vorgarten. Dort stand sie. Pernille. Mitten auf der Wiese. Nur spärlich bekleidet und tränenüberströmt.

Niklas seufzte und schloss die Augen. Nur um sie im nächsten Moment wieder zu öffnen.

Sie war verschwunden.

Gequält schüttelte er den Kopf. Die Erkenntnis war wie ein heftiger Schlag in die Magengrube. Denn Pernille war ihrem Ziel, ihm das Leben zur Hölle zu machen, längst ein großes Stück näher gekommen. Und er selbst schien allmählich seinen Verstand zu verlieren.

Niklas bückte sich und hob die Zeitung auf, die vor seiner Tür lag. Dann ging er zurück ins Haus.

Alle Bücher von Jesper Lund unter seinem Namen Jobst Schlennstedt:

Auch als eBook erhältlich

Krimis mit Jan Oldinghaus

Westfalenbräu
ISBN 978-3-89705-768-5

Dorfschweigen
ISBN 978-3-89705-996-2

Sennegrab
ISBN 978-3-7408-0526-5

Velmerstot
ISBN 978-3-7408-0819-8

Krimis mit Birger Andresen

Tödliche Stimmen
ISBN 978-3-89705-561-2

Der Teufel von St. Marien
ISBN 978-3-89705-624-4

Möwenjagd
ISBN 978-3-89705-825-5

Traveblut
ISBN 978-3-89705-918-4

Küstenblues
ISBN 978-3-95451-110-5

www.emons-verlag.de

Todesbucht
ISBN 978-3-95451-299-7

#hanseterror
ISBN 978-3-95451-813-5

Nebelmeer
ISBN 978-3-7408-0079-6

Lübsche Wut
ISBN 978-3-7408-0310-0

Lauerholz
ISBN 978-3-7408-0679-8

Krimis mit Simon Winter

Spur übers Meer
ISBN 978-3-95451-450-2

Lübeck im Visier
ISBN 978-3-95451-691-9

Hafenstraße 52
ISBN 978-3-7408-0002-4

Thriller

Küste der Lügen
ISBN 978-3-95451-534-9

www.emons-verlag.de